토성의 겨울

김갑용 소설집

토성의 겨울

강

그는 텅 빈 남자가 걱정되고 무섭다고 말했다.

남자가 침묵할 때마다, 텅 빈 눈을 할 때마다 무슨 생각을 하는지 모르겠다고.

텅 빈 남자는 아무 생각도 하지 않는다고 대꾸하고는 자신이 한 말을 곰곰이 되씹었다.

아무 생각도 하지 않는다면 텅 빈 남자가 하는 말과 쓰는 글은 무엇인가?

말과 글은 무엇에서부터 나오는 것이고, 아니면 누구에게서부터 나오는 것이란 말인가?

텅 빈 남자의 껍데기 속에 말하고 쓸 수 있는 무언가를 욱여넣는 이는 누구인가?

남자는 자신의 속이 정말로 텅 비었는지 확인하기 위해 어리석게도 자신을 반으로 갈랐다.

반으로 갈라진 껍데기 속에서 그가 몸을 일으켜 걸어 나왔다.

남자의 시야는 반으로 갈라져 서로 멀어지고 흐릿해져가며 어두워져갔다.

남자가 죽기 전에 본 그의 모습도 역시 반으로 나뉘어 서로 멀어지고 흐릿하고 검었다.

　그 모습이 텅 빈 남자의 그에 관한 처음이자 마지막 기억이 되었다.

2022년 5월

김갑용

차례

1
부

슬픈 온대

1

마주치는 얼굴마다 사랑할 수 있는 가능성을 생각해보고는
한다. 가능성은 늘 과반이었는데 말을 거는 순간 후회할 착
각이겠지. 오히려 가능성을 점쳐볼 기력조차 남아 있지 않을
때 웬 남자가 틈입해 있고는 했다. 제멋대로이고 저돌적인 남
자도 있었고, 고인 물처럼 아무런 의지 없던 남자, 훗날 이름
세 글자만이 문득 떠오르는 남자도 있었다. 한 남자는 나에게
너는 아무것도 아니라고 무서운 얼굴로 소리쳤다. 그의 자취
방, 십이월 새벽이었다. 쫓겨난 나는 한동안 아무 일도 할 수
없겠다는 생각에 잠시 울었다가 겨울바람에 종종걸음 치면서

터미널로 돌아가 서울행 첫차를 기다렸다.

예전에 나는 소설이나 에세이를 자주 읽었다. 브론테 자매, 울프, 뒤라스, 손택 같은, 아직 자기만의 방이 없었거나 이제 막 생겼던 시대의 여자 작가들의 책이었다. 손택이 젊었을 때 쓴 문학평론집은 이해하지 못한 말들이 대부분이라 지금은 레비-스트로스라는 인류학자가 쓴 기행문을 다룬 대목만이 기억에 남는다. 서구 문명에 밀려 사라져가는 남미의 선사 부족을 다룬 그 책을 두고 손택은 『슬픈 열대』라는 제목부터 아주 억제된 표현이라고 했다. 그들은 슬픈 정도가 아니라 고통 속에 신음한다는 것이었다. 그 무렵 나는 아파트 정문 부스에서 방문 차량을 맞아 방명록을 작성하는 일을 하고 있었다. 해 질 녘이 되어 비좁은 부스를 나와 기지개를 켜다 보면 천여 세대가 사는 고층 아파트 칸칸이 백열등을 밝힌 게 올려다보였다. 슬프다는 말이 억제된 표현이라니. 한 세기 전 열대 선사 부족들의 멸족이 얼마나 먼 이야기인지, 나 같은 사람은 알 리가 없다고 생각하면서 집까지 걸어갔다.

이문동의 붉은 벽돌집에서 엄마랑 살던 시기였다. 두 살 터울 오빠는 아버지 집이나 친구 자취방을 전전하다가도 어느 날 아침에 내 방과 큰 방을 잇는 거실이랄지 부엌이랄지 애매한 통로에 널브러져 잠들어 있고는 했다. 보험설계사인 엄마는 대개 술에 취해 늦게 들어와 요즘 애답지 않게 꼬락서니가 그게 뭐니, 따위의 잔소리를 툭 던지고는 방에 들어가 화장을 지웠다. 나는 퇴근하거나 일이 없는 날이면 냉장고에 남은 재료만으로 요리해 먹고 내 방에서 영화 DVD나 책들을 뒤적이다가 밤이 되면 일기장에 별거 없는 일상을 심각한 어투로 쓰고 잠들었다. 여름과 겨울이면 열리는 인문학 아카데미에서 강좌를 듣고, 함께 수강하는 대학생들과 어울리다 그중 하나와 사귀기도 했다. 내 이름이 주변에 흔해서 사람들은 성으로 나를 불렀다. 신, 씬. 그중 몇 명은 집에도 와서 내가 한 요리를 먹고 심각한 표정을 짓기도 했다. 맛없는 건 아닌데, 이상해. 나는 자주 그들의 별거 아닌 이야기를 들어줘야 했다. 계속 예술을 하고 싶어, 울던 아이도 있었다.

그들은 이제 대학원, 혹은 출판사에 들어갔거나 소식이 끊겼다. 나는 여전히 누구나 할 수 있는 일을 하고 있다. 느닷없는 오빠의 전화를 받고 놀라서 무슨 일이 있느냐고 물었다가 그냥이라는 짧은 대답에 안도하기도 하고, 어느 날은 이문동의 엄마 집에 들러 자다 가고는 한다. 내가 지냈던, 이제는 책과 DVD와 일기장들이 한편에 순서 없이 쌓이고 가족 앨범과 낡은 커튼이나 옷들이 담긴 플라스틱 상자들이 방치된 골방은 웃풍을 막느라 문이 닫히고 그 앞에 머리끈으로 입을 동여맨 쌀자루가 기대어진 탓에, 나는 내 손목을 꼭 붙잡고 잠든 엄마 옆에 누워 새벽 어스름이 눈꺼풀 사이로 새어 들어올 때까지 기다렸다가 슬며시 화양동으로 돌아간다.

지금 내가 사는 방은 단출하다. 우선 휴대용 버너가 딸린 개수대와 화장실이 있다. 냉장고와, 옷을 걸어두는 행어, 철 지난 이불이라든지 잡동사니를 보관하는 장이 있다. 내가 눕는 자리 옆에는 옆집 벽이 보이는 창이 있다. 같은 담을 공유한 두 집의 벽과 벽은 양쪽에서 손을 내밀면 맞잡을 수 있을 정도로 가깝다. 옆집 벽에는 얼굴도 못 내밀 만큼 작은 화장실 창들이 층별 높이가 다른지 이쪽 창 위치와 엇갈려 박혀 있다. 나와 마주 보는 눈높이에는 금이 가고 있는 벽돌들뿐이다. 옆집 벽에 금이 가고 있다는 사실을 나는 얼마 전에야 알았다. 잿빛으로 바랜 붉은 벽돌들에 실금이 담쟁이덩굴 뿌리처럼 뻗어 내려가더니 가장 위쪽 벽돌부터 두 조각 나기 시작했다. 두 조각 났지만, 그래도 제자리에 박혀 있어 나는 옆집에 그 사실을 알리지 않았다. 제자리에 박히지 않았다면 이미 무너져 내렸다는 뜻이겠지만 위험하다는 생각보다는 저 벽이 무너지면 마침 화장실에서 알몸으로 씻거나 볼일을 보던 사람들이 어떤 반응을 보일지를 상상해보게 된다. 아무래도 부끄럽겠지. 치부를 가리고 서둘러 화장실을 나갈 것이다. 부끄러울 새도 없이 깔려 죽을지도 모른다.

내 방에는 이제 책이 없다. 일기를 쓰지 않은 지 오래다. 화양동에 온 뒤로 간혹 머릿속에서 제멋대로 일상을 문장으로 맺어놓을 때면 아무도 방문하지 않는 인터넷 블로그에 일기를 썼다. 내가 왜 이렇게 썼는지 가물거리거나 다시금 읽어보고 나서 창피하다는 생각이 들면 삭제했다. 석이 그날 내게 했던 별거 아닌 말은 블로그에 꽤 오랫동안 남아 있었다. 그 말을 삭제하고 난 뒤로 더는 새 글을 올리지 않았다. 나의 전 남자 친구라는 자가 나와 만나기 전후로 에이즈에 걸린 것 같다는 글을 블로그 방명록에 남기고 간 뒤부터기도 하다.

2

　나는 학습지 물류센터에 취직했다. 아침 일곱시 반에 화양 동 골목에서 도롯가로 나와 물류센터들이 운집한 속으로 들 어가 키 낮은 영산홍 울타리를 지나면 사다리꼴 모양 건물에 들어서게 된다. 일층 집화장 안 화물 엘리베이터를 타고 삼 층 작업장에 들어서면 이미 같은 팀 아줌마들이 멈춰버린 컨 베이어 벨트 주변에 골판지를 깔고 앉아 두런거리고 있기 마 련이었다. 지게차를 모는 사내 서넛이 부스스한 몰골로 출근 하고 뒤이어 작업 팀장이 간부 회의를 마치고 나타나 그날의 물량과 지시 사항을 전달하면 얼마 안 가 작업 시작을 알리는 차임벨이 울렸다.

　석은 자전거로 한강을 건너 출근했다. 물류센터에 도착하 고 나면 추운 날씨에도 얼굴에 땀방울이 송골송골했다. 개포 동에서부터 양재천과 탄천을 거쳐 영동대교를 건너오기까지

석에게는 이십 분이면 충분했는데 왜인지 늘 작업 시작 직전에야 도착하고는 했다. 골판지 냄새가 풍기는 싸늘한 작업장에서 반팔 밑자락을 펄럭이며 땀을 식히던, 함께 일하는 아줌마가 또 늦잠을 잤느냐고 말을 붙이면 쳐다보지도 않고 한 손을 내젓던 모습은 겨울이 오기 전 석이 차에 치여 입원하는 바람에 한동안 볼 수 없었다.

석은 덩치가 컸다. 지게차에 구부정하니 앉아 팰릿을 뜨는 모습은 마치 제 살비듬만 한 바늘에 실을 꿰려고 진땀 흘리는 거인 같았다. 나는 컨베이어벨트를 타고 오는 상자에 순서대로 학습지를 놓다가도 석이 제 몸보다 작은 병상에 누워 온몸을 붕대로 칭칭 감고 꼼짝 못 하는 모습을 상상하고는 했다. 몸은 어떻게 긁지. 오래 누워 있으면 등이 가려운 법인데. 그럴 때는 좁쌀만 한 벌레가 등을 기어 다니다가 마침내 떠나는 모습을 상상하면 되는데, 석이 알기나 할까. 그러다 깜박 내 순서를 넘기면 다음 차례인 아줌마가 내가 쥐고 있던 학습지를 낚아채 상자에 집어넣으며 눈을 흘겼다. 씬, 정신! 아줌마들은 석을 좋아했다. 다 큰 조카 같다며 도시락도 덜어주고 땀도 닦아주기도 하던 그녀들은 그가 작업장에서 사라진 첫날에만 호들갑을 떨더니 이내 그런 사람 없었다는 듯 싹 입을 닫아버렸다. 조카 같은 존재라는 게 이렇게 쉽게 잊히는구나, 싶으면서도 쉽게 사람이 들어오고 나가는 이 바닥에서야 당연한 거겠지, 그때 나는 그렇게 여겼다.

석은 새해 이월이 되자 살이 조금 붙은 모습으로 돌아왔다. 여전히 아슬아슬하게 시간을 지켜가며 자전거로 출근했고, 다시금 살갑게 달라붙는 아줌마들을 제쳐두고 왜인지 붙임성이 좋아져 똑똑한 누나라며 내게 말을 걸어오기도 했다. 점심이면 한 층 위 휴게실 창가 테이블에서 도시락을 먹던 내 곁에 앉아 탁 트여 좋네, 따위의 실없는 소리를 한마디 하고는 컵라면을 빠르게 해치우고 먼저 내려가던 석. 나는 그를 이상하게 여기지 않으려고 창 아래 줄지어 심긴 영산홍에 시선을 박아두고는 했다.

겨울이 다 가기 전, 처음으로 석의 반지하 방에 갔을 때 나는 냉장고부터 열었다. 녀석이 도대체 뭘 먹고 커다란 덩치를 유지한 건지 이해할 수 없었다. 떡볶이용 떡 반 봉지와 양파 세 개, 그리고 마른 흙바닥처럼 갈라진 고추장을 꺼내 요리를 했다. 양파를 전부 썰어 넣어서인지 생각만큼 빨갛지도 않은 데다 떡볶이인지 떡을 버무린 양파볶음인지 알 수 없는 요리였다. 석이 프라이팬 바닥을 숟가락으로 긁어대며 먹는 걸 보면서, 이상해, 라고 나는 생각했다.

나는 양파가 제일 좋아.

석은 그렇게 말했다. 나는 골탕을 먹이려다가 되레 당한 것처럼 아무 말도 못 하고 석의 말을 속으로 곱씹었다. 나는 괜히 눈살을 찌푸리면서 말했다. 설거지는 네가 해. 이참에 방도

청소해. 지금 해, 어서. 다 하는 거 보고 갈 거야. 나는 석의 살냄새가 나는 이불로 몸을 감싸고 앉아 석이 빗자루를 들고 곰같이 어슬렁거리는 꼴을 지켜봤다. 양파를 제일 좋아한다 니. 이따 집에 가면 블로그에 그 말을 쓰겠다고 생각하면서.

그날 저녁 석과 나는 섹스를 마치고 그대로 누운 채로 텔레 비전을 봤다. 연예인들이 남미의 오지로 가서 부족들과 함께 생활하는 프로그램이었다. 그들이 나뭇가지를 비비며 불을 지피려고 애쓰는 과정을 보면서 석은 그 방면의 전문가인 것 처럼 답답해했고, 나는 분명 카메라 앞에서만 저렇지 나중에 라이터로 불을 붙이고 편집으로 짜 맞췄을 거라고 했다. 석은 설마, 하면서도 그래, 누나가 나보다 더 잘 알겠지, 수긍했다. 석이 뜬금없이 말을 꺼낸 건 프로그램이 끝난 뒤였다. 아직 잘 때까지는 시간이 남았는데, 술을 사 와야 하나, 아니면 서 로 몸을 만지작거리다가 섹스를 한 번 더 해야 하나, 얘기를 나누기에는 할 말이 없는데, 그런 생각을 하던 참이었다.

책을 읽어볼까 하는데.

석이 내 손을 찾아 쥐고 작은 눈을 굴리면서 말했다. 재미 있는 거 없나. 나는 내가 기억하는 작가들을 떠올렸다가 석이 좋아할 리 없다는 데에 생각이 미쳤다. 텔레비전에서 본 아랫 도리만 가린 부족들이 어른거렸고, 레비-스트로스가 쓴 『슬 픈 열대』가 떠오르는 동시에 내가 제목만 알지 읽어보지 않았 다는 사실을 깨달았다. 나는 대답 없이 석의 손을 맞잡았다.

석이 이번에는 다른 걸 물었다. 누나, 우리 오늘부터 사귀는 건가. 나는 맞잡은 석의 손바닥에 손톱을 세워 눌렀다. 누나라고 부르지 마.

나는 내가 어릴 때의 이야기를 들려주었다. 친한 남자애가 있었는데 서로 사귀는 척해서 아이들을 속이자고 그 애가 그러더라고. 그런데 아이들이 속아 넘어간 뒤에도 그 애가 사실을 밝히지 않아서, 내가 아니라고 해도 아이들이 믿지 않아 곤란했다고. 석은 왜 그 얘기가 나오는지 이해할 수 없다고 했고 나도 모르겠다고 했다. 얼렁뚱땅 넘어가지 마. 석이 내 이름을 불렀다. 나는 간지럼을 탄 것처럼 킥킥거리고는 석의 얼굴에 몇 번 입 맞추며 내 이름을 다시 듣기를 바랐다. 막상 석이 다시 한번, 내 이름을 부르며, 얼렁뚱땅 넘어가지 말고, 어서, 라고 재촉하자 나는 찬물을 덮어쓴 것처럼 정신이 들어서 옷을 주워 입었다. 자전거로 태워주겠다는 것도 마다하고 전철역까지 걸어가면서, 지난 남자들이 뭐라 말하면서 사귀자고 했는지 얼마나 예전에 그 말들이 빛바랬는지를 떠올려가며 대답 안 하기를 잘했다고 생각했다.

3

나는 보건소에서 익명으로 혈액 검사를 받았다. 결과가 나오기까지 사흘쯤 걸린다고 했다.

생각하고 또 생각해보았다. 저녁 일곱시에 퇴근하고 나서 자전거를 끌고 따라오는 석을 돌려보내고 생각하고 생각하면서 내 방으로 돌아가 노트북을 상 위에 올려놓았다. 개새끼, 소리 내어 욕을 내뱉고 나서 내 목소리가 방 안을 메아리친 것처럼 가만히 귀 기울여보았다. 지난 남자를 미워한 때가 얼마나 오래전의 얘기인지. 그들 중에 연락이나 소식이 닿는 사람은 없었다. 앞 머리카락을 한 올씩 뽑으면서 누구일지 생각했다.

방명록에 글을 남긴 뜻 모를 영문 아이디는 인터넷 어디에도 흔적이 남아 있지 않았다. 왜지? 왜 이제 와서? 머리카락은 별로 따끔하지도 않고 쑥쑥 잘 뽑혔다. 나는 머리카락 뽑기를 그만두었다. 그날 석이랑 할 때 콘돔을 썼나. 썼지. 나는 자세를 고쳐 앉아 혹시 내 혈관을 타고 돌아다니고 있을지도 모를 바이러스를 상상해보았다. 상상은 자꾸만 석과의 섹스로, 과거의 다른 남자들과의 섹스로 시야를 뻗어나가다가 마침내는 속으로 침투하여, 질 내부에서 꿈틀거리던 음경에 달라붙은 바이러스를 선명하게 그려냈다.

밤이 되자 이불을 펴고 불을 껐다. 핸드폰 알람을 맞추고는 블로그 방명록에 접속해 다시금 찬찬히 읽어본 뒤 댓글란을 열고 입력했다. 더러운 새끼. 거짓말이면 경찰서에 신고할 줄 알아. 인터넷에 숨지 말고 어디 내 앞에 나타나서 직접 말해 봐, 더러운 새끼야. 나는 눈을 감고 감정의 반향이 가라앉기를 기다렸다. 오토바이 한 대가 지나가는 소리가 들렸고 아마도 이 근처에서 자취하는 것 같은 대학생 한 무리가 술 취한 목소리로 세상 한탄을 하면서 지나갔다. 뒤이어, 이 방에 정말 나 하나뿐이구나, 싶은 정적이 찾아왔다. 만약, 정말 그렇다면 앞으로도 나 혼자뿐이겠구나. 나는 무의식중에 찌푸리고 있던 눈살에 힘을 풀었다. 그때 누군가가 말했다.

듣고 있어?

위층 남자아이였다. 그 아이는 평일이든 주말이든 늦은 밤까지 아마 혼자인 모양이었다. 그렇지 않고서야 매일 그럴 수는 없었다.

듣고 있냐고, 개새끼야. 듣고 있기는 뭘 듣고 있어, 씨팔, 안 듣고 있잖아. 대답해봐. 야, 니가 날 알아?

나는 그 아이가 왜 혼자 남겨져 욕을 하고 있는지 몰랐다. 나는 그 아이를 한 번도 본 적이 없었다. 앳된 목소리로 보아 학생일 아이는 나보다 늦게 등교하고 나보다 일찍 하교했을 터였다. 나는 듣고 있지만 대답하지 않았다. 누구를 생각하며 욕을 하는 것일까? 보는 앞에서 욕할 자신은 없겠지. 뚜렷한 상대가 없어서 혼자 남아 욕을 하고 있는지도. 왜 하필 욕일까? 나는 불현듯 다시 블로그 방명록에 접속해 댓글을 삭제했다. 혼자 계속 떠들어보라지. 그제야 방명록에 남겨진 메시지가 거짓말일 수도 있다는 걸 깨달았다.

사흘 동안 석은 풀이 죽은 모습이었다. 그 커다란 녀석이 어깨를 수그리고 다니니 난쟁이 친구를 실수로 밟고 상심한 거인이 떠올랐다. 석은 첫날만 그랬지 그다음 날에는 나를 따라오지 않았다. 나는 쉽게 시작하면 쉽게 끝나는 법이라는 걸 알고 있었다. 그런데도 퇴근하는 걸음은 반 박자 느려졌다. 석 같은 남자가 어떤 남자인지 생각해보았다. 술도 담배도 하지 않는 남자. 땀 흘리는 걸 좋아하는 남자. 책을 읽지 않는 남자. 내가 만났던 남자들은 사르트르와 카뮈를 좋아했고 하나같이 석보다 키가 작았다. 그들은 자존심이 강했다. 이 세상이 잘못된 이유를 속속들이 알고 있었으며 여성이 사회에서 얼마나 불공평한 대접을 받는지 성토할 수 있었다. 언제나 내 속마음을 궁금해서 나는 자주 이야기해야만 했다. 그들과 싸울 때는 침묵이 가장 좋은 무기였다. 누구는 내게 침묵 역시 하나의 폭력이라고, 네 아버지가 폭력을 썼듯이 너 역시 마찬가지라고 다그치기도 했다. 그들과는 헤어지기가 힘들어 몇 번을 번복해야 했다. 퇴근길에 아줌마 둘이 도란거리는 속에서 묵묵히 자전거를 끌며 그들의 작은 발걸음에 맞춰 걷는 석의 뒷모습을 보면서, 나는 석이 여자에게 어떤 남자일지 여자는 석을 어떻게 다루어야 할지를 고민했다. 익숙한 화양동 골목에 홀로 들어서자 쓸데없는 생각들로부터도 멀어졌지만 대신 춥고 울적해졌다.

　사흘째에 보건소에 전화를 걸어 확인을 받았다. 나는 블로 그를 탈퇴했다. 그날 점심에 나는 석과 함께 밖으로 나가서 식사했다. 석에게 앞으로 작업장에서는 친한 척 굴지 말라고 주의를 시키고, 자전거를 싫어하니 퇴근길에 태워다주지도 말라고 했다. 그리고 너 자전거 탈 때 차는 조심하고 다니기는 하는 거야? 석은 묵묵히 밥알을 씹고 있었다. 그 덩치 큰 녀석이 입을 다무니 괜히 분위기가 험악해지는 것 같았다. 지금이라도 편하게 굴까 고민하는 찰나에 석이 말했다.

재미있는 소설 좀 추천해줘.

굵직하지만 소설이라는 단어를 처음 발음해보는 듯이 어눌한 목소리였다. 어쩐지 다른 무언가가 석의 입을 빌려 내게 요구하는 것 같았다. 그의 둔감해 보이는 눈빛 너머에 무엇이 있는지 들여다보다가 나는 대답했다.

나중에.

다시 물류센터로 돌아가는 길이었다.

우리는 한 달 전에 그만두었던 아줌마를 마주쳤다. 최고참인 그녀는 석에게 한 달을 쉬고 다시 계약하러 온 거라며 한참 욕을 구시렁거리다가 나를 불렀다.

씬! 석이랑 놀다 오는 거야? 일하다 안 피곤하겠어?

아줌마가 빤한 눈으로 나를 쳐다보았다. 어떻게 반응해야 할지 나는 망설였다. 어느새 마뜩잖다는 듯이 눈살을 찡그리던 아줌마가 어머, 정신 좀 봐, 자기 있잖아, 이거, 하면서 들고 있던 종이 가방에서 드링크제 두 병을 꺼내 석에게 건네주었다. 석이 하나를 까서 한 모금에 병을 비우고 나머지 하나를 내게 내밀었다.

벌써 봄이야, 봄. 자기는 모르지? 저 영산홍 말이야. 봄이 와도 꽃이 안 피더라니까. 맨날 트럭이 오락가락해서 매연이나 먹으니 필 꽃도 안 피지. 봄이 오면 뭐 해. 일하다 창 내려다봐, 온통 시멘트에, 꽃 하나 없고 칙칙하기만 하고. 젊은 사람들이 괜히 금방 나가냐고. 그래도 대기업이다 뭐다 하니까 자르지는 않는데 근데 다 똑같아, 봐봐, 나 몇 년 일했어. 근데도 이렇게 또 계약하러 가잖아. 그래, 나 같은 노땅이야 불러만 주면 아이고, 감사합니다, 하지. 나도 씬이랑 석이처럼 젊어봐, 아주 그냥……

아줌마는 엘리베이터에 타고 나서부터 말이 없었다. 나는 손에 쥐고 있던 드링크제를 석의 작업복 주머니에 집어넣었다. 석이 나를 내려다보다가 그것마저도 마셨다. 문이 열리자 아줌마는 도시락을 치우던 사람들을 향해 두 팔을 벌리고 동동거리듯이 달려 나갔다.

4

한국이 슬프다.

몇 해 전이었더라, 어느 날 섹스를 마친 뒤 누가 그렇게 말했다.

실제로 한 외국인 노동자가 분신자살하기 전에 벽에 남긴 유언이고 그 사건을 바탕으로 소설을 쓰고 있다고 했다. 그는 내 허리께를 쓰다듬는 한편 오줌 색 천장을 멀거니 올려다보면서 계속 말했다.

세계에는 나쁜 법칙이 있어. 가난한 사람은 뭘 해도 안 된다, 같은 거. 그런데 그건 잘못된 거거든. 원래 세계는 그렇게 불공평하지 않은데 나쁜 법칙 때문에 가난한 사람들에게 나쁜 걸 몰아주는 거야. 가난한 사람들은 원래 세계가 그렇지 않은데도 세계가 원래 그런 줄 알게 되는 거지. 소설의 임무는 이 나쁜 법칙을 전복하는 거야.

나는 아무 말도 하지 않았다. 그렇지 않아, 라고 대답해야 했을지도 모르겠다.

작년 사월부터 석은 나와 함께 화양동에서 살기 시작했다.

그렇게 하기로 했다. 그전에 누가 내게 이메일을 보내왔다. 함께 찍은 동영상이 자신의 옛 컴퓨터를 복원하는 과정에서 발견됐다고, 절대 협박하는 것이 아니고 삭제를 할 것이지만 혹시 모르니 만나서 서로 안심하도록 깔끔하게 처리하자는 내용이었다. 그가 나를 자극하고 관심을 끌기 위해 위악적인 체하는 점이 마음에 걸렸고, 실은 지난 남자들이 관계의 말로에야 탄로 난 나약한 자신을 포장하기 위해 쉽게 그러했다는 사실을 나는 기억하고 있었다. 어쩌면 여전히 한편의 죄책감을 통하여, 돌이킬 노력조차 하지 않았던 옛 추억과 자기와 달랐다는 이유로 미지의 존재로 둔갑시킨 나에 대한 향수를 굳건히 하려는 것이리라는 생각이 들었다. 치정 살인이 가끔 인터넷 뉴스 메인을 장식하던 때였다. 대개 못사는 동네에서 못사는 사람들끼리 벌어진 일이었다. 당연한 건가. 못사는 동네니까 치안이 허술한 것일 테지만 사람이 단지 조건이 성립된다고 사람을 죽이지는 않잖아. 가난하면 사랑한 사람을 죽일 수도 있는 건가. 자기가 코너에 몰렸다고 생각해서 죽인 거겠지. 심리적으로. 해를 끼치고 싶다고 생각한 거겠지. 가난해서 그랬든 심성이 원래 글러 먹었든 그 사람은 결과적으로 사회에서 격리될 만하고 가난할 만한 거잖아. 사람이라면 해를 끼치지 말아야지. 나쁜 걸 몰아준다고 나쁜 걸 다 몰아받는 것도 참 게으르고 나빠.

석과 살림을 합치니 돈을 더 많이 저축할 수 있게 되었다. 석은 더는 먼 거리를 위험하게 질주하지 않아도 되었지만 그래도 자전거를 포기하지는 않았다. 주말이면 석은 자전거를 끌고 가까운 한강변으로 갔다. 몸을 가만히 놔두면 아무 생각도 안 들고 몸이 쑤셔온다고 했다. 땀을 흘리며 움직여야지 살아 있다는 느낌을 받는다고. 지난여름 나는 석과 함께 뒹굴며 땀을 흘렸고 그는 지치는 법이 없었다. 그 무렵의 석을 생각하면 섹스 뒤의 식사가 떠오르기 마련으로, 소모한 열량을 채우겠다는 일념으로 통조림 참치나 햄 따위를 남은 반찬과 같이 볶아 둘이서 묵묵히 양푼 한 그릇을 비우던 그때를 나는 지금도 막연히 그리워하다가도 작은 딱정벌레 한 마리가 조용한 방 한구석을 기어가는 것을 지켜보듯이 골똘히 멍해지고는 한다.

석의 단순함이 좋았다고 애기할 수밖에 없겠다. 단순하지만, 신중하지는 못하다고 판단했던 듯하다. 언제까지고 그럴 수는 없겠다는 생각이 들었다. 나는 석이 검정고시를 준비하도록 도왔고 그의 퇴근 뒤 시간을 관리하기 시작했다. 오늘은 공부한 거 안 까먹었는지 테스트해볼 거야. 장 보러 가자. 오늘은 대청소야. 오늘은 어떻게 했으면 좋겠어……? 나는 석을 엄마에게로 데려가 보험을 가입시켰다. 석의 월급까지 함께 관리하며 저축했고, 그해가 지나면 더 큰 방으로 옮기거나, 어쩌면 좀 더 모아서 방 두 칸에 부엌이 따로 있는 데로세 들 생각까지 했다. 어쨌거나 석에게는 더 큰 공간이 필요했다. 그는 잠버릇이 고약했다. 세간에 부딪히거나 알아들을 수 없는 혼잣말을 중얼거려 나를 깨우는 탓에, 이 사람은 꿈에서 누구에게 뭐라 말하고 어떤 행동을 하는지 곰곰이 들여다보게 됐다. 석은 꿈을 기억하지는 못했지만 잠에서 깨고 나면 한동안 쌍꺼풀이 더 진해진 눈으로 옆집 벽이 보이는 창을 노려보고는 했다.

말수가 적은 석. 그때 그 겨울에 말도 나눈 적 없던 내게 왜 말을 건넸는지 나는 지금도 짐작만 할 뿐이다. 작업장에서 그나마 가장 어린 여자였으니까, 똑똑한 누나니까…… 아무래도 죽다 살아났으니 기댈 수 있는 다른 누군가가 필요했겠지. 아무도 찾아오지 않는 병실에 홀로 꼼짝 못 하고 누워 나를 생각했을 석을 상상해본다. 내게 말을 걸 연습을 했을지도 모른다. 날씨가 좋네, 따위가 아닌, 속내에 있는, 의미 있는 무언가를. 석이 내게, 내가 석에게 전해주었던가. 무언가를. 남들에게는 감추고 싶던 무언가를. 아니다. 입 밖으로 나오는 순간 말은 진심을 포장한다. 다른 사람이 받아들이기에는 진심이란 이기적이고 끔찍하니까. 석은 단지 단순한 사람일까? 최소한 나에게는 물었어야 했다. 그때는 모든 걸 막연하게 여기지 않았던가. 석을, 사람들을. 그들이 어떤 사람이고 어떻게 살아가는지를 막연하게 낮잡아서 그들과 나 사이에 선을 그어버리고, 선을 넘어오면 나는 책상을 넘어온 짝꿍의 지우개를 뺏듯이 당신을 받아들이거나 혹은 소심해져 선을 내 쪽으로 바투 당겨 다시 긋고, 그렇지만 받아들이기는 대체로 벅찬 법이니 선을 다시 긋고 다시 긋고……

　징조라고 할 만한 것들이 있었다. 엄마는 사람은 꼴값과 덩칫값을 하는 법이라고 석을 싫어했다. 석은 공부에 오래 집중하지 못했고, 손에 비해 작은 연필을 쥐고 코끝에 땀방울이 맺혀가도록 문제집을 노려보았다. 무심결에 힘이 들어가 연필을 부러뜨린 적도 있었다. 윗방에서 혼잣말로 욕하는 아이를 두고, 병신 같아, 쪼다 새끼라고 낄낄대던 석. 그래, 아줌마들, 그들은 작업 선반에 무거운 학습지 뭉치를 가득 채워놓는 일 따위를 내게 몰아 시켰다. 석은 공부를 피해 자꾸만 자전거를 타러 밖으로 나갔다. 더는 소설을 추천해달라고 조르지 않았다. 석과의 잠자리, 언제나 내게 순종적이던 그, 자기들끼리 모여들어 쑥덕거리던 아줌마들, 늘어가던 작업량과 그에 반비례하던 작업장의 분위기, 한창 광고를 통해 이미지를 개선하던 회사, 사람들이 볼까 봐 서로 떨어져 걷던 퇴근길, 토사물 썩은 내가 나던 화양동 골목, 동네에 돌던 재건축 소식, 옆집의 붉은 벽돌 벽, 야, 말해봐, 말해보라고 홀로 다그치던 윗방 아이, 이 동네를 과연 내가 떠날 수 있을까, 라는 막연하게 품어왔던 두려움으로 짜인 구속복을 입고 나는 그 일을 생각해왔다.

5

그해 십일월, 인터넷 신문사에 익명의 제보를 바탕으로 작성된 기사가 게재되었다. 광진구의 모 학습지 회사 소속 물류 센터에서 비정규직 근로자 K씨를 상대로 직장 동료인 유부녀 여덟 명이 원만한 직장 생활을 빌미로 근처의 모텔에서 십수 차례에 걸쳐 약 일 년 육 개월간 간음을 저질렀고 뒤늦게 안 K씨의 동거녀 S씨가 사내 직원 전용 게시판에 이 사실을 알

렸으나 사측에서는 학습지 브랜드 평판 때문에 쉬쉬하고 있다는 내용이었다. 공장 노동자를 욕하는 댓글들이 달렸고 얼마 안 가 학습지 회사명이 언급되기 시작했다. 회사는 즉각 대응에 나섰다. 신문사에 허위 사실 유포로 고소한다고 엄포를 놓고, 인사부에서 사람이 나와 사건 당사자들을 차례차례 심문했다.

나와 함께 일했던 아줌마들이 해고되었다.

주동자 세 명이 해고 통지를 받았고 나머지 아줌마들도 몇 달 안 가 계약기간 만료로 떠나야만 했다. 작업 팀장은 도의적인 책임을 지고 지방으로 인사 배치되었다. 새 상사가 들어오고 다른 팀에서 차출한 아줌마들과 신입으로 인원 공백이 메꿔졌다. 석은 당장 물류센터 내 다른 작업장으로 재배치되었다. 나는 여러 차례 사무실로 불려가서 간부들에게 똑같은 말을 되풀이해야만 했다. 내가 기사를 제보하지 않았다, 다른 누구에게도 얘기하지 않았다, 사내 직원들만 볼 수 있는 인터넷 게시판에 글을 올린 게 다다, 석 역시 아무에게도 얘기하지 않았다. 그들은 내게 다른 지부로의 인사이동을 종용했다. 나는 서울을 떠날 수 없다고 대답했다.

회사는 어떻게든 조용히 마무리 지으려 했다. 나를 비롯한 당사자들의 신분이 노출되는 일은 없었다. 휴게실에서 혼자 도시락을 먹다 보면 소문을 듣기 마련이었다. 아줌마 누구누구는 이혼 소송이 진행 중이라더라. 남자가 피해자다, 아니

다, 다 큰 남자가 그게 섰으니까 했겠지 억지로 했으면 섰겠
나, 알고 보니 그 여편네들이 동영상을 찍어 협박했다더라,
기사를 제보한 사람은 누굴까, 뻔하지, 게시판에 글을 올린
사람 아니겠어……

해고 통지를 받은 세 명이 떠나는 날이었다. 퇴근 시간이었
고 정식으로 작별 인사할 자리도 마련되지 않았다. 물류센터
입구에서 세 아줌마는 남은 아줌마들을 부둥켜안고 울면서
서로에게 하소연했다. 앞으로 어떻게 살아가니. 나가서도 잘
살아야 해. 딸이 이제 중학교 들어가는데 또 어딜 가서 돈을
번다니. 불쌍해서 어떡해. 내가 그들을 지나자 울음소리가 뚝
끊겼다. 누가 나를 불렀다. 씬. 나는 뒤돌아보지 않았다. 화나
서 그랬던 것인데 그들의 목소리가 따라오니 무서워서 발을
재게 놀렸다.

미안해. 우리는 씬도 그런 건 줄 알았어. 우리 말 좀 들어
봐. 그냥, 그냥 외로웠던 거야. 알잖아, 씬. 우리 같은 사람들
이, 아랫사람들끼리 같이 일하고 만나고 그러다보니까……
응? 씬이랑 같이 살게 된 줄 알았으면 그만했을 거야. 씬, 그
냥 가기야? 야, 씬, 미안해. 우리같이 늙은 사람들이 창창한
젊은 사람들 앞길 막아서 미안하다고. 똑똑한 너는 이해 못
하겠지. 어? 너지? 신문에 꼰지른 거. 너 때문에 가정도 파
탄 나고, 고맙다, 야! 잘난 네가 왜 석이를 만나는지 모르겠는

데, 개한테 물어봐. 알아? 아냐고.

나는 뛰다시피 걸어 원래 가던 길이 아니라 전철역 쪽으로 방향을 틀었다. 인도로 나와 고개를 숙이고 걸어갔다. 거리의 상가마다 화려한 조명이 들어오고 젊은 사람들이 몰려들고 있었다. 마주 오는 대학생들과 어깨를 부딪쳐가면서 화양동 방향으로 걸어갔다. 알아. 안다고. 석에게 전부 들었다. 거부하지 않았다고. 하자고 해서 했다고. 하지 말자고 하지 않아서 안 하지 않았다고. 나는 석에게 물었다. 그게 전부야? 석은 대답하지 않았다. 내가 간신히 말했다. 하지 마. 하지 않게 해줄게. 그러고 더는 캐묻지 않았다. 걸음을 멈추고 인파를 뒤돌아보고 나서 나는 도롯가에 놓인 벤치에 앉아 숨을 골랐다. 내 또래의 남녀들을 올려다보았다. 걸치고 있던 작업 점퍼를 벗어 개켜서 무릎 위에 올려놓았다. 완전한 밤이 되자 나는 떨면서 방으로 향했다.

방에는 아무도 없었다. 현관에 접혀 놓여 있던 자전거가 보이지 않았다. 나는 켰던 불을 도로 끄고 벽에 기대앉아 훌쩍였다. 늦은 밤이 되자 불을 켜고 화장실에서 세수했다. 방바닥에 이불을 깔고 그 위에 앉았다. 석을 기다렸다.

날이 밝는 대로 석의 짐을 다 꺼내서 버리기로 다짐하고는 설핏 졸던 참이었다. 천장에서 윗방 아이의 목소리가 들려왔다.

야. 듣고 있어? 좆같은 새끼야.

아이는 내가 어떤 기분인지도 모르고 또 한창 욕질이었다.

나는 행어에서 옷걸이 집게 봉을 꺼내 들고 천장을 두드렸다. 아이는 잠시 침묵했다가 다시 욕을 시작했다. 화가 났다. 화가 나니 턱이 덜덜 떨리며 눈시울이 뜨거워졌다.

듣고 있어. 말해봐.

나는 까치발을 딛고 서서 울음 섞인 목소리로 천상에 대고 소리쳤다.

욕하지 말고 말해봐. 듣고 있어. 욕만 하면 듣는 사람은 무슨 일인지 모르잖아. 누나 오늘 슬퍼. 좆같은 이 동네에서 좆같은 일 당해서 슬프다고. 이딴 동네는 뭐 이딴 좆같은 일만 일어난다니. 말해봐. 누나가 들어줄게. 애. 듣고 있어?

대답을 기다리다가 나는 잠들었다.

잠결에 얼핏 방문이 열리는 소리가 들렸다.

6

나는 레비-스트로스의 『슬픈 열대』를 얼마 전에야 읽었다. 오랜만에 읽은 책이었고, 바로 이해하기 어려워서 다시 앞 장을 들춰가며 읽었다. 젊은 시절의 레비-스트로스가 모국인 프랑스에서부터 아메리카 대륙, 인도 대륙을 오고 가며 겪은 정경들과 낯선 이름을 가진 남미의 선사 부족들에 관한 보고로 이루어진 내용은 예상했던 대로 나와는 먼 이야기였고 그럼에도 왜 자꾸만 그 책을 떠올렸는지, 아마 손택이 쓴 대목 한 구절이 암세포처럼 내 머릿속에 심어져 있기 때문일 것이다.

아직도 나는 화양동에서 석과 함께 살고 있다.

석은 계약기간 만료 이후 재계약하지 못했다. 다른 일자리를 찾아보았지만 번번이 며칠 안 가 그만두었다. 얼마 전에는 검정고시도 떨어졌다. 석은 말수가 더 줄어들었다. 거기다가 살이 오르기 시작했다. 석이 자전거를 타지 않은 지는 이미 오래, 그는 이제 방에만 틀어박혀 있다. 동면에 든 육식동물처럼 석은 내가 없는 사이 방에 있는 식료품들을 조리도 않고 날것 그대로 먹고 종일 잠만 잔다. 그가 자다가 발 한쪽이라도 내 몸 위에 올려놓으면 나는 내가 사는 붉은 벽돌집이 무너져 내려 압사당하고 마는 악몽을 꾸게 된다.

석이 깨어 있을 때면 나는 이야기를 들려준다. 오늘 직장에서 어쩌고 저쩌고가 아니라, 오래전에 잊었다고 믿었던 이야기들, 처음 서울로 이사 온 이야기에서부터 아버지가 자전거를 가르쳐줬던 이야기, 오빠가 영영 집으로 돌아오지 않았으면, 먼 타지에서 우리를 잊고 살았으면 좋겠다는 이야기, 엄마가 번번이 재혼에 실패하고 있다는 이야기. 『슬픈 열대』를 한창 읽을 때는 내가 이해한 것 같은 구절을 풀어서 설명해주기도 했다.

여기, 남아메리카 대륙과 인도 대륙이 있다. 남아메리카는 적은 인구에 비해 자원이 풍부하고, 인도는 자원이 적은 데

반해 인구가 비대칭적으로 많다. 남아메리카의 경우 풍족하게 자원이 분배되니 차별이 필요하지 않았다. 그러나 서구 문명이 침략해 와서 땅을 점령하여 자원이 한정되기 시작하면서 선사 부족들에게도 계급이 생기고 차별이 생겨난 것이다. 인도는 애초부터 공평하게 자원이 분배되는 것이 불가능하여 카스트 제도가 생기고 계급에 따라 자원이 차등 분배되었다. 그럼에도 불구하고 인도가 긴 시간 동안 평등을 위해 어떤 시도도 하지 않았다는 걸 레비-스트로스는 지적했다. 인도인들은 계급 내에서 서로를 같은 인간으로 인식하는 한편 다른 계급과는 서로 다른 인간으로서 종속관계를 이루어 공존하기를 택했다는 것이다.

석이 책을 들고 있던 내 손을 잡았다. 나는 도둑질을 하다 붙잡힌 것처럼 떨고 있었다.

석이 내 이름을 불렀다.

석이 내게 물었다. 그동안의 남자 친구와는 어떻게 헤어졌느냐고 말이다. 석은 신기루를 붙잡고 있는 것처럼 뿌연 시선으로 내 눈을 마주 보고 있었다.

나는 한 번도 먼저 이별을 통보한 적이 없었다.

석에게 대답했다. 헤어지지 않을 거야.

나는 말하지 않았다. 퇴근하고 난 뒤에 근처 대학교 캠퍼스의 호숫가 벤치에 앉아 『슬픈 열대』를 꺼내 무릎 위에 펼쳐놓고는 날이 질 때까지 젊은 남자들을 하염없이 바라보다 돌아오고는 한다는 걸.

윗방 아이는 이제 다른 곳으로 이사 가고 없다.

어느 날부터 록 음악이 천장에서 울려댔다. 창가에 서서 맞은편 벽을 바라보다 보면 담뱃재가 눈앞을 지나 떨어졌다. 가끔 나는 홀로 남겨져 욕을 하던 아이를 생각한다.

아이가 지금 지내고 있을 그 방은 방음이 잘 될까. 아니라면, 욕을 조용히 들어줄 이웃을 만났을까.

내가 사는 화양동 구역의 재건축 계획은 지원금 문제 때문에 주민들의 반대로 취소되었다. 창가에서 내가 마주 보곤 하는, 금이 가고 있는 벽이 다시 세워질 일은 한참 뒤로 미루어진 셈이다. 물류센터와의 계약 만료가 한 달 뒤다. 정규직을 꺼리는 회사의 방침대로 나는 한 달을 쉴 것이다. 한 달 뒤에도 연락이 없다면 새 직장을 찾아야 할 테고 어쩌면 다른 동네로 떠나야 할지도 모른다. 그 훗날에 관하여는 아무런 계획이 없다. 나는 얼마든지 비슷한 직장과 비슷한 동네, 비슷한 붉은 벽돌집을 찾아낼 것이다. 그렇지만 긴 시간, 어쩌면 생각보다는 길지 않은 시간이 지나면 내가 태어나기도 전 옛날에 들어섰던 서울 곳곳의 붉은 벽돌집들이 낡고 금이 가 일거에 무너져 내릴지도 모를 일이다. 그때 마침 화장실에서 볼일을 보고 있다면 나는 어떤 표정을 지을까. 당혹스러워할까. 부끄러워할까. 생각할 겨를도 없이 깔려 죽을까. 아니면, 이미 예상하였다는 듯이 회심의 미소를 짓고 바깥의 사람을 마주 보게 되지는 않을까.

그 일에 대하여 누구에게도 이야기하지 않은 사실이 있다.

나는 전 남자 친구의 이메일 주소를 기억하고 있었다. 내가 그에게 신문사에 제보할 내용을 일러주었다. 내가 그랬다는 걸 한동안 잊고 있었다는 사실을 나는 얼마 전에야 되새겼다. 그날 출근한 사이에 내 앞으로 서류 봉투가 도착해 있었다. 발신자의 신상이 적혀 있지 않은 것이 아무래도 직접 두고 간 듯했다. 석은 언제나 그렇다시피 자고 있었다. 봉투 안에는 두툼한 종이 뭉치가 들어 있었다. 소설이었다.

제목은 씬. 첫 문장은 이러했다.

다들 씬이라고 불렀다.

누구도 아닌 나의 이야기였다. 내가 책을 읽게 되고 남자들을 만나기 시작한 때부터 화양동에서의 이야기까지가 소설의 형식으로 소상히 서술되어 있었다. 나는 읽으면서 한참을 웃었다. 그게 나야? 내가 그렇단 말이야? 다 읽고 나자 소설이 현재의 시점에서 마무리되었듯이 지금의 내게도 더는 새로운 이야기가 없는 것처럼 느껴져서 나는 어느새 울고 있었다.

미지의 꿈속을 뒤척이는 석을 내려다보면서, 화양동을 떠나야겠다고 생각했다.

음영의 사랑

삶은 소설이 아니니 쓰기를 멈추지 못할 것이다. 인물, 사건, 배경, 아무것도 고칠 수 없다. 단어가 가리키는 방향에는 아무것도 보이지 않았다. 문장은 끝없이 이어졌다. 문단은 존재하지 않았으며 망각이 단락을 구분 지었다. 오래전에 첫 문장을 잃어버린 소설이었다. 흘러가는 시간이 플롯이었다. 발단에서 전개로, 전개에서 위기로, 위기에서 다시 발단으로 되돌아오는 삶이었다. 이미 정해진 마지막 문장은 내게 아무것도 말해주지 않았다. 지울 수 없다. 돌아가서 다시 고쳐나갈 수 없었다. 시간을 되돌리지 않는 이상. 오래전 겨울에 음영이 내 옷소매를 붙들고 떨면서 말했을 때 나는 시간을 끄는 거라고만 생각했다. 말도 안 된다고 여기면서도 계속 곱

씁게 되는 기억이었다. 나는, 원하는 시간으로 되돌아갈 수 있어. 센서 등이 꺼지자 현관 타일 바닥에 맨발로 서 있던 음영이 어둠에 잠겼다. 나는 시간을 되돌릴 수 있으면 되돌려보라고 말했다. 설마 시간을 되돌린 게 겨우 이거냐고 물었다. 대답은 없었다. 마디가 굵고 차가운 음영의 손가락을 떼어낸 뒤 벽돌집 측면을 둘러싼 층계를 내려가는 동안 머리 위로 차례차례 불이 들어왔다. 낮은 담 너머 골목길 끝에 선 가로등 하나가 명멸하고 있었다. 살인을 묘사하기 편리한 장소와 구도라고 생각했던 걸로 기억한다. 불이 꺼지는 순간 흉기가 사람을 헤집고, 불이 켜지는 순간 피가 골목 담벼락에 튀고…… 제한된 정보와 제한된 시선으로 완성되는 효과를 생각했다. 죽음은 아무것도 말해주지 않으리라. 죽음, 하면 총을 관자놀이에 겨누는 순간을 그려보게 되던 시기였다. 총알에 뚫리는 내가 아니라 피와 뇌수를 헤집는 총알이 느낄 찰나를 반복해서 상상했다.

*

그해 나는 죽지 않았다. 대학교의 작은 세미나실에서 기다란 미색 테이블 앞에 놓인 고동색 의자 중 하나에 앉아 미색 벽을 바라만 보고 있었다. 실내는 아침이면 햇빛을 정면으로 받고, 정오를 지나면서는 미색 벽에 그늘이 지기 시작하여 해가 지기 두어 시간 전이면 형광등을 켜지 않고서는 활자를 읽기 힘들 정도로 침침해졌다. 벽에 걸린 화이트보드 옆에는 상아색 책장이 있었는데 학생들이 버려두고 간 책들, 대학 교재, 다 푼 토익 문제집, 철 지난 문예지들, 그리고 매해 쌓인 신춘문예 당선 소설집과 이 대학교의 문예창작학과 출신 작가의 책들이 꽂혀 있었다. 모두 내가 읽지 않을 책들이었다. 나는 화장실에 갈 때와 끼니를 살 때를 제외하고는 밖으로 나가지 않았다. 테이블에 턱을 괸 채 미색 벽을 바라보다가 주기적으로 쪽창이 달린 갈색 문을 돌아보았다. 테이블을 빙 돌아 반복해서 걷고, 졸리면 엎드려서 자고, 밤이 되면 빛이 새어 나가지 못하게 블라인드를 내리고, 딱딱하고 편평한 테이블에 누워 자고…… 내가 무엇 하러 버려진 대학교에 숨어 들어갔는지. 아무것도 하지 않으려던 건 아니었다. 오히려 오랫동안 기다려왔다는 듯이 망설임 없었다. 나는 P시의 구시가지에 있는 부모님 댁에서 지내고 있었다. 근방의 신도시가 발전하고 구시가지가 쇠락하는 과정에서 어머니는 월세로 지내던 낡은 빌라를 싼 가격에 매입했다. 어머니는 전에 없이 산책하러 나가 벚꽃 잎이 뭉개진 가로수 길을 걷고는 했다. 그해 어머니의 핸드폰 메신저 프로필은 꽃잎이 반쯤 떨어지고 새순이 종기처럼 돋아나고 있는 벚나무 앞에서 찍은 사진이었다. 내가 사진을 찍는 동안 어머니는 눈살을 찌푸리면서도 벚나무 가지를 손끝으로 붙든 채 쑥스럽게 서 있었다. 어머니 역시 삶이 달라지리라고 믿고 싶었을 것이다. 그렇기에 생전 해본 적 없던 집 단장을 하고, 축 절인 시체 같은 아버지를 다시 거실 소파에 앉혀놓았던 것일 테다. 나 역시 삶이 달라지리라고 믿고 싶은 마음에 스스로를 H시의 대학교 세미나실 의자에 앉혔다. 지금에서야 그것이 보잘 것없지만 희망이었음을 나는 안다. 어머니 같은 사람에게 주어진 희망은 관용을 베풀도록 한다. 가장 가까운 자신에게, 그리고 배척하는 먼 타인에게도. 나 같은 사람에게 희망은 스스로를 유폐하는 필요조건이다. 나는 기대 끝에 나 자신을 유폐했다. 그럼으로써 선택지를 만들고자 했다. 유폐에서 풀려나거나, 영원히 유폐되거나. 스스로 풀려나리라는 기대는 없었다. 누가 나를 꺼내줘야만 했다. 이를 상기할 때마다 오래전의 음영이 내 옷소매를 붙들었다. 나는, 원하는 시간으로 되돌아갈 수 있어. 나는 믿지 않았다. 믿지 않았기에 그 말에 매달렸다. 썩은 동아줄이 나를 배신하기를 기다렸다. 하지만 음영이 나타나 나를 구해주지 않을 거라고 알려주지 않는 이상 기다림의 끝을 눈치챌 방법은 없으므로, 유일하게 스스로 가능한 유폐를 지속하는 수밖에 없었다. 내가 H시로 향한 것은 H병원이 거기에 있었기 때문이다. H병원 근방의 대학교에 휴교령이 내려진 날 나는 H시로 향했다. 기차를 타고 버스를 탔다. 몇 없는 승객들은 흰 의료용 마스크 속에 재갈이 물려 있는 것처럼 말없이 휘둥그레진 눈으로 서로를 두

리번대고 있었다. 그들은 각자가 시한폭탄의 전선처럼 이어져 있다는 걸 본능적으로 깨닫고 어떻게든 서로를 끊고 싶어 했다. 그들은 마스크로 입을 가리지 않은 외지인인 나와 눈도 마주치려고 하지 않았다. 나는 대학교 앞에서 홀로 내렸다. 미처 삼그지 못한 창을 통해 학교 건물로 들어온 나는 옥상에 올라가 그해만큼은 악명 높았던 H병원이 어스름을 등지고 어둠에 잠겨가는 모습을 바라보았다. 시가지 너머 만(灣)에 자리한 화력발전소의 연기가 불 꺼진 녹십자 위로 피어올랐다. 그 순간 내게 화력발전소에서 태우는 연기는 H병원에서 죽은 환자들의 은유가 되었고, 병원은 화장터가 되었다. 사람들은 H병원으로 실려 간다. 나는 H시로 이끌려 온 이방인이다. 이방인은 자신을 유폐하고는 자기를 구해줄 누군가를 기다린다. 스스로를 구할 수는 없다. 나는 스스로를 구할 수 있다고 믿지 않는다. 사람이 스스로 할 수 있는 것은 숨을 쉬는 것, 누군가를 구하는 것뿐이다. 오로지 기다리고 기다리던 누군가가 손을 내밀어줘야 빠져나올 수 있는 구렁텅이가 있는 법이다. 구렁텅이가 점점 깊어지는 동안, 이방인은 오로지 한 사람을 기억해낸다. 음영.

그것이 내가 쓰고자 했던 소설이었다. 나는 소설을 쓰기 위해 휴교령이 내려진 대학교 세미나실에 스스로를 유폐했다. 왜 하필 소설인가, 는 왜 하필 음영인가, 라는 의문과 같았다. 나는 끝까지 가는 소설을 좋아했다. 그런 의미에서 도스토옙스키를 좋아했다. 그의 소설 속 주인공이 리얼리즘이란 끔찍한 비극을 안겨준다고 절규하던 걸 기억한다. 나는 리얼리즘이 현실을 그대로 쓴 것인지 현실보다 더한 거짓인지 몰랐다. 도스토옙스키의 소설은 그의 현실이었을까? 그의 현실은 비극이었을까? 나의 현실은 비극일까. 소설이 될 수 없는 비극일까. 나의 현실이 소설이라면 진작 쓰기를 포기해야 했을지도 몰랐다. 한때 나는 리얼리즘의 비극이라는, 지금은 제목밖에 떠오르지 않는 소설을 쓰려고 한 적이 있었다. 나는 지금도 리얼리즘이 무엇인지 모른다. 리얼리즘이 현실을 그대로 쓴 것이라면 음영은 진정한 리얼리스트였을 것이다. 음영은 자신이 쓴 소설을 두고 소설이 아니라고 했다. 그건 진짜야. 나는 음영의 소설이 진짜라는 말은 믿었지만 소설이 아니라는 말은 믿지 않았다. 음영의 아버지가 음영이 죽은 아내의 음영(陰影)이라고 믿었듯이. 음영의 아버지는 음영에게 음영이라 이름 붙인 이유를 들려주었다. 그가 술에 취하지 않은 상태에서 말했기에 음영은 그 말을 믿는다고 했다. 음영은 죽은 어머니의 그늘로서 아버지의 회한에 잠긴 시선을 받았지만 그렇다고 음영이 죽은 어머니가 되는 것은 아니었다. 음영은 죽지 않았다. 음영과 음영의 죽은 어머니는 일치할 수 없다. 음영의 어머니는 음영을 낳다 죽었기에 아버지의 기억 속에서 둘은 절대 공존하지 못했다. 그러나 내게 음영의 소설은 음영의 삶과 일치했다. 그렇기에 음영의 소설은 진실했다. 나는 음영의 소설을 읽고 눈물을 흘렸다. 나는 눈물을 흘릴 기회를 오랫동안 잃어버렸다. 오래전 겨울 음영에게서 떠나던 날에도 울지 않았다. 음영이 그다음 소설을 쓰지 않았기 때문이었다. 음영은 시간을 되돌리기는커녕 여전히 담이 낮은 벽돌집 삼층 왼쪽 끝 방 현관의 차가운 타일 바닥에 맨발로 서 있었다. 나는 세미나실에서 음영이 살아서 내게 돌아오기를 기다리며 스스로를 유폐하고 있었다. 소설을 쓰려 하고 있었다. 소설의 결말에서 나는 음영과 재회할 예정이었다. 시간을 되돌리는 설정을 쓰지 않을 것은 분명했다. 시간을 되돌리지 않고도 음영을 만날 수 있을까? 나는 트릭을 싫어했다. 그것은 편리하지만 게을렀다. 그래서 음영이 시간을 되돌릴 수 있다고 말했을 때 비참하고 실망스러웠다. 시간을 되돌리지 않는 이상 음영과 내가 함께할 가능성이 영에 가깝다면, 음영과 나는 소설에서든 현실에서든 만나지 못할 거라고 생각했다. 현실에서는 예정대로 음영과 만나지 못할 것이었고 소설에서는 예정과는 달리 음영과 만나지 못할 것이었다. 그런데도 나는 H시에서의 기다림을 포기하지 않을 작정이었다. 끝을 보아야 결말을 쓸 수 있기에. 삶에서 끝은 죽음밖에 없기에. 그런 면에서 H시는 적격이었다. 나 같은 젊은이는 남은 인생이라는 긴 시간을 인내하거나 인생에서 단 한 번밖에 없을 선택이라는 것을 해야만 했다. 나는 그때까지 삶을 뒤집을 만한 구체적인 결행을 한 적이 한 번도 없을뿐더러 어떻게 해야 하는지도 몰랐다. 나의 흔적을 지우는 법은 알아도 나를 지우는 법은 몰랐다. 나는 부모님 댁의 내 방에 있는 나에 관한 모든 것을 치워버렸고, 마지막으로 나 자신을 치워버림으로써 그 방에 아무것도 남기지 않았다. 유서 한 장 남기지 않았다. 어떻게 써야 할지 몰라서였다. 나는 무지했기에 내가 어떻게 남겨질지 두려웠다. 내가 남겨야 할 것을 선택할 수 없다면 내가 남기고 싶은 걸 제외하고 모조리 말소하고자 했다. 내가 남기고 싶은 것은 한 편의 소설이었다. 그러나 나는 소설을 쓰지도, 죽지도 않았다. 아무것도 하지 않았다. 결착을 앞당기기 위해 결말의 장소를 정했을 뿐 그밖에 아무것도 하지 않았다. 결말은 정해져 있어도 요원했다. 소설의 결말이 쓰일 리가 만무했다. 결말이 요원하니 시작할 수 없었다. 나는 아무것도 정하지 않고 쓴다는 것을 믿지 않았다. 소설 속 주인공의 발길을 따라 걸으며 쓴다는 것을 믿지 않았다. 내가 소설 속 주인공인데, 스스로 발길을 정하지 않고서 어떻게 걸음을 옮긴단 말인가? 물론 발길을 정하지 않고서도 걸음을 옮길 수 있지만 소설은 아니다. 끝이 정해져 있기 때문이다. 소설은 끝이 믿을 수 없이 가깝기 때문이다. 나의 소설에는 반전이 없어야 했다. 첫 문장을 읽고서 마지막 문장을 예감할 수 있어야 했다. 소설의 마지막 문장은 내 삶의 마지막 문장이어야 했다.

그해가 나의 마지막 이야기가 되기를 나는 소망했다. 마지막 이야기. 마지막의 마지막 이야기가 아니라 마지막 이야기. 끝이 없는 이야기가 아닌 마지막 이야기. 이야기가 아닌 이야기가 아니라 마지막 이야기. 그해 여름은 비가 거의 내리지 않았다. 여름은 내가 원한 결말이 아니었다. 내가 원한 결말은 눈조차 내리지 않는 겨울이었다. 아니면 거짓말같이 화사한 봄이었다. 그해 돌았던 죽음에 어울리는 여름이기는 했다. 죽음은 땡볕 아래에서 지글지글 끓어올랐다. 몇몇 무고한 이들과 함께. 그들에게는 끝이 있지만 마지막 이야기가 없었다. 마지막 이야기가 있었어도 내게까지 와닿지 않았다. 수십 명이 죽었다. 나는 핸드폰으로 소식을 계속 찾아보면서 내가 그 수십 명 중의 하나가 되기를 소망했다. 무고하게 죽은 이들을 그들 모르게 욕보였다. 그해 소설을 썼다면, 내가 그들을 욕보였다는 부정할 수 없는 증거가 되었을 것이다. 나는 무고한 누군가를 욕보이지 않고는 소설을 쓸 엄두조차 내지 못했다. 소설로부터 동떨어진 이들을 욕보이고 싶어 안달을 떨었다. 이야기가 없는 이들을 욕보이고자 소설을 쓰려고 한 것이나 다름없었다. 떠났어야 했다. 온통 미색뿐인 세미나실에 들어가는 것이 아니었다. 몰개성을 악의적으로 흉내 낸 듯한 그 공간에 처음 들어서자마자 혐오감을 느끼게 된 순간 뒤돌아 나갔어야 했다. 그곳은 마지막 이야기의 장소로 합당치 않았다. 어떤 소설가도 백지 같은 장소를 소설의 배경으로 쓰지는 않을 것이다. 백지로 소설을 채워나갈 수는 없기 때문이다. 의미 있거나 심미적인 구석은커녕 존재하지 않는 것이나 다름없는 배경에서 다른 등장인물도 사건도 없이 매일 먹고 배설하고 자는 소설을 쓰고 있는 셈이란 걸 나는 오래지 않아 깨달았다. 나는 그저 유폐되었다는 사실 하나에 고무되어 나 자신을 시간 속에 방치했다. 세미나실에는 미색에 가까운 빛깔로 바래어가는 에어컨과 도시가스 히터가 있었다. 처음 왔을 때만 해도 낮에는 에어컨을 틀 정도로 덥지 않았고 밤에는 히터를 틀 정도로 춥지 않았다. 그러나 결국에는 낮이 되면 에어컨을 최저 온도로, 밤이 되면 히터를 최고 온도로 유지해야만 했다. 나는 눈에 띄게 쇠약해져갔다. 씻지 않아 생긴 기름기에 눈이 따가워서 차라리 눈을 감는 순간 온몸이 작은 점을 향해 구겨지고 빨려 들어가는 듯한 잠이 나를 덮쳐왔다. 세포 하나하나가 비명을 지르는 듯한 경악으로 잠에서 깨어나면 구겨진 몸이 순식간에 잡아 펴진 것같이 욱신거렸다. 그것이 나의 마지막이 되지 않은 이야기였다. 나는 더러워졌고 죽지 않을 만큼만 쇠약해졌다. 미색 방에서 스스로를 방치함으로써 죽지 않을 만큼만 학대하는 것이 나의 일과였다. 그것이 나의 이야기가 될 수 없는 이야기였다. 살고자 하는 본능으로 먹어야만 하고 배설해야만 하고 잠을 자야만 했던 나의 수치였다. 왜 좀 더 고상하게 유폐될 수 없었던 걸까? 왜 미색 방이었을까? 내게는 여관 월세방에 묵을 돈도 없었다. 그해 죽은 수십 명의 사람처럼 병원에 감금될 수도 없었다. 내가 몸을 누일 장소는 버려진 대학교 세미나실밖에 없었다. 무엇보다도 나 자신이 거기에 어울리게 변모했다는 사실이 견딜 수 없었다. 그곳을 벗어나면 알량한 연명조차 하지 못하리라는 사실이 견딜 수 없이 끔찍했다. 그 끔찍한 곳에서는 소설을 쓰고자 하는 의지를 한 움큼도 되새길 수 없었다. 읽을 수도, 쓸 수도 없었다. 내게 주어진 것은 미색 책장에 놓인 한평생 읽지 않을 책들뿐이었다. 읽지 않을 책들로만 이루어진 책장을 보면 그 책장들로 가득 찬 도서관을 상상하게 되었다. 도서관은 끝없이 넓을 테고, 끝없이 넓어지고 있을 터였다. 상상만으로도 책장에 깔려 죽을 것만 같았다. 반면에 내가 읽은, 내가 읽을 소설로 가득 찬 도서관은 현저하게 작고 비좁았다. 거기에는 도스토옙스키, 체호프, 플로베르를 위시한 리얼리즘 소설가들, 그리고 음영이 있었다. 음영은 거기에 있어야 마땅했다. 음영이 시간을 되돌릴 수 있다는 건 믿지 않았지만, 음영이 소설을 쓰고 있으리라고 믿지 않을 수 없었다. 음영은 도서관의 비밀 공간에 스스로를 유폐한 채 소설을 쓰고 있었다. 단지 음영의 소설이 세상 밖으로 발표되지 않았을 뿐이었다. 음영에게 산다는 것은 소설을 쓴다는 것이었다.

나는 음영의 삶을 닮으려고 필사적으로 노력했다. 소설을 쓰지는 못했지만 일기를 썼다. 인정하고 싶지 않지만 아버지의 영향이었다. 아버지는 일기로 존재하지 않는 부성애를 썼고 나는 일기로 소설을 썼다. 일상을 일기로 쓰지 않고 일상을 소설로 썼다. 내가 그동안 소설을 쓰지 못했던 이유는 소설을 일기로 썼기 때문이었다. 오래전 겨울 음영과 헤어진 뒤로 나는 음영과 함께했던 나날 동안 쓴 일기를 다 외우도록 읽고 또 읽었다. 그것만이 나를 배신하지 않았기에 거기에 매달렸다. 일기장에는 음영을 처음 만난 날부터 내가 음영을 저버린 날까지가 전부 다 적혀 있었고, 나는 빠짐없이 기억하고 있었다. 그러나 H시에도 가져온 그 일기장을 나는 펼쳐보기 두려웠다. 스스로를 유폐하는 한동안 그것을 펼칠 엄두를 내지 못했다. 마치 기억이 통째로 일기장에 옮겨진 듯이 음영과의 나날이 흐릿해졌다. 나는 세미나실의 의자에 앉아 식사를 할 때마다 일기장을 펼쳐봐야 한다고 생각했다. 그래야 소설을 쓸 수 있을 거라고. 나는 대학교 근방 편의점에서 산, 밀가루가 주성분인 칼로리 바로 끼니를 연명하고 있었다. 입에서 칼로리 바가 부서져 분이 되어 침과 섞여 불쾌하게 눅진해졌다가 이내 힘겹게 목구멍으로 넘어가는 동안 음영을 떠올리고는 했다. 그때마다 분명해지는 기억은 오래전 겨울에 내가 음영을 떠나던 날뿐이었다. 시간을 되돌릴 수 없다는 음영의 말을 등지고 벽돌집의 층계를 내려가던 참이었다. 왜? 음영은 외마디 비명 같은 한마디만을 던지고 침묵했다. 나는 긴 시간이 지나고 H시에서 스스로를 유폐하고 나서야 그 말을 떠올릴 수 있었다. 왜 내게, 혹은 자기 자신에게 음영이 그렇게 물었는지 나는 이해할 수 없었다. 점점 기침이 잦아지고 있었다. 폐 깊숙한 곳에서부터 올라오는 기침이 아니었다. 밤에 히터를 종일 틀어놓는 통에 목이 바싹 말라버렸던 것이다. 히터를 틀지 않으면 여름밤에 벌벌 떨 정도로 몸이 좋지 않았지만 나는 죽지 않았다. 나는 계속 먹고 계속 잤다. 먹을 것이 떨어지면 밖으로 나가 편의점에 갔다. 휴교령이 내려지면서 상가 대부분이 문을 닫았지만 주민들은 마스크도 하지 않고 태연하게 밖으로 돌아다녔다. 나는 그걸 받아들일 수 없었다. 그래서 그들에게 다가갔고, 그들은 그제야 더러운 몰골의 나를 두려워하면서, 입을 가리며 피했다. 편의점 아르바이트를 하는 여자가 특히 나를 두려워했다. 대학생으로 보이는 그녀는 내가 들어오면 벗어놨던 의료용 마스크로 입을 가리며 나의 눈길을 피했다. 그러나 며칠에 한 번씩 내가 오는 것에, 그리고 죽거나 격리되지 않았다는 사실에 익숙해진 그녀는 어느 날부터 마스크를 하지 않고 내 눈길을 받았다. 나는 그녀가 눈길을 피하지 않는 그 순간에 그녀에게 작게 말했다. 그녀가 칼로리 바의 바코드를 찍으면서 반문했다. 나는 다시 작게 말했다. 오래간만에 입을 열어 내 목소리는 기대감에 떨렸다. 그녀가 다시 반문하며 고개를 내게로 내밀었다. 나는 기침을 했다. 마른기침이 아니라 폐 깊숙한 곳에서부터 터져 나오는 척 기침을 했다. 그녀는 그대로 정지했고, 비명을 지르거나 주저앉지 않았다.

두 손으로 입을 틀어막고 눈물을 뚝뚝 흘릴 뿐이었다. 내가 당황하며 손을 내밀자, 그녀는 담배 판매대에 등을 바싹 기댔다. 그게 아니라고 말하려고 했지만 마른 목에서 자꾸 기침이 나왔다. 나는 손으로 입을 가리고 계속 기침을 하면서 사과했다. 그녀는 더욱 기겁하고 의료용 마스크를 더듬거리는 손으로 집어 들어 입에 갖다 댄 채 내게 울음 섞인 목소리로 물었다. 왜죠? 왜요? 나는 그 질문에 대답할 수 없었다. 대답할 수 있을 리가 없었다. 왜지? 내가 왜 그런 거지? 나는 음영을 제외한 사람에게 무관심했고, 실은 음영에게도 무관심했다. 특히 타인의 고통에 무관심했다. 타인을 향한 무관심은 언제나 나를 괴롭혔고, 그럼으로써 나를 동정할 수 있었다. 스스로를 동정하지 않으면 아무도 동정하지 않을 거라 생각하였으므로, 스스로 동정이 가능하게 나를 대상화했다. 그건 나의 아버지가 자주 써먹던 방법이었다. 나는 아버지를 아주 훌륭하게 답습하고 있었다. 아버지는 내가 다섯 살 때를 마지막으로 일기 쓰기를 그만두었다. 폐병으로 어린 내가 수술실에 들어갔을 때 쓴 일기가 마지막 일기로, 아버지는 자신을 동정하는 한편 자기 목숨을 대신 가져가도 좋으니 나만은 살려달라고 일기장에 적었고, 심지어 눈물방울에 잉크가 번진 흔적마저도 보였다. 내가 수술실에 실려 갔던 건 아버지가 늘 내 옆에서 담배를 피워서였다. 그리고 아버지는 여전히 담배를 피웠다. 늙을 때까지 폐병 한 번 걸리지 않고.

나의 끈질긴 생명력은 그런 아버지를 닮아서리라. 나는 H시로 떠나기 전 아버지의 일기장을 다시 펼쳐보았고, 마지막으로 썼던 일기 그다음 장에 가화만사성이라고 적혀 있는 것을 발견했다. 아버지는 내가 일기장을 훔쳐보았다는 사실을 알면서도, 아니, 알았기에 그렇게 적어놓았다. 내가 떠날 때 아버지는 새로 들인 인조가죽 소파에 완벽하게 몸을 누인 채로 그저 나를 한번 힐끗 쳐다보았을 뿐이었다. 편의점은 그날 뒤로 문이 닫혔고 아마도 그녀는 H병원에 격리되었을 것이다. 죽음이 거리에서가 아니라 병실에서 병실로, 병원에서 병원으로 넘나들었다는 사실이 그날로부터 얼마 지나지 않아 밝혀졌다. 그녀는 죽음에 이르지 않는 병에 걸린 나를 피해 H병원으로 격리되었을 것이다. 그녀는 살았을까? 죽었을까? 왜지? 내가 왜 그런 거지? 그제야 나는 그 질문을 스스로에게 던질 수 있었다. 왜 내가 음영을 저버렸지? 음영은 살았을까? 죽었을까? 단 한 번도 음영이 어떻게 되었을지 생각해보지 않았다는 걸 상기하자 걷잡을 수 없이 겁이 났다. 나는 내가 아는 음영이 사라지지 않았기를, 살아 있을 거라는 표지를 과거에서 발견할 수 있기를 바라며 일기장을 펼쳤다. 그러자 백지가 펼쳐졌다. 그럴 리가 없었다. 첫 장부터 마지막 장까지 정신없이 넘겨보았지만 펜을 댄 흔적도 남아 있지 않다. 활자를 보지 못하는 병에 걸린 것일까? 나는 미색 실내를 둘러보았다. 화이트보드를 뚫어지게 쳐다보았다. 원래 적힌 글자가 없는 건지 내가 읽지를 못하는 건지 알 수 없었다. 나는 책장에서 책들을 꺼내보았다. 책 제목들이 바로 읽혔고 무슨 책이든 빼곡한 활자들이 펼쳐졌다. 나는 다시 일기장을 펼쳤다. 역시 아무것도 적혀 있지 않았다. 그럴 리가 없었지만 그랬다. 일기장에 음영과의 기억을 글로 쓴 적이 있다고 생각해왔는데 그렇지 않았다. 일기장은 내가 음영과 만날 때부터 지녔던 그 일기장이었다. 표지에 그때의 연도가 적혀 있었다. 나는 음영에 관한 어떤 것도 쓰지 않았던 것이다. 나는 몸이 쇠약해져서 착각하는 거라 생각하려고 했다. 몸이 쇠약해진 게 아닐지도 몰랐다. 정신이 망가져서 그런 것일 수도 있겠다는 생각이 불현듯 들었다. 나는 음영을 떠올리려고 애를 썼다. 떠오르는 기억은 음영이 시간을 되돌릴 수 있다고 말하던 오래전 겨울뿐이었다. 그 기억은 현실일까, 현실보다 더한 거짓일까? 나는 책장으로 돌아가 소설책들을 뒤적였다. 음영이 시간을 되돌릴 수 있다고 말했던 그해 연초에 출판된 신춘문예 당선 소설집 목차에서 음영의 사랑이라는 단편소설을 발견했다. 그럴 리가 없었다. 음영의 사랑을 쓴 소설가의 이름은 음영이었다. 나는 음영의 사랑이 실린 페이지를 펼쳤다. 소설을 읽으면서, 비로소 눈물을 흘리기 시작했다. 눈물이 흘러 지나간 더러운 눈가와 피부가 따끔거렸다. 눈물방울이 깎지 않은 수염에 매달려 있는 게 느껴졌다. 나는 흐느끼면서 소설을 읽었다. 눈물에 검은 활자가 번지고 뭉개졌다. 따가운 눈가를 닦으면서 계속 소설을 읽었다. 소설은 아름다웠다. 아름다워서 눈물이 났다. 음영의 사랑에는 트릭이 없었다. 진실하고 아름다웠다. 음영의 사랑은 음영이 그대로 쓴 현실임이 분명했다. 나는 음영을 다시 만나고 싶었다. 음영에 대한 기억이 거짓이라면, 사실은 한 번도 만난 적이 없다면 이번에야말로 음영을 만나고 싶었다. 시간을 되돌릴 수 있다면. 시간을 되돌려서 음영의 사랑을 쓰던 순간의 음영을 만날 수만 있다면. 그럴 수 있을 리가 없다고 생각했기에 나는 희망할 수 없었다. 내게 시간을 되돌린다는 것은 트릭이었다. 나는 시간을 되돌린다는 건 작가의 게으른 설정이라고 생각해온 사람이었다. 현실을 벗어난 능력은 책임을 염두에 두지 않은 욕망의 반영일 뿐이라고 여기고 있었다. 나는 책임을 염두에 두지 않은 사람이었다. 내가 P시를 떠난 것도, H시에 이른 것도 모두 책임을 염두에 두지 않았기에 가능했던 것이었다. 나는 리얼리즘의 비극이라는 소설을 쓰려고 했었다. 내가 그 소설을 완성하지 못했던 것은 책임을 지고 싶지 않았기 때문이다. 그건 흉내였다. 거짓이었다. 나는 비극이 없었다. 비극이라고 할 만한 게 있다면 내게 소설로 쓸 수 있는 어떤 이야기도 없다는 것이었다. 나의 비극은 나의 삶이 소설이 아니라는 데에 있었다. 세상에는 너무도 많은 책이, 소설이, 이야기가 있고 대부분이 보잘것없고 누구도 기억해주지 않지만 나의 이야기는 아예 존재하지도 않았다. 내가 H시에서 음영을 기다렸던 이유는 나의 빈 부분을 음영이 채워줘서였다. 음영을 잃어버린다는 것은 나를 잃어버린다는 것이나 다름없었다. 그래서였다. 나는 나를 잃어버렸기에 소설을 쓸 수 없었다.

그해 여름 나는 죽지 않았다. 소설을 쓰지 않았다. 나는 자살을 시도했지만 실패했다. 내가 정말 죽고 싶었는지는 지금도 설명할 길이 없다. 휴교령이 내려진 대학교의 미색 방에서 벗어난 뒤 나는 탈진하여 한동안 H시를 벗어나지 못하고 H병원이 아닌 근방의 다른 병원에 입원해 있었다. 걸어 다닐 수 있게 되면서부터 나는 복도의 창가에 서서 H병원을 바라보았다. 바라보면서 왜 내가 H병원이 아닌 이 병원에, 격리가 아닌 입원을 한 것인지 생각했다. 그해 여름에 죽은 사람들은 대부분 기저질환을 앓고 있는 노인들이었다. 그들은 모두는 아니더라도 대체로 살고 싶었을 것이다. 살고자 하는 본능이 있었을 것이다. 나는 젊었고, 살고자 하는 본능이 있었다. 그렇지만 그게 살고 싶었다는 말이 되는 것은 아니다. 나는 아프고 싶지 않았다. 나는 자살을 떠올릴 때마다 권총을 떠올렸다. 가장 손쉬우면서도 순식간이라 아프지 않을 것 같아서였다. 총알에 뚫리는 나를 상상하지 않고 피와 뇌수를 헤집는 총알이 느낄 찰나를 상상했다. 총알에 뚫려 죽는 찰나의 고통마저 상상하기 싫었다. 그런데도 나는 자살을 시도했다. 그건 내가 시도할 수 있는 마지막이었으며 내가 처음이자 마지막으로 내릴 수 있는 선택이었다. 하지만 가장 확실한 선택을 시도함으로써 두려움이라는 책임을 떠안게 되리라는 점이 나를 망설이게 했다. 자살을 시도한 날 밤이었다. 대학교 마크를 단 순찰차들이 헤드라이트를 켜고 교내를 돌기 시작했다. 건물들 일층 현관마다 배치된 수위실에 불이 들어왔다. 나는 불을 켜고 창가의 블라인드를 도로 올렸다. 나는 기다렸다. 음영이 아니라 현실적으로 내게 올 가능성이 큰 누군가를 기다렸다. 시간을 되돌리지 않고도 나를 꺼내줄 수 있는 사람을 기다렸다. 나를 꺼내서 H병원에 격리해줄 구원자를 기다렸다. 순찰차 한 대가 건물 앞에 멈춰 서고 곧 무전 소리가 들렸다. 차는 다시 떠났다. 얼마 안 지나 복도에서 나는 구둣발 소리가 세미나실로 가까워졌다. 그러자 돌연 겁이 나 불을 끄고 문에 바싹 붙어 쪽창 아래 쭈그려 앉았다. 나는 타성처럼 왜 음영이 아닌 구둣발인지 절망했다. 타성처럼 음영이 곁에 있어주기를, 나를 바싹 안은 채로 긴장하고 있기를 바랐다. 마치 비밀경찰을 피해 달아난 레지스탕스 연인처럼, 산 채로 불태우려 드는 사람들로부터 도망치다가 끝에 다다라 서로를 꼭 껴안고 최후를 기다리는 문둥병 환자들처럼. 삶에서의 마지막 사랑을 고백하고 마지막 키스를 하고 마지막 숨을 나누면서 연인의 마지막 모습을 눈에 담으려고 서로만 보다가도 다가오는 발소리에 부릅뜬 눈으로 주위를 두리번대는…… 구둣발 소리가 문 앞에서 멈춰 섰고, 내가 꿈꾸던 순간은 오지 않았다는 것을 나는 새삼스레 깨달았다. 나는 일어서서 뒤로 물러섰다. 노크 소리가 들리고 문이 열리고 불이 켜졌다. 제복을 입은 늙은 수위였다. 그는 잠시 놀라는 듯하다가 이내 심드렁하게 말하고 떠났다. 학생, 곧 휴교 풀리니까 집에 가서 잠 좀 자둬. 구둣발 소리가 멀어지다가 다시 노크하는 소리가 멀찍이서 들렸다. 목소리가 들렸고, 다시 구둣발 소리, 그 뒤로 아무 소리도 들리지 않았다. 나는 문을 열고 나와 휘청거리며 불 꺼진 복도를 걸었다. 복도 끝에 빛이 새어 나오는 문이 있었다. 노크하고 문을 열었다. 내가 있던 세미나실과 똑같은 미색 방이 보였다. 나와 마찬가지로 더러운 행색의 남자가 팬 돌아가는 소리가 요란하게 나는 거무튀튀한 노트북 앞에 앉아 팔에 얼굴을 파묻고는 졸고 있었다. 나는 그의 어깨에 손을 얹었다. 절망적이거나 비참하기는커녕 오랜만의 접촉에 눈물겨웠다. 노트북 화면은 나의 일기장과 마찬가지로 백지였다. 이 건물에 나와, 그와 같은 남자들이 몇이나 더 있을지 상상했다. 그가 고개를 들었다. 나는 간신히 물었다. 혹시 테이프랑 가위 좀 빌릴 수 있을까요……?

　나는 미색 방으로 돌아왔다. 내가 자살을 시도한 이유는 삶을 다 살았다고 판단해서가 아니었다. H시로 떠나기 전까지만 해도 그렇게 생각했던 듯하다. 다 살았다고. 더 살아봤자 똑같으리라고 나는 생각했었다. 그러나 그 반대였다. 삶을 살아보지도 못했기에, 앞으로도 삶을 살 가능성이 없기에 나는 자살을 시도하는 것이었다. 내가 삶을 살 여유가 있었다면 H시로 떠나지 않았을 것이다. 스스로를 유폐하지 않았을 것이다. 나는 문을 닫고, 잠그고, 숨구멍 하나 없도록 테이프로 문틈을 봉했다. 창틈에도 마찬가지로 테이프를 붙였다. 가위로 히터와 연결된 도시가스관을 자른 뒤 불을 끄고 나자 곧 죽을 사람처럼 기진맥진해졌다. 나는 테이블 아래로 기어들어가 눈을 감았다. 눈이 뻐근해 눈꺼풀을 깜박였다. 그러자 감아서인지 떠서인지, 무엇 때문의 어둠인지 분간이 사라졌고, 더는 내게 빛을 비출 무엇도 없으리라는 생각에 안심하여 눈을 감고 잠을 청했다. 잠을 자는 것 하나만큼은 자신 있었다. 나는 다시 수위가 들이닥치기 전에, 죽음의 고통이 엄습하기 전에 영원한 잠에 빠져들기를 바랐다. 잠이야말로 삶이라는 생각을 했다. 깨어나는 순간 삶이 지워져버리는 거라고. 잠에서 깨어날 때마다 죽는 셈이라고. 도시가스가 새는 소리 말고는 아무 소리도 들리지 않았다. 나는 기꺼이 잠에 빠져들고 있었다. 그래서 유리창이 깨지는 소리가 들렸을 때 꿈이라고 생각했다. 나는 눈을 떴다. 마디가 굵고 창백한 손이 깨진 쪽창으로 들어와 잠금장치를 풀었다. 문이 열리고, 불이 들어왔다. 신발을 신지 않은 작은 발이 쓰라린 눈에 보였다. 그럴 리가 없었다. 작은 발이 테이블을 돌아 반대편으로 사라졌다. 테이프가 뜯기는 소리와 함께 창이 열리며 선

선한, 하지만 나에게는 몸서리치도록 차디찬 밤공기가 들어왔다. 내가 의자를 붙들고 테이블 밖으로 겨우 기어 나오자, 마디가 굵고 차가운 손가락들이 나를 부축해 일으켜 세웠다. 나는 눈을 감고 고개를 돌렸다. 음영의 얼굴을 보지 않기를 빌었다. 몇 분, 어쩌면 그보다 더 긴 시간이 지났다. 음영의 차가운 손이 내 얼굴을 부여잡았다. 나는 마스크로 얼굴의 반을 가린 음영을 비틀거리면서 쳐다보다가 이내 힘을 내어 똑바로 섰다. 그러고는 얼굴의 반이 음영이 아니기를 빌면서 음영의 마스크를 벗겼다. 음영의 얼굴을 확인하자마자 나는 음영에게 쓰러져 기댔고, 음영이 나를 감싸 안으면서 내게 말했다. 말했잖아. 나는, 원하는 시간으로 되돌아갈 수 있다고. 거짓말. 나는 시간을 되돌릴 수 있다는 말을 믿으려고 하지 않았다. 트릭이었다. 나는 얼마 전까지만 해도 그리워했던 음영의 살냄새에 정신이 아득해지는 것을 느끼면서 외마디 비명처럼 음영에게 물었다. 왜? 음영은 내가 진정하기를 기다렸다가 차분한 목소리로 설명하기 시작했다. 나와 재회하기 위해 처음 우리가 만났던 날로 반복해서 되돌아갔다는 걸, 그러나 몇 번을 반복해도 오래전 그 겨울날 헤어졌기에 내가 자신을 찾을 때까지 기다렸다는 걸, 질문을 다 예상했다는 듯이 막힘없이 들려주었다. 이야기가 끝나자 음영이 나를 부축해 미색 방 밖으로 향했다. 힘을 써서인지 음영의 몸은 떨리고 있었고, 어쩌면 두려움 때문일 수도 있다고 나는 생각했다. 그러자 내가 음영의 기억 속에서 몇 번이고 죽었을 수도, 그래서 내가 또다시 죽을까 봐 두려워 떠는 것일 수도 있다는 생각이 들었고, 어쩌면 거짓말을 했기에, 무언가를 숨기고 있기에 떨고 있는 거라는 데까지 생각이 미쳤다. 나는 내 일기장을 가져가야 한다고 말하려다 포기했다. 말할 기력조차 남아 있지 않은 게 아니었다. 나는 묻지 않았다. 왜 내 일기장이 백지가 되었는지, 아니, 이 모든 게 계략이었던 건지, 아니, 음영은 도대체 미래 언제에서 왔는지, H시가 죽음의 그늘에서 언제 벗어나는지, 아니, H시에 죽음의 그늘이 드리워지지 않은 현실이 있었는지, 나와 만나기 위해 어떤 현실들을 거짓으로 만들었는지…… 미색 방을 나오는 순간 음영이 내게 속삭였고 얼마 안 가 나는 정신을 잃었다. 음영은 내게 이렇게 말했다.

너는 소설을 쓸 수 없을 거야……

음영은 그날 나를 병원에 데려다준 뒤로 다시는 내 앞에 나타나지 않았다. 그렇지만 나는 더는 음영을 기다리지 않는다. 그날 나는 죽었어야 했다. 음영이 나를 살린 이유를 나는 지금도 알 수 없다. 어쩌면 그건 음영이 원하는 시간으로 되돌아갈 수 있다는 사실을 증명할 증인이 살아 있기를 원해서일 뿐인지도 모르겠다. 내가 살아 있다는 것이 그 증거다. 반대로 내가 소설을 쓰지 못하리라는 데에 음영이 산증인이 될 수 있을까? 그럴 수도 있을 것이다. 하지만 누구에게 어떻게 증명한단 말인가? 왜 증명해야 한단 말인가? 음영은 내가 보지 못한 것을 미래에서 보았다. 그 미래에 나의 소설은 없다. 그러나 음영은 영원히 미래에 있다.

포

노

원

For No One

시간이 지나도 과거는 저만치 알아볼 수 있는 거리에 놓여 있다. 때로 과거는 살아서 현재로 걸어 들어오기도 한다. 폴 매카트니의 내한 공연이 열렸을 때 팬들은 그가 돌아왔다고 착각했다. 실은 그전까지 한 번도 한국 땅을 밟아본 적이 없었는데도. 전년에 건강상의 이유로 내한 공연이 취소된 점도 착각에 한몫했을 것이다. 폴 매카트니는 오지 않았지만 티켓은 남아 있으니까.

공연장에 모인 사만 오천여 명 인파 속에 네가 보이지 않자, 나는 네가 돌아오지 않았다고 잠시 착각했다. 노을빛이 엷게 비치는 흐린 하늘 아래 웅성거리는 사람들 머리 위로 조명이 밝혀졌고, 폴 매카트니와 비틀스의 역사가 무대 좌우의 스크린에서 펼쳐졌다. 흑백의 젊은 비틀스 멤버들의 모습이 홀로 남겨진 늙은 폴 매카트니로 변모함으로써 영상이 끝나고, 모든 조명이 꺼지자 그제야 사람들은 밤이 왔다는 것을 깨달았다. 무대 가까운 어둠 속에서 누가 환호성을 질렀다. 공연이 시작되는 줄 착각한 사람들의 함성이 뒤로 번져나갔다가 얼마 안 가 사그라졌다. 그러자 기다렸다는 듯이 무대가 밝혀지고 폴 매카트니가 등장했다. 살아서. 죽지 않고 살아서 폴 매카트니가 돌아왔다. 모두가 그렇게 여겼을 것이다. 노래가 시작되었다. 무대에 달린 조명들이 사람들을 비추었다. 흥분한 얼굴들 위로 빗방울이 떨어졌다. 어둠을 가로지르는 조명에 오월 안개비가 비쳤다. 머리가 젖어 드는 줄도 모른 채 사람들이 「헤이 주드(Hey Jude)」 후렴구를 나— 나— 나— 나나나나— 열창했다.

폴 매카트니의 내한 공연이 끝나고 밖으로 나가는 인파 속에서 나는 어떤 남자가 비틀스가 아니라 내 이름이, 그리고 네 이름이 등에 적힌 티셔츠를 입고 있는 걸 보았다. 그는 곧 인파에 끼어 사라졌다. 그를 다시 발견한 건 전철역 입구에서였다. 티셔츠에는 이름 말고도 네가 일했던 펜션 주소와 너의 연락처가 적혀 있었다. 당신이 그 사람인가요? 흥미로운 이야기의 결말을 기다리는 듯한 눈빛에 나는 반사적으로 아니라고 대답했다. 나는 불안해져 주위를 두리번거리다가 전철역 밖으로 나왔다. 네가 어딘가에서 나를 기다리고 있을 것만 같았다. 내가 지나치지 않을 수 없는 전철역 개찰구 같은 곳에서. 나는 한참을 걸어서 세 들어 사는 붉은 벽돌집으로 돌아갔다. 펜션 주소와 연락처를 속으로 몇 번이고 외면서.

*

존 레논의 버려진 아들 줄리안 레논은 자신이 「헤이 주드」의 주인공인 걸 뒤늦게 알고 이렇게 말했다. *누군가가 나에 관한 곡을 썼다는 걸 떠올리면 기분이 이상해요. 전 여전히 그 사실이 가슴 아립니다.*

일기장에는 폴 매카트니의 내한 공연이 취소될 무렵의 네 이야기가 쓰여 있었다.

한 주에 한 번씩, 사장이 차를 끌고 펜션에 오는 날이면 너는 함께 나가서 리조트의 푸드 코트에서 점심을 먹었다. 리조트에 가려면 펜션 앞 도로 오른편 끝자락의 터널을 지나야만 했다. 구릉을 뚫고 지나가는 긴 터널이었다.

차 안이 주황 불빛으로 잠기면 사장은 차창부터 내려 바람을 쐬고는 했다. 마주 오는 차를 지나칠 때마다 서늘한 공기를 가르는 소리가 터널 안을 메아리쳤다. 너는 조수석에 앉아 불이 나간 터널 등 개수를 세어보고는 했다. 셈은 항상 차보다 느렸다. 걸어서 지난다면 오른쪽뿐만이 아니라 양쪽을 다 세어볼 수 있을 텐데. 거기까지 생각이 미치면 나를 떠올렸다고 너는 썼다. 너의 시선은 터널 등에서 타일 벽을 타고 내려와 도롯가의 가드레일 없이 좁다란 인도로 향했다가 터널을 통과하는 순간 서둘러 차 안으로 되돌아오고는 했다. 돌아오는 길에는 반대쪽 불 나간 등을 세었고, 너는 다시금 나를 떠올렸다.

관리실 어느 귀퉁이인가에서 언제 어떻게 들어왔는지 모를 밤벌레가 찌륵찌륵 우는 통에 네가 자다 깬 게 여러 번이었다. 불을 켜고 수북하게 쌓인 비품들을 들추다 보면 소리는 그쳤다. 놈이 다시 기척을 드러내는 건 네가 도로 불을 끄고 소파에 누웠을 때였다. 까만 어둠 지척 어딘가, 놈이 바닥을 긁작이며 네게 다가오는 소리에 질끈 눈 감고만 있다가 어느새 깟깟거리는 새소리에 눈을 뜨고야 말면 창 너머에서부터 축축하고도 푸른 박명이 번져왔다. 너는 관리실 문을 열어젖혔다. 침엽수림에서 스며 나온 안개로 뿌연 도로 오른편 끝에 터널 불빛이 아스라이 비쳐왔다.

펜션의 일과는 청소로 시작해 청소로 끝났다. 너는 최대한 느릿느릿 수영장 청소를 했다. 객실 차양에 말벌들이 새로 짓기 시작한 벌집을 빗자루로 쳐내고, 빨랫줄에서 침대 시트와 수건들을 걷어와 갰다. 홀로 차분히 반복하는 일과는 지난 기억을 복기하는 과정을 수반하는 법이라고 너는 썼다. 일정한 속도로 차곡차곡 쌓여가는 천들은 네게 안정감을 줬다. 깨끗해진 흰 수건을 함에다 가지런히 정돈해놓듯이, 청소하는 시간만큼은 네가 뒤죽박죽으로 꼬였다고 여겼던 지난날들을 일목요연하게 이해해가고 있다고 믿게 했다.

폴 매카트니의 내한 공연이 취소되었을 때 너는 빈 객실 화장실에서 샤워를 하는 중이었다. 너는 수건으로 손을 닦고, 문가에 놓아둔 핸드폰을 집어 들었다. 객실 하나가 예약 잡혔다는 사장의 문자메시지. 그리고 폴 매카트니의 내한 공연 취소에 따른 환불 안내 메일. 너는 다시 샤워기를 켰다. 폴 매카트니의 「정크(Junk)」를 되지도 않게 번역하여 부르기 시작했다. *사요, 사요, 라고 써 붙인 쇼윈도— 왜죠? 왜죠? 쓰레기가 물어보네—* 너는 피식피식 웃다가 뚝 멈췄다. 그러고 보니, 라고 너는 썼다. 불현듯 처음으로 나와 함께 목욕하던 기억이 떠올랐던 것이다. 너의 기억 속에서 나는 왜 둘이어야 하는지 모르겠다며 도망 다니다 짐짓 심술 난 고양이 같은 얼굴로 몸을 맡겼다. 처음으로 타인을 씻겨보는 서투른 너의 손에. 너의 자취방, 둘이 들어가면 몇 발짝 움직일 수도 없는 비좁은 화장실에서였다. 그 순간 너는 내가 한 적 없는 말을 기억해냈다. *너는 정말 구제 불능이구나.* 너는 소리 내어 말해보았다. *너는 정말 구제 불능이구나.* 녹음된 자기 목소리를 듣는 것만 같은 위화감에 말끝이 움츠러들었다. 너는 속으로 다시 한번 읊조려보고서야 깨달았다. 내가 그런 말을 한 적이 없다는 것을. 했어도 너는 기억하지 못한다는 것을.

펜션에서 너는 내가 좋아했던 영화를 보고 책을 읽었다. 네가 구질구질하다고 여겼던 작품들. 가난, 신분, 성(性)에 갇힌 불우한 여자 주인공이 있다. 그녀는 자신을 옥죄는 환경으로부터 탈출하려고 한다. 대체로 우연히 만나 사랑에 빠진 남자를 통해서다. 결말에서 그녀는 해방된다. 죽음을 통해서라도. 혹은 여전히 갇힌 채로 끝이 난다. 나와 헤어지고 한 해가 지난 뒤에야 너는 나를 대입해보며 여자 주인공을 따라 눈물을 흘릴 수 있게 되었다고 썼다. 너는 이야기의 결정적인 장면과 구절들을 찾아 반복적으로 보았다. 더는 아무런 자극도 느껴지지 않는 클라이맥스를 무덤덤하게 곱씹으며 나를 떠올렸다.

첫 한국 방문과 공연을 기대하고 있었습니다. 기다려온 한국 팬들을 실망시키게 되어 죄송합니다. 저 또한 아쉽지만 이른 시일 내로 찾아갈 수 있기를 희망하겠습니다.

약속이 아니라 희망. 합니다가 아니라 하겠습니다.

폴 매카트니는 오지 않는다. 너는 그렇게 썼다. 이상한 일이라고 너는 생각했다. 너는 폴 매카트니를 오랫동안 기다려왔던 것처럼 낙담하고 있었다. 소식을 들은 초봄 전까지만 해도 바라기는커녕 상상조차 한 적 없었으면서.

펜션은 비수기를 맞아 한적했다. 너는 길어지는 하루를 붙잡기 위해 비틀스 노래, 그중에서도 폴 매카트니의 발라드를 틀어놓고 소파에 눕다시피 기대앉아 낮잠을 청하고는 했다. 담배를 끊고 나서 생긴 버릇으로, 왼손 검지와 중지로 입술을 두드리다 얼마 안 지나 팔과 고개를 늘어뜨리고 졸았다. 폴 매카트니의 노랫말들이 너를 스쳐 지나갔다. *예스터데이……* 너는 잠결에 객실이 예약되었다는 사실을 떠올렸다. 노랫소리가 점점 멀어져가고 어렴풋이 빗소리가 들려왔다. 천둥이 쳤다. 너는 눈을 반쯤 떴다가 다시금 감았다. 아무래도 천둥소리가 아득한 게, 정말 비가 내리는 것이 아니라 노래에 삽입된 효과음이라고 너는 생각했다. 빗소리라면, 「엉클 알버트 (Uncle Albert)」였던가. 너는 머릿속으로 첫 소절을 불러보았다. *위어 쏘 쏘리……* 펜션 진입로에 깔린 자갈이 자동차 바퀴에 갈리는 소리에 눈을 뜨고 문밖을 나서보니 땅이 젖어 있었다.

밤이 되면 너는 노트북을 켰다. 나의 이름을 검색해보고, 내가 오래전에 올린 도서 리뷰라든지 비틀스 팬카페 가입 인사, 구직 게시물 따위를 찾아 읽었다. 하이퍼링크를 타고 한참 헤매고 나서야 비틀스 팬픽션 소설을 썼다. 그때 이미 너는 비틀스 팬카페에서 유명 인사가 되어 2차 창작 전문 출판사와 출판 계약을 맺기로 예정되어 있었다. 키보드에 두 손을 올려놓은 채로 화면을 마주 보는 시간이 점점 늘었다. 그럴 때면 너는 나의 예전 전화번호로 전화를 걸었다. *전화기가 꺼져 있어……* 너는 글이 써지지 않을 때마다 내게 전화를 걸어 나를 상기해냈다. 돌아가자. 너는 매번 이 문장을 맥락 없이 여러 번 반복해서 썼다. 언제로? 어디로? 돌아가자, 라는 문장을 읽을 때마다 나는 언제로, 어디로 돌아가자는 것인지 알면서도 자꾸 묻게 되었다.

　너는 예전에 나의 얼굴을 잊어버렸다고 썼다. 고향도 아닌, 내가 살았던 서울에서 지낸 지 여러 해가 지난 무렵이었다. 잿빛으로 바래어가는 붉은 벽돌집 반지하 방에 세 들어 지내는 동안 너는 누구나 할 수 있는 일들을 전전해왔다. 너는 PC방 야간 아르바이트를 하고 있었다. 그때의 너는 담배를 피운다는 자각도 없이 주기적으로 담배를 피우고, 종이컵에 재를 털어가며 인터넷을 뒤적이는 게 전부였다. 너는 일하는 내내 이어폰으로 빗소리를 들었다. 그렇게 비가 내리면 상가 지하 PC방이 잠겨버리지 않을까, 생각하면서 내내 인터넷으로 빗소리를 틀어놓았다. 빗방울들은 잠시도 쉬지 않고 일정하게, 어딘가에 부딪혀 어딘가로 졸졸 흘러갔다. 빗소리를 계속 듣다 보면 빗소리가 더는 빗소리로 들리지 않고 끓는 기름에 무언가를 튀기는 소리로 들리기도 했다. 너는 문득 생각했다. 눈이 내리는 소리는 없을까. 눈이 내리는 소리를 검색해 들어보았지만 그것은 눈보라 소리, 정확히는 바람 소리였다. 불현듯 너는 나를 떠올렸다. 예전에 그런 사람이 있었지, 라든지 왜인지 불온한 기분으로 이름 석 자를 떠올리는 게 아니라, 여러 해가 지나는 동안 잊었다고 믿은 그해 겨울의 나를 기억해냈다. 그 당시 내게 겨울 외투는 헐렁한 잿빛 모직 코트 하

나가 다였다. 얼굴을 문지르면 생채기가 날 것처럼 거칠한 재
질이었다. 너는 기억해냈다. 눈 내리던 겨울날, 너의 자취방
이 있는 빌라촌 인근의 공장에서 퇴근한 나를 안았을 때 코트
에 깃든 찬 기운과 살냄새가 코를 간질이던 것을.

　네가 일한 펜션은 경기도 외곽 군 중에서도 강원도에 인접
한 면에 있었다. 근방에는 높다란 침엽수들 말고는 인가 한
채 없는 곳이었다. 차를 타고 이동해야 가끔 펜션과 마트, 음
식점들을 마주할 수 있었다. 리조트의 비싼 숙박비를 부담스
러워하는 이들을 겨냥해 조성한 펜션촌이 자리가 다 차는 바
람에 어쩔 수 없이 가장 멀리, 외따로, 그저 집을 지을 수 있
는 데에 지은 펜션이라고, 찾아온 내게 사장이 말했다.

　네게는 익숙한 환경이었을 것이다. 오래전, 내게 들려줬던
이야기에 의하면 너의 아버지는 임신한 아내를 데리고 타지
의 산골에 정착했다. 마을에서 멀찍이 떨어진 낡은 폐가를 보
수해 그곳에서 너의 가족이 살았다. 근처에는 낚시터가 있었
고, 거기서는 주기적으로 작은 투견 대회가 열렸다고 했다.
도시 출신인 너의 아버지가 용케 연을 얻어 투견 대회에 공급
할 대형견 수십 마리를 맡아 키우기 시작한 무렵을 너는 파편
적으로나마 기억했다. 우리에 다가가면 침을 흘리면서 으르
렁거리던 개들, 한 번도 들어가본 적 없던 뒷밭 너머의 참나
무 숲, 공룡의 뼈대 같던, 저 멀리 산등성이의 송전탑들. 네가
아직 어렸던 어느 날부터 너의 기억 속에서 개 짖는 소리는

사라졌다. 너의 어머니도 사라졌다. 너는 네 어머니가 왜 사라졌는지 더는 알려고 하지 않았다. 이유를 알기 위해서는 의절한 아버지에게 물어야 했다.

너는 스무 살이 되어 그곳을 떠났다. 네가 입학한 대학교역시 외딴 타지에 있었다. 너는 대학교와 제법 동떨어진 빌라촌에서 지냈다. 근처의 크고 작은 공장에서 계약직으로 일하는 사내들이 세 들어 지내는 곳이었다. 한 번도 실체를 본 적은 없어도 학생들 사이에서 흉흉한 소문이 나도는 곳이기도했다. 나 또한 밤에는 너 없이 혼자 밖으로 나가기를 꺼렸다. 버스에 몸을 싣고 스쳐 지나가는 시골 풍경을 보던 걸 기억한다. 근경에는 논밭이 있었고, 중경에는 연기를 뿜는 공장이, 원경에는 하늘 밑자락을 가린 산들이, 그 너머로 희미하게 신도시 아파트 건설 현장이 보였다. 풍경을 생각 없이 지나치다가 별안간 시야가 휘황해지면 어느새 터널을 달리고 있기 마련이었다. 산을 뚫고 지나가는, 길고, 듬성듬성 등이 나간 터널이었다. 덜컹덜컹하던 버스가 그 안에서는 속력을 더 내면서도 유난히 매끈하게 달리는 듯했고, 마주치는 차들이 대기를 찢는 소리가 메아리쳤다.

그 터널에 인도가 있었는지, 너는 알까? 나는 서울로 돌아가는 버스에서 너의 일기장을 읽었다. 흔들리는 차내에서 촘촘히 휘갈겨 쓴 너의 글씨를 읽느라 현기증이 났다. 이 현기증은 네가 기록한 기억이 내게 자아내는 이미지를 울렁거리게 만들었다. 오래전에 내가 떨쳐낸 기억을 심연의 밑바닥에서 건져내 그것을 밧줄 삼아 다시 내게로 기어 올라오려고 발버둥 치는 너를 내려다보며 느끼는 현기증은 오래전과 마찬가지로 나를 현실로부터 멀어지게 했다. 왜 나는 너의 흔적을 쫓고 있는가? 왜 너의 기억에 매달리고 있는가? 무엇을 위해서 서울에서 무작정 네가 지내던 곳으로 내려와, 그 모든 것을 예감했으면서도 그때 전부를 걸고 너에게 매달렸던 지난날의 실수를 나는 반복하는 것일까? 일기장은 시간이 지나면서 어두워지는 차내의 조도에 따라, 혹은 터널 속 어둠을 휙휙 지나치는 주황 불빛에 따라 다양한 명암과 색감으로 물들었다. 나는 오랫동안 일기를 쓰지 않았다. 일기장에 적힌 나의 기록을 해석하려면 기억을 더듬어보게 되기 마련이었다. 내게 기억은 이야기가 아니라 섬망이었다. 내가 일기를 쓰지 않았던 것은 섬망이 이야기가 될까 봐 두려워서였을까?

너는 펜션에서 일기를 쓰면서 분명하게 기억하는 것과 불분명하게 기억하는 것, 그리고 기억하지 못하는 것을 구분하려고 했다. 너는 기억하지 못하는 것을 그만 붙잡기로 했다. 더는 나의 얼굴을 떠올리려고 노력하거나 나의 얼굴이라고 믿은 누군가의 뒤를 쫓는 일을 그만두기로 했다고 썼다. 너는 일기장에 불분명한 기억에 대한 분명한 기억을 기록했다. 봄, 서울, 나의 단칸방에서였다. 너는 내게 유년 시절 개들이 사라진 기억을 설명했다. 일곱 살 무렵 집에 혼자 남겨졌을 때

낯선 어른들이 개들을 우리째 트럭에 싣고 가버리는 것을 보았으며 분명 도둑맞은 것일 거라고 주장했다. 그 사건이 흉작과 겹쳐 가세가 기울고 부모의 이혼까지 치달은 거라고, 너는 추측했다. 근처에 도와줄 사람이 있었으면 달랐을 거야. 정말 도둑맞은 게 맞냐는 나의 질문에 너는 당시 어렸던 자신에게 아무것도 묻지 않고 줄담배만 피우던 아버지의 모습만이 기억난다고 대답했다. 너와 나는 존 레논과 오노 요코처럼 벌거벗은 채로 껴안고 누워 있었다. 내가 아득한 눈을 하고 깨진 유리 조각을 청테이프로 이어 붙인 창문을 보고 있었다고 너는 썼다. 나를 따라서 쳐다본 창 너머에는 옆집 담의 붉은 벽돌들뿐이었다. 너는 나의 아버지가 곧 올 거라는 생각에, 왜인지 발가벗은 몸이 알량하게 느껴져 주섬주섬 옷가지를 주워 입었다. 너는 개들이 사라진 사건을 기억하는 게 아니라 자신이 나에게 말했던 내용만을 기억할 뿐이라고 적고, 이렇게 덧붙였다. *정말인가. 어머니가 떠난 것은 그 때문인가. 단지 동정심을 자아내려고 이야기를 지어낸 것은 아닐까?*

너는 내가 폴 매카트니에 대해서 말하던 걸 기억한다고 썼다. 나는 너에게 비틀스의 살아 있는 멤버인 폴 매카트니가 내한하는 게 소원이라고 했다. 여름 한강변에서였나, 고궁 내 나무 그늘진 벤치에서였나, 청계천에서였나. 나는 폴 매카트니가 작곡한 「헤이 주드」를 너에게 설명해주었다. 처음에는 상대를 슬프게 위로해주다가 후렴구에 이르면 나— 나—

나— 나나나나— 신나게 두들겨 패는 거라고, 그게 폴 매카트니의 위로법이라고.

나는 그해 가을에 너에게로 갔다. 그리고 새해가 오기 전에 떠나야 했다.

혼자 남겨진 자취방에서 너는 낯선 이의 전화를 받았다고 적었다.

혹시 딸의 남자 친구 됩니까.

나의 아버지였다.

내 딸이 댁에 있습니까. 있다면 어서 돌아와달라고 전해주겠습니까. 돌아오기 싫다면, 아비가 이제 맘을 고쳐먹었다고, 연락만이라도 해달라고 전해주지 않겠습니까.

그때 뭐라고 대답했는지 너는 잊었다.

지금 내 손에는 네가 쓴 책이 들려 있다. 『아스트리드 이야기』. 출판사에서 정한 것이 분명한 부제가 덧붙었다. '비틀스의 다섯번째 멤버를 사랑한 여인.' 아스트리드 키르헤는 비틀스의 함부르크 시절 직후 요절한 베이시스트 스튜어트 서트클리프의 마지막을 함께한 사진작가다. 네가 쓴 팬픽션 소설은 실제 아스트리드 키르헤의 행적과 영화 「백비트(Backbeat)」에서 각색된 허구를 참조했다. 소설은 스튜어트가 미안해, 라는 유언을 남기고 죽는 것으로 시작한다. 스튜어트가 누워 있는 하얀 관을 뒤로한 채 이야기는 오로지 산 사람인 아스트리드의 몫이다. 그녀는 스튜어트를 잊기 위해 다른 밴드의 드러머와 결혼했다가 이혼한다. 예전의 애인과 만나기도 하지만 결국에는 혼자다. 그동안 비틀스는 성공하고, 그들의 사랑 노래는 아스트리드가 사는 독일 함부르크까지 퍼진다. 아스트리드는 비틀스의 그늘에서 살아가고, 비틀스를 위해 앨범 표지 사진을 찍어주기도 한다. 그녀는 비틀스의 사랑 노래를 들으며 스튜어트를 생각한다. 그러나 달콤한 노랫말은 스튜어트의 사랑을 대변해주지 않는다. 비틀스의 어느 노래도 죽은 사랑을 이야기하지는 않는다. 스튜어트는 죽었다. 아스트리드는 스튜어트 없이 홀로 살아가야 한다. 그러나 아스트리드는 기다린다. 죽은 스튜어트를.

너는 이 소설이 '포 노 원(For No One)'이라는 제목으로 출판되기를 원했으나 대중적인 비틀스 곡이 아니라는 이유로 출판사가 반대했다고 썼다. 이 소설에서 아스트리드는 비틀스의 노래 중에서 「포 노 원」을 유일하게 좋아했다. 나라면 존 레논이 작곡한 「쉬 세드 쉬 세드(She Said She Said)」를 선택했을 것이다. 나는 죽는다는 게 어떤 건지 잘 알고 있어, 나는 슬프다는 게 어떤 건지 잘 알고 있어, 라는 가사가 반복되는 「쉬 세드 쉬 세드」는 존 레논의 의도와는 상관없게도, 그가 알지 못한 세계를 이미 경험한 여자를 그려내고 있다. 폴 매카트니가 작곡한 비틀스의 발라드 「포 노 원」은 남자를 '나(Me)'가 아니라 '당신(You)'이라고 지칭한다. 여자를 당신이 아니라 '그녀(She)'라고 지칭한다. 당신에 대한 정보는 떠나간 그녀를 잊지 못하고 있다는 당신의 머릿속 생각 외에는 거의 없다. 반면 그녀가 일어나고 화장을 하는 모습부터 아무것도 담고 있지 않은 눈, 누구를 위한 것도 아닌 눈물을 흘리는 장면까지, 바로 옆에서 그녀를 들여다본 것처럼 폴 매카트니는 노래하고 있다. 그녀의 눈을 들여다본 건 전지적 화자인 폴 매카트니였을까. 아니면 자신을 감춘 남자의 상상에 불과한 것일까.

폴 매카트니는 훗날 「포 노 원」에 대해서 이렇게 말했다. *어떤 사랑싸움에 관한 것이었다고 생각한다. 나는 내가 갖지 못한 여자들과는 수월한 관계가 되지 못한다. 나는 여자에게 진실을 너무 많이 이야기한다.*

아스트리드 이야기에서 아스트리드는 나다. 스튜어트는 너다. 아니, 그렇게 되기를 원했다고 너는 썼다. 네가 정한 독자는 오로지 나였다. 홀로 남은 아스트리드의 앞날은 네가 상상한 나의 앞날이었다. 아스트리드와 스튜어트 이야기의 실마리는 너와 내가 함께한 시간에만 존재하므로, 나만이 네 소설이 팬픽션이 아니라는 것을 알아챌 수 있다고 너는 썼다. 너는 나를 기다리고 있었다. 내가 이 소설을 읽기를, 폴 매카트니 내한 공연에 오기를 기다리고 있었다. 물론 너는 아스트리드가 내가 될 수 없다는 걸 잘 알고 있었다. 죽은 스튜어트가 살아 있는 네가 될 수 없다는 것도. 너는 나의 목소리를 빌려

서 이렇게 썼다.

아니야. 이 여자는 내가 아니야. 아스트리드는 너야. 스튜어트도 너고. 아스트리드는 스튜어트를 사랑하고, 스튜어트는 아스트리드를 사랑하지. 스튜어트는 죽었어. 아스트리드는 살아남았어. 스튜어트를 기다리는 게 아니야. 아스트리드는 아무도 기다리지 않아.

그리고 반복해서, 폴 매카트니는 오지 않는다, 라고 너는 썼다. 더는 소설을 쓸 수 없겠다고 너는 생각했다. 어쩌자고 소설을 쓰기로 했는지 기억이 불분명했다. 비틀스 팬카페에 게시되는 팬픽션 대부분은 어린 팬들이 자기만족으로 연재하다가 흐지부지 끝내버린 인터넷 소설이었다. 너는 그중에서 가장 목적이 뚜렷하고 유의미한 소설을 쓴 듯하지만 실은 자기 자신도 설득하지 못하고 있었던 것이다. 너는 나를 몰랐다.

네가 안다고 믿은 나는 소설이 아니라 일기장에 적혔다.

서울의 붉은 벽돌집에서 살던 그녀. 허벅지에 자해한 흔적이 있던 그녀. 평소에는 무표정하다가도 아이처럼 엉엉 소리 내어 울던 그녀. 멍하니 자기 앞머리를 뚝뚝 뽑고 있던 그녀. 한겨울 같던 그녀. 속을 들여다보면, 소설 속 학대받는 여자 주인공처럼 정적 어린 경멸과 욕망으로 끓어오르고 있을 것 같던 그녀. 나를 보면서 나를 보고 있지 않던 그녀. 나를 영화 속 여자 주인공을 이해 못 하는 무능력한 남편처럼 초라하게 만들던 그녀. 나에게 들어보라고, 소리 내어 소설을 읽어주고는 했지. 대개 여자가 흐느껴 우는 구절이었다. 영화를 보던 중 나는 불현듯 그녀의 입술을 덮쳤다. 그녀가 내 입안에 뜨거운 숨을 불어 넣어가며 말했다. *잠깐만, 잠깐만, 내가 가장 좋아하는 장면이야……*

오월이 다 가는 동안 너는 날이 갈수록 흡연 욕구에 시달렸다. 너는 그때마다 밖으로 나가, 왼손 검지와 중지를 입에 갖다 대고 숨을 기도까지 들이켰다가 내쉬었다. 너는 끝이라고 생각했다. 공연장의 사만 오천 인파 속에서 나를 찾는다니, 애초부터 불가능하다고 자조했다. 강산이 뒤바뀔 만한 시간이 지난 뒤에야 비로소 나를 찾기로 한 자신을 너는 순진하게 여겼다. *기다려온 것은 어쩌면 이 기다림이 깨지는 순간이 아니었을까? 어쩌면 안도에 가까운 허무감을 기다린 것이 아닐까? 완벽한 실연을 위하여 생면부지의 외국인을 들먹여가며 소설을 써온 것이 아닌가?*

푸른색으로 식어가는 초저녁 산중에서 이글거리는 터널 불빛을 바라보면서 너는 적었다. 소설이 아니라 일기장에.

나와 그녀가 있다. 나의 자취방이다. 나는 담배를 피우고 있다. 그녀가 내 앞에 휘청거릴 듯이 기운 채로 서 있다. 나는 악을 쓴다. 착각하지 말라고, 너는 소설 속 주인공이 아니라고, 나는 반복해서 악을 써가며 소리친다. 나는 그녀의 옷가지와 짐들을 닥치는 대로 트렁크 가방에 욱여넣고 던지다시피 떠넘긴다. 그녀를 밀친다. 그녀를 방에서 잡아 끌어낸다.

문을 열고, 문을 닫는다. 나는 알 수 없는 눈물을 흘리면서 문 앞에 서 있다. 그녀의 울음소리가 문 너머 복도에서 울려 퍼진다. 나는 기다린다. 그녀가 떠나가기를. 나는 도어 렌즈에 눈을 들이댄다. 복도 등 아래에서 그녀는 눈물 젖은 얼굴로 서 있다가 주섬주섬 트렁크 가방에서 옷을 꺼내 덧입는다. 마지막으로 잿빛 모직 코트를 입은 뒤, 한동안 문을 사이에 두고 나, 아니, 나 너머의 무엇을 응시한 끝에 트렁크 가방을 질질 끌면서 밖으로 나간다. 복도 등이 꺼진다. 울음소리가 멀어져간다. 나는 창을 연다. 눈도 내리지 않는 겨울밤, 빌라 앞 가로등 아래로 트렁크 가방을 드르륵드르륵 끌며 걸어가는 그녀를 내려다본다. 그녀가 도롯가에 들어선다. 드문드문 불 켜진 가로등을 지나던 그녀는 이윽고 완전한 어둠 속으로 사라진다. 도로 어둠 끝자락에 이글거리는 터널 불빛이 보인다. 나는 폴 매카트니의 「포 노 원」을 듣는다. 곧 날이 밝고, 나는 괴로워한다.

너는 지하로 통하는 계단을 내려갔다. 클럽 내부는 어두워서 겨우 사람을 분간할 수 있는 정도였다. 출판사 편집자가 너의 팔을 잡아끌고 무대로 향했다. 굵은 전깃줄이 깔린 무대에서는 바가지 머리 남자들이 악기를 세팅 중이었다. 편집자의 소개로 너는 그들과 악수했다. 우리는 비틀스예요. 드럼에는 **THE BEATLES**가 아니라 **THE BEARLES**라는 로고가 박혀 있

었다. 너와 편집자는 무대 가까이에 위치한 바로 갔다. 팬카
페 운영자들이 의자에 앉아 얘기를 나누고 있었다. 카드사에
서 앞으로도 접촉한다지. 그럼. 앞으로의 이미지가 달려 있는
데. 거기다가 얼마가 걸린 건인데. 너는 그들과도 인사를 나
눴다. 한 남자가 너에게 말했다. 저는 아스트리드 키르헤를
실제로 만났어요. 재재작년 리버풀에서. 아직 정정했어요. 지
금도, 아마 그럴 거예요. 남자가 정색했다. 아스트리드 키르
헤는 실제로는 그렇지 않았어요. 뭐, 팬픽이긴 하지만.

사람들이 입장해 무대 앞에 깔린 테이블 자리에 앉았다. 네
가 말했다. 조명이 너무 어둡네요. 몇 개쯤 켜는 게 어떨까
요? 운영자들은 들은 척도 하지 않았다. 편집자가 너의 옷자
락을 잡아끌었다. 운영자분들은 클럽 사람이 아니라서 조명
이고 뭐고 몰라요. 카페에서 닉네임이 뭐였죠? 너는 스튜어
트 서트클리프라고 대답했다. 작가님은 이따가 따로 소개할
거예요. 저하고 같이 나갈 거고, 출판 쪽 얘기 역시 제가 할
거예요. 사회자가 작가님한테 간단한 것들을 물을 테니 짧게
대답하면 돼요.

정해진 시간이 되자 팬카페 대표가 무대로 나와서 인사를
하고 취지를 설명한 뒤, 비틀스에게 손짓하고는 퇴장했다. 경
쾌하고 빠른 반주가 시작되자 그들이 초기 로큰롤 넘버를 목
청 높여 꽥꽥 부르기 시작했다. 호들갑을 떠는 존 레논과 폴
매카트니, 그리고 조용히 연주에 집중하는 조지 해리슨, 아

무런 주목도 못 받지만 정말 링고 스타처럼 미소를 짓는 링고 스타. 노래가 잠시 멈췄다. 폴, 병은 다 나은 거야? 존이 물었다. 보다시피. 미국 공연은 할 수 있을 거 같아. 폴이 대답했다. 링고가 굼뜬 표정, 어눌한 목소리로 물었다. 그런데 바이러스성 염증이 뭐지? 조지가 폴에게 눈짓하며 쉿, 주의를 줬다. 마약을 오용한 거지. 이번에는 폴이 존에게 물었다. 어때? 다시 젊어진 기분. 존이 대답했다. 요코가 없는 걸 빼면…… 그렇지만 나는 이때를 경멸했지. 우스꽝스러운 광대가 된 기분이었거든. 링고가 끼어들었다. 그래도 돈은 많이 번 때잖아! 존이 비꼬았다. 예수보다도 더 벌었지. 폴이 미소를 지었다. 우리끼리…… 힘들어도 행복한 나날이었지 않아? 이런 일도 있고 저런 일도 있는 거지. 나는 모든 때가 좋아. 존이 발끈했다. 착한 척하기는. 그런 말 하고도 밤에 잠은 잘 수 있어? 가만히 있던 조지가 조용히 결론짓는다. 모든 것은 다 지나가기 마련이야. 사람들이 폭소를 터뜨리는 사이 그들은 무대 뒤편으로 사라졌다. 곧이어 잠시 암전되었다가 무대 뒷벽에 조악한 무지개 조명이 걸리더니, 비틀스가 알록달록한 제복으로 갈아입고 히피 머리와 콧수염을 단 채로 재등장했다.

너와 편집자가 무대로 올라간 것은 대여섯 곡이 더 연주된 뒤였다. 사회자가 너를 스튜어트 서트클리프라고 소개하자 존 레논이 놀라 소리쳤다. 넌 죽었잖아! 조지 해리슨이 조용히 지적했다. 우리도 죽었어. 네가 말했다. 저는 살아 있어요. 사람들이 웃었다. 저는 스튜어트 서트클리프가 아닙니다. 웃음이 잦아들었다. 사회자가 멋쩍게 웃으며 너를 정식 소개했다. 젊은 사람들 몇몇이 박수를 쳤다. 편집자와 사회자가 최초로 비틀스 팬픽션 소설을 한국에서 출간하게 될 거라는 과장 섞인 대화를 나누는 동안, 너는 눈으로 나를 찾아 헤맸다.

왜 『아스트리드 이야기』를 쓰게 됐죠? 사회자가 너에게 물었다. 너는 대답했다. 저는 아스트리드를 잘 모릅니다. 존 레논이 너를 비꼬았다. 정말? 둘이 같이 살기까지 했잖아.

그건 『아스트리드 이야기』가 아닙니다. 그 소설은 거짓말입니다. 왜, 무얼 위해 썼는지는 저도 잘 모르겠습니다. 저는 오래전에 어떤 여자를 만났다가 헤어졌습니다. 우리는 그 소설 같지 않았어요. 혹시 여기 있나요? 있다면 사과하고 싶습니다. 그녀를 아시는 분 계십니까? 있다면 그녀에게 알려주지 않겠습니까? 주소와 연락처를 말씀드리겠습니다. 기다리겠습니다.

사회자가 너의 어깨를 감싸며 옆으로 밀쳐왔다. 여기 그분이 계신다면, 이 진심 어린 사과를 받아주셨으면 합니다. 자, 비틀스! 우리 다 함께 이분을 위로해줍시다! 뒤에서 누군가가 네게 어깨동무를 했다. 폴 매카트니였다. 그가 「헤이 주드」를 부르기 시작하고, 사람들이 박자에 맞춰 박수쳤다. 후렴구에 이르러 다 같이 나— 나— 나— 나나나나— 합창하자 너는 이유를 알 수 없는 눈물을 흘리기 시작했다. 눈앞에서 조명이 색색이 뭉개지고 피어났다. 비가 내린다. 너는 머릿속으로 되뇌었다. 후렴구는 네가 눈물을 그치고도 계속되었다.

후렴구가 끝이 났다. 박수가 쏟아졌다. 박수가 잦아들었다. 곧이어 정적이 찾아오고, 너는 무대에서 내려왔다.

폴 매카트니가 앞에 나서서 마이크를 잡았다.

끝이 아니에요. 여러분, 지난 십 년을 돌이켜보세요. 단지 다시 일 년일 뿐이에요. 내년이면 폴 매카트니는 다시 여러분을 찾아옵니다. 눈을 감았다가 떠보세요. 올해가 바로 내년이에요. 만약 아직도 작년이라면 다시 한번 눈을 꼭 감았다가 떠보세요. 산 사람이라면 어느 한 해에 멈춰 있는 사람은 없습니다. 여러분. 폴은 언제나 살아 있어요……

너는 너의 이름과 연락처, 펜션 주소, 그리고 나의 이름이 박힌 티셔츠를 나가는 사람들에게 나눠줬다.

만약에 폴 매카트니 공연이 내년에 열린다면 그녀는 분명 공연장에 올 거예요. 나를 찾을 수 있게, 그때 꼭 이 옷을 입어줘요.

이에 어떤 여자가 물었고, 너는 대답하지 못했다.

그다음에는요? 그다음에는 어떻게 되는데요?

일기장의 마지막 장에 너는 늘 같은 일과를 반복했다. 수영장에 빠져 죽은 벌레들을 뜰채로 건져내고, 객실 차양에 지어

지다 만 벌집을 쳐내고, 맴도는 말벌들에게 살충제를 뿌렸다. 객실 청소를 끝내자마자 다음 손님들이 도착했다. 객실이 다 차서 너는 씻을 수 없었다. 너는 자꾸만 화덕을 떠올렸다. 산더미처럼 쌓인 담배가 화덕에서 통째로 타올라 연기가 되어 굴뚝으로 올라가는. 산중의 해는 빨리 졌다. 너는 노트북을 켜고 흰 여백을 마주하다가 다시 껐다. 대신 빗소리를 틀었다. 투둑투둑 지면을 두드리는 소리가 점점 빠른 박자로 치닫더니 마침내는 공백 없는 빗소리로 이어졌다. 밖에서의 시끌벅적한 소음이 빗소리에 씻겨나갔다. 자정이 지나서 너는 잠들었다. 너의 꿈속에서 비가 내리고 있었다. 너는 펜션 앞에서 우산을 들고 서 있었다. 밤이었다. 도로 오른편 끝자락 터널에서 잿빛 모직 코트를 입고 두꺼운 목도리로 얼굴을 반쯤 가린 내가 걸어 나왔다. 너는 내게 사과했다. 미안하다고, 그 말을 하고 싶었다고. 그리고 여기에 있으면 안 된다고 말했다. *우리는 예전에 끝났어.* 순간 너의 시야가 하얗게 번졌다가 다시 어두워졌다. 천둥이 울리고 나서 갑자기 비가 아니라 눈이 내리기 시작했다. 유월에.

다시 눈을 뜬 너는 모든 불이 꺼진 걸 알아챘다. 정전이었다. 모두 잠들었는지 아무도 관리실로 찾아오지 않았다. 바깥에서 빗소리가 들렸다. 핸드폰에는 낯선 번호로 부재중 전화가 여러 통 와 있었다. 그 번호로 전화를 걸려고 했지만 중계기가 벼락을 맞았는지 먹통이었다. 돌연 누군가가 밖에서 창

포노원 | **91**

을 탕탕 두드렸다. 네가 화들짝 놀라 창가에 핸드폰을 비추니 손바닥만 한 커다란 나방이 퍼덕이고 있었다. 너는 핸드폰 불빛에 기대, 일기장을 펼치고서는 전화를 건 사람이 나일지도 모른다고 썼다.

담배를 사야겠다.

이 문장을 마지막으로 더는 쓰지 않았다.

*

너는 나를 기다리지도 찾지도 않았다. 펜션에서 나를 기다리고 있던 것은 일기장 한 권뿐이었다. 사장은 네가 그날 아무 연락도 없이 사라졌다고 했다. 달랑 핸드폰만 들고. 너는 일기장에 내가 사라졌다고, 죽었을지도 모른다고 쓰고는 했다. 나는 사라지지 않았고 죽지도 않았다. 마찬가지로 너는 사라지지 않았다. 너는 그 뒤 아스트리드 이야기를 책으로 냈다. 네가 모르는 곳 어딘가에서 내가 숨 쉬고 기억해왔듯이, 너 역시 내가 모르는 곳에서 소설과 일기장을 미끼로 나를 끌어들인 채 숨어 지켜보고 있을지도 모른다는 생각이 든다.

나는 오래전에 터널을 지났다. 그 터널에는 인도가 없었다. 화물차들이 돌진해와 겨울 찬바람으로 나를 덮치며 지나쳐가는 터널을 건너면서, 나는 젊은 비틀스가 사는 페퍼랜드*라는 가상의 섬을 상상했다. 이 터널을 지나면 수평선이 나올 거야. 그럼 노란 잠수함을 타고 바다를 건너 페퍼랜드에 도달할 수 있어. 나는 지나가는 택시를 잡아타고 터널 밖으로 나가 터미널에서 내려 서울행 버스에 올라탔다.

너는 만약은 없다고 썼다. *여기까지만, 아니, 좀 더, 여기까지만, 그런 식으로 나는 그녀를 몇 년이고 기다릴 터였다. 끝까지. 아니다. 끝은 폴 매카트니의 내한 공연처럼 무한정 연기된다. 자, 끝이야. 너는 새 시작을 할 수 있어. 그녀도,* 아무도 내게 그런 말을 하지 않았다.

우리는 끝을 만들려고 기억을 이야기로 재구성하는 것인지도 모른다. 끝은 없다. 아스트리드 이야기에는 끝이 있다. 그러나 『아스트리드 이야기』를 읽기 위해서는 너의 일기장과, 실재하는 내가 필요하다. 나는 네게 연락하지 않는다. 일기장은 불타 사라진다. 너의 이야기는 시간 속에서 잊혀 사라져갈 것이다. 나와 너는 만나지도, 사라지지도 않는다.

---

* 페퍼랜드(Pepperland)는 비틀스의 노래를 배경으로 제작한 애니메이션 「노란 잠수함 (Yellow Submarine)」에 등장하는 가상의 섬이다.

2
부

토
성
의 겨
울

네가 플레이아데스를 매어 묶을 수 있겠느냐?
Can you bind the chains of the Pleiades?
—『새국제성경』,「욥기」38 : 31

그다음 해 끔찍한 기억뿐인 장소에 한 남자만이 남아 묵묵히 살고 있었다.

잿빛 벽돌담 골목을 걸어오는 그를 보면 사람들은 설명할수 없는 위협을 느껴 눈 마주치기를 꺼려했다. 그는 구부정하고 키가 큰 젊은이로 겨울에는 구겨진 셔츠와 니트 위에 감색코트를 걸쳤고, 봄에는 셔츠와 니트 차림으로, 여름에는 셔츠소매를 걷고 다녔다. 마주치는 행인의 키가 어떻든 간에 상대를 올려다보는 것만 같은 거북목으로 무언가를 갈망하는 눈빛을 보냈다가 체념하듯 눈길을 거두는 습관이 상대에게 불길하게 비친다는 것을 그 역시 모르지 않았다. 아주 잘 알고있었지만, 그로서는 어쩔 수 없는 일이었다. 그런 그를 사로

잡은 매혹적인 상상이 있었다. 그가 한두 구획 건너 부유층이 사는 아파트에서 보안요원으로 일하기 시작한 건 지난봄부터였다. 유월에는 월세를 나눠 낼 동거인을 구하기까지 했다.

이제 문이 없는 그 방은 동거인의 차지가 되었다. 지하인데도 유일하게 창이 달린 방이었다. 성인 남자 눈높이쯤에 자리한 납작한 창은 마당 뒤편의 아무것도 심지 않은 화단으로 통했다. 방 한구석에는 이인용 조립식 책상과 의자 두 개가 놓여 있었는데 그 사이사이마다 한 칸짜리 정방형 책꽂이 십수 개가 책이 보이지 않도록 등을 보인 채 쌓여, 마치 상자에서 막 빼낸 젠가처럼 빈틈없는 직육면체를 이루고 있었다. "그렇게 해도 되죠?" 동거인은 매번 그에게 그렇게 물었고 그렇게 했다. 책꽂이들은 다시 창 아래에 차곡차곡 쌓여 책장을 이루었다. 책상은 그의 방과 맞붙은 벽에 자리 잡고 전자 건반이 올려졌다. 퇴근하는 아침마다 차갑고 칙칙한 거리를 지나 담이 허물어진 이층 벽돌집의 시멘트 계단을 내려가 신발도 벗지 않은 채 통로 끝 방의 누런 장판에 고인 어스름을 우두커니 바라보던 그의 일상은 끝이 났다. 이제 현관문을 열면 동거인이 연습하는 곡조가 흘러나오기 마련이었다. 그는 동거인이 연주하는 형편없는 미완성곡을 견디기 힘들었다. 밤샘 근무를 마친 뒤 선잠에라도 들기 위해서는 지척에서 더듬거리며 반복되는 조악한 곡조 몇 마디마저 상대해야 했던 것이다. 잠자리를 뒤척이다 눈을 뜨고야 말면 그는 마치 정신이

든 인질이 지금이 언제고 여기가 어디인지 분간하기 위해 더듬거리듯 문 없는 그 방의 문가에 비척비척 다가섰다. 그러고는 문틀에 달랑거리는 경첩을 움켜쥔 채로, 전자 건반을 연주하는 동거인을 말없이 내려다보는 수밖에 없었다.

그가 동거인과 말을 트게 된 건 순전히 시간의 흐름이 지니는 관대함 덕분이었다. 영화 음악을 전공하는 동거인은 열정에 비해 견문이 얕았는데 그가 참고할 만한 영화 속 피아노곡들을 소개하며 말을 붙였다. 그러면서 은연중에 자신의 이야기를 조금씩 들려주었다. 이 방에는 원래 문이 달려 있었으며 작년만 해도 당신이 앉은 그 자리에 다른 사람과 함께 앉아 있었다는 것까지 의외로 어렵지 않게 이야기할 수 있었다. 동거인은 이야기에 아무 반응이 없었다. 반면 그는 자신이 돌이킬 수 없이 망가졌다고 여긴 나머지 절제라는 걸 몰랐다. 그는 어떻게든 실마리를 더 흘려 반응을 끌어내고파 안달이 나는 한편으로 동거인이 모든 것을 알아챌 수도 있다는 불안에 떨었다. 동거인의 끔찍하게 무관심한 표정이 마음에 걸렸다. 단편적인 이야기만으로도 과거를 짐작하고 나를 피하는 것은 아닐까? 동거인이 그의 이름이 거짓일 뿐만 아니라 심지어 그가 전입신고조차 하지 않았다는 것을 알아채는 건 어렵지 않을 터였다. 이곳을 떠나야만 하는 건 아닐까? 그러나 매혹적인 상상이 그를 놓아주지 않았다. 동거인을 구하면서까지 돈을 모아야만 하는 계획이 그에게 있었다. 그것마저도 얼마간 털어놨다. 동거인이 그에게 그동안의 형편없는 미완성 곡들이 아닌 슬프고 아름다운 곡을 들려주었던 것이다. 그 곡은 다큐멘터리 영화「코야니스카시」에서 우주선 아틀라스 로켓이 공중 폭발하여 바다에 추락하는 동안 흘러나왔던 음울한 신시사이저 연주를 거의 표절한 셈이었는데도 그는 분간하지 못했다. 경도된 나머지 자신에게 그 곡을 헌정해달라고 애걸하기까지 했다. 자기에게 꿈이 있다고, 돈을 모아 머지않은 미래에 자신이 사는 이 건물의 지상층으로 세를 옮겨 작은 공간을 꾸밀 예정이며 거기서 이 곡을 연주하고 싶다고. 곡이름을 '토성의 겨울'이라 짓자는 그의 말을 가로막으면서 동거인은 단지 기성품을 흉내 낸 연습곡에 지나지 않고 이름을 짓거나 누구에게 줄 가치도 없다며 차갑게 거절했다.

바뀐 것은 계절의 이름뿐인 구월이 되었다. 그가 동거인에게 애걸한 뒤로 어쩐지 동거인이 방을 비우는 시간이 늘었다. 그는 기억나지 않는 어떤 조바심으로부터 도망치는 것만 같은 기분이었다. 문이 없는 그 방에 시선이 멈출 때마다 그는 창과 그 아래에 쌓인 정방형 책꽂이들을 외면하려고 애써야만 했다. 책꽂이가 쌓인 순서가 엉망이었던 것이다. "엉망진창이야." "끔찍해." 혼자 자신의 방에 주저앉아 소리 내어 중얼거리는 순간 소리는 진공 속인 듯 되삼켜졌고 곧 끔찍한 공허가 찾아왔다. 집에서 혼자 쉬는 날이면 그는 대통령 선거 이슈를 떠들어대는 텔레비전을 틀어놓았고 두 방을 서성거리며 벽에 못이 박혔던 자국들을 찾아 만져보고는 했다. 잠들었다가 현관문이 열리는 소리에 깨어나면 동거인에게 꿈을 지어내서 들려줬다. 오래전에 버려진 여자를 만났는데 얼마 안 지나 그녀가 자신을 버리고 떠나는 이야기. 동거인은 그 이야기에 무관심했다.

자살하기로 한 날에 그는 동거인의 끔찍하게 무관심한 얼굴을 떠올리고 있었다. 아파트 상황실에서 쪽잠을 청하던 그는 불현듯 자살하기로 했다. 문이 없는 그 방 벽에 새로 못을 박고 목을 매기로. 더는 살 이유가 없다는 생각이 그에게 명징한 사실로 다가왔다. 모든 것을 포기할 수 있다는 희망에 차, 그리고 무관심한 동거인이 시신을 보았을 때 어떤 표정을 지을지 상상하면서 그는 밤중에 근무지를 이탈했다. 그런데 마당에 들어서자마자 오랜만에 따뜻한 불빛이 지하 계단에서 새어 나오는 것을 보고 죽기로 한 것을 까맣게 잊고 말았다. 현관문을 열어보니 창이 없는 자신의 방에 불이 밝혀 있었다. 텔레비전 뉴스를 보고 있던 동거인이 돌아보며 눈인사를 했다. 그가 옆에 앉았다. 무인 우주선 카시니호가 긴 탐사 임무를 마치고 토성의 남반구로 낙하했다는 소식이었다. 높은 대기압에 의해 산화하기 전 카시니호에서 마지막으로 송신해온 미지의 풍경을 보던 그가 토성의 겨울이 그곳임을 알아채는 데에는 오래 걸리지 않았다. 그는 몸을 떨다가 돌연 방을 나갔다. 문이 없는 방 문가에 서서 가로등 불빛이 고인 바닥을,

그리고 어둠에 잠긴 한 칸짜리 정방형 책꽂이들을 내려다보며 그는 떨고 있었다. 주체하기 힘들 지경이었다. 그는 책꽂이들을 모두 바닥에 내려놓고 자신이 기억하는 순서대로 다시 쌓기 시작했다. 이미 머릿속에서 수백 번은 해냈던 일이라 어둠은 방해가 되지 않았다. "제 방에서 나가요." 불이 켜졌다. 그가 뒤돌아보지 않고 동거인에게 대답했다. "이 책들은 주인이 따로 있어요. 그 책상도." "그럼 전부 가지고 나가요." 그는 대답하지 않았다. 동거인이 다시 말했다. "이 방은 이제 제 방이에요." "이 방의 주인은 따로 있어요." "어디 있는데요?" "죽었어요." 그가 소리치며 뒤돌아섰다. "죽었다고요!" 인형이 울기 위해서 고무 피부를 우그러뜨린 듯한 얼굴이었다.

동거인은 여전히 그에게 냉담했다. "제 탓이 아니잖아요. 나가요."

*

"자, 이제 일어나야 해요." 연구 병동에 창백한 불이 들어왔다. 그는 심해에서 강제로 끌려 올라온 기분이었다. 다시금 꿈속에 빠지고 싶었다. 그해 그날은 아침부터 비가 내리고 서늘했다. 지긋지긋했다. 그가 침상을 정리하고 일어났을 때 다른 남자들은 이미 발을 질질 끌며 줄지어 서 의사에게 청진을 받고 있었다. 그러고는 혈액 채취를 준비 중인 간호사들 앞에 차례대로 주저앉아 헝클어진 머리를 달래듯 쓰다듬으면서, 음 소거된 벽걸이 텔레비전 속 아침 드라마 주인공들을 아득히 올려다보았다. 그의 차례가 되어 맨가슴에 차가운 청진기가 닿았다. 그는 심장 박동을 고르게 하려고 애썼다. 의사는 청진기를 뗐다가 다시 대보면서 귀 기울이듯 몸을 그에게로 숙였다. "B32 피험자, 다음 소집일까지 계속할 수 있겠어요?" "네." "아무것도 하지 말고, 집에서만 쉬다가 돌아와야 해요." "네."

그는 고전 영화를 상영하는 단관 극장으로 향했다.

그 여자가 그를 마주 보았다. 추적거리는 비 탓에 어둑한 칠월 거리는 계절을 분간하기 힘들었고 그는 멈춰 선 그대로 신문지처럼 젖어들었다. 그녀는 극장 처마 밑에서 담배를 피우고 있었다. 검은 와이드 팬츠에 헐렁한 암자색 셔츠 차림으로, 연갈색 단발머리는 끝자락이 푸른색으로 물들어 있었다. 그녀가 담배를 쥔 손을 힘없이 늘어뜨렸다. 곧 「라탈랑트」를 상영할 시간이었다. 꽁초가 그녀의 검고 뭉툭한 단화에 부딪혀 빗속으로 튕겨 나갔다. 그는 그녀의 이름을 기억 속에서 더듬어보았다. 마침내 자신이 그녀를 기억 속에서 지워내려고 안간힘을 쓴 지난 시간을 깨닫는 순간 빗소리가 사라졌다. 오줌을 지린 것처럼 뜨거운 무엇이 정수리 위로 빠져나갔고 뒤이어 미지근하게 젖은 온몸이 빗방울들과 함께 허공으로 빨려 올라가는 것만 같았다. 눈앞의 그녀가 색색이 번졌다. 오래전 그녀가 그에게 들려준 이야기가 있었다. 만약에 토성이나 목성이 달의 거리에 있으면, 세계는 거기로 빨려 들어갈 거라고. 순식간에, 마치 실타래가 풀리듯이…… 그는 그녀에게 떨고 있는 손을 내밀고 있었다. 다시 빗소리가 퍼져 나갔다. 조조 영화를 본 사람들이 극장 밖으로 나와 담배에 불을 붙이거나 우산을 펼쳤다. 그는 내민 손에 빗물이 고이는 줄도 모른 채 홀린 듯 그녀에게로 걸어갔다. 담배를 피우던 사람 몇이 한 걸음 한 걸음 녹아가는 비누 인형 같은 그를 바라보았고 그녀를 돌아보았다. 담뱃재를 터는 소리, 우산을 펼치는 소리, 철벅거리는 소리. 그녀가 떠나는 사람들을 따라 그를 지나쳐 갔다. 뒤늦게 그가 그녀를 쫓아 대로변으로 나섰다. 모든 것이 휘몰아쳤다. 우산 위에서, 자동차 바퀴와 사람들의 발아래에서 빗방울들이 으깨지는 소리가 귓가를 가득 메웠다. 그 소리는 하수구 밖으로 쥐 떼가 끊임없이 쏟아져 나오며 바닥을 발톱으로 긁어대는 쇳소리를 닮았다. 사람들이, 젖은 건물들이 행성의 자전에 끌려가듯 그의 뒤로 멀어져갔고 그녀의 뒷모습이 성큼성큼 눈앞으로 다가왔다. 그녀 곁을 걷던 사람들이 별안간 지하철역 내부로 훅 꺼졌다. 그녀가 힐끗 그를 돌아보고는 지하철역을 지나쳐 파란불이 들어온 횡단보도를 건너갔다. 그는 오로지 그녀의 젖어가는 뒷머리에 시선을 고정한 채로 쫓아갔는데, 그녀가 마치 꽁지만 남기고 푸른

물이 빠져버린 가짜 파랑새 같다는 생각이 들었다. 그녀가 버스 정류장에서 멈춰 섰다. 그가 원하던 대로, 그녀가 아주 가까이서 그를 마주 보았다. 끔찍하고 두려운 감정이 내부를 향해 한계점까지 우그러지고 수렴하여 초신성처럼 터져버릴 것 같은 눈으로.

정신을 차리고 보니 그녀를 태운 버스가 교차로에서 신호에 걸려 정지해 있었다. 목적지도 확인하지 않고 버스를 탔으므로, 그녀는 곧 내릴 것이었다. 그녀가 내릴 때까지 놓치지 않고 쫓아갈 수 있을까? 그는 달리기 시작했다. 그건 선택이 아니었다. 그는 단 한 번도 선택이라는 걸 한 적이 없었다. 만약 그녀에게서 뒤돌아서 있었다면 그는 돌아보지도 않고 그대로 도망쳤을 것이다. 그가 교차로를 무단횡단하고 있을 때 이미 버스는 다음 정류장을 지나 그의 시야에서 멀어져가고 있었다. 목표를 잃자 그는 달리기를 멈추었다. 비를 피하러 지치고 축축한 발걸음으로 버스 정류장에 들렀다. 그녀가 젖은 머리를 두 손으로 감싼 채로 앉아 있었다. "사라져." 오한으로 떨면서 내뱉는 뜨거운 숨 같은 목소리였다. 내려다보이는 그녀는 칠 년 사이에 일정한 비율로 쪼그라든 것처럼 원래보다도 더 작아 보였다. 늘어뜨린 머리채에 얼굴이 가려져 있었다. 사람에게 악착같이 매달리는 그의 습성이 되살아났다. 기억나지 않는 그녀의 이름을 묻고, 자신의 예전 이름을 잊어달라 간청하고, 다시 한번만, 제발, 자신은 죽어가고 있다고 거짓말하고 애원하였지만 끝이 푸른 머리채에서 그녀의 얼굴이 드러나는 일은 없었다. 그녀의 침묵 앞에서 그는 비참하도록 약하고 무능해져 점점 말수가 줄어들었다.

마침내 그녀가 말했다. "네가 여기에 없었으면……" 엷은 비웃음이 섞였지만 그녀의 말이었다. "토성의 겨울을 기억해요?" "……" 침묵이 아니라 머뭇거림이라는 걸 알아챈 그가 박차를 가했다. "슬픈 이야기를 들려드릴게요. 당신을 위한 소설이요. 토성의 겨울을 나는 슬픈 삶을 당신에게 읽어줄게요. 듣고 있어요? 그날 이후로 눈물을 흘린 적이 있나요? 알다시피 저는 한 번도 눈물을 흘린 적이 없었지요. 그러나 토성의 겨울이 떠오르는 그때 저는 한순간에 눈물을 쏟아냈어요. 며칠 동안 눈물이 마를 지경까지 실컷 울 수 있었어요. 이제야말로 저는 머릿속에서 그걸 끄집어내서 쓸 수 있게 됐어요. 당신을 위해서 그것을 쓸게요. 부디, 제발…… 토성의 겨울을 떠올려보세요……" 장막이 걷혔다. 머리채로부터 물든 듯 푸른빛이 도는 창백한 얼굴이 드러나고, 조건을 재보는 신중한 눈이 그를 훑었다. "토성의 겨울에는……" 그녀가 운을 떼자 그가 화답했다. "인간이 나와서는 안 되며 인간의 감정이란 있을 수가 없지요." 그의 거짓말들이 그녀에게 힘을 주었으며 그녀의 힘이 그에게 전이되었다. 그녀가 일어나 그에게 한 발짝 다가섰다. 그는 마치 멱살을 잡힌 것처럼 움찔거리며 뒤로 물러났다. "어디 한번 슬픈 토성의 겨울 이야기를 들려줘봐." 득의양양하다시피 한 미소가 그녀의 얼굴에 번졌다. 눈물을 흘리는 모습 다음으로 그가 가장 보고 싶어 했던 그녀의 얼굴이었다. 그가 그녀에게 다시 이름을 물었다. 그녀는 이름 대신 평생 그를 괴롭힐 말을 했다. "지금 이 순간을 잘 기억해야 해. 오늘이 언제였는지, 어디였는지, 날씨가 어땠는지, 내 머리색, 내 옷, 내 얼굴, 너의 말, 너의 알량한 감정들과 후회." 그녀가 그를 지나쳐 다시 갔던 길로 돌아갔다. 그는 그녀를 돌아보지 않았다. 「라탈랑트」 상영 시작 시각은 이미 지났다. 그는 깊이 후회하는 중이었다. 끝내 쓰이지 못할 소설이 첫 문장에서 머뭇거리는 동안 지나갈, 후회와 괴로움뿐인 그녀와의 시간보다는 극장의 어둠 속에 앉아, 젊은 선장이 수중에서 허우적거리는 모습 위로 춤을 추고 웃는 그리운 아내가 반투명하게 투영되는 장면을 보면서 눈물을 쥐어짜내려고 안간힘을 쓰는 게 나았다.

다시 병원으로 이어졌다. 그는 철렁이는 마음으로 의사 앞에 앉아 맨가슴을 드러냈다. 청진기가 닿자 심장이 데인 듯이 차가워 한 대 얻어맞은 표정을 지었다. 그는 혈액을 채취하는 도중에 현기증이 난다고 엄살을 피워 침대에 누웠다. 의사가 곁에서 문진했다. "B32 피험자, 그날 집에 바로 들어갔나요?" "네." 번복했다. "아니요." 그는 의사에게 자신이 그날 하루 동안 겪은 일을 이야기했다. 두려움에 한숨도 자지 못했으며 이제 모든 것이 끝났다고 말했다. 의사는 아무 반응 없이 남자를 내려다보기만 했다. 그는 겁먹은 아이처럼 의사를 올려다보며 대답을 요구했다. "잠에서 깨면 끝날 착각일까요? 착각이 아니라면, 이제 어떡하죠?" 의사가 성가시다는 표정으로 가운 웰트 포켓에서 펜과 함께 진회색 명함을 꺼내 그에게 내밀었다. "거짓말이 아니라면 착각도 아니겠죠. 제가 해줄 수 없는 걸 요구하는 피험자가 더러 있는데 그때마다 수집가 선생을 소개해줍니다. 명함은 하나뿐이라 드리지는 못해요. 주소를 손에 받아 적으세요. 숙면에 도움이 될 주사를 처방해드릴게요. 귀가하는 대로 바로 주무셔야 합니다. B32 피험자는 소집 기간 중 타 약물 처방과 심신 미약을 사유로 소집 해제입니다. 잠에서 깨고 나서도 착각이 아니라는 생각이 들면 잊지 말고 거기로 찾아가보세요."

고시원으로 돌아가 작은 침대에 구겨져 잠든 그는 기억하지 못하는 꿈을 꿨는데 핸드폰 벨 소리에 깨고 나자, 이미 한 차례 모든 걸 겪어낸 뒤에 다시금 과거로 돌아가 선택을 해야만 하는 상황에 놓인 것처럼 지치고 회한뿐이고 자신이 없었다. 덥고 습한 한낮이었고, 그는 땀에 젖어 있었다. 전화를 받자 그녀의 목소리가 들렸다. 그는 칠 년 동안 한 번도 전화번호를 바꾼 적이 없었다. 그녀는 같이 살 방을 구했으며 보증금을 낼 형편이 안 된다고 말했다. "수중에 돈이 있어?" 그녀가 주소를 불러주었다. 그는 붙박이 책상으로 손을 뻗어 펜을 집어 들었다. 왼손에 주소를 적고 나자 그녀가 말했다. "이리로 와." 그는 왼손에 방금 적은 그녀의 주소와 그 아래에서 번져가는 수집가의 주소를 내려다보았다.

　더위가 제법 견딜 만해진 해 질 녘에 수집가의 집 대문을 열고 나온 그는 대로의 이십사 시간 카페 맨 위층에 올라가 탁자에 머리를 박고 있었다. 한참 뒤, 그는 잠에서 깨려고 몸부림쳤다. 이제 가야만 해. 가야만 한다고. 그는 또 잠들었다. 다시 고개를 들었을 때는 이미 동틀 녘으로, 근방 클럽에서 나온 젊은이들이 각각 탁자 하나씩을 차지하고는 졸고 있었다. 창가 구석 자리에는 어려 보이는 여자가 너무도 노숙한 표정으로 앉아 있었는데 그의 우둔해 보이는, 그래서 더 위험해 보이는 눈길이 자신을 향한 걸 느끼자 신경질적으로 핸드백을 챙겨 들고 밖으로 나가버렸다. 창피해진 그는 시차를 두었다가 밖으로 나갔다. 누가 자신을 데려가주길 바라며 낯설고 칙칙한 주택가로 들어가 가로등 불빛에 어지러운 전깃줄이 희미하게 그림자를 드리운 길을 내려다보며 걸었다. 도착한 그 집은 담을 허물어 테라스가 길과 마주하고 있었고 마당에는 말라비틀어진 화분 몇 개만 놓여 있을 뿐 아무것도 없었다. 곰팡내가 풍기는 계단을 내려가 반쯤 열린 현관문을 열자 그늘진 좁은 통로의 끝에 닫혀 있는 방문이 보였다. 방문을 열자 아무렇게나 널브러진 짐들 사이에 그녀 또한 비슷한 모양으로 누워 새우잠에 들어 있었다. 왜인지 낯익은 광경으로,

이제 처음으로 발을 디뎠을 뿐인데도 다시 어딘가로 쫓겨나듯 떠나야 할 것만 같은 기분에 그는 벽 곳곳에 못이 박힌 낡은 방을 지긋지긋하면서도 한편으로는 오랜 정이 든 것처럼 돌아다보았다. 그녀가 눈을 감은 채로 말했다. "왜 늦게 왔지?" 들를 곳이 있었다고 핑계를 대려고 했지만 입이 떨어지지 않았다. 그는 머뭇거리며 다가가 이내 그녀 곁에 어색하게 누웠다. 그녀가 목을 끌어당겨 그를 안자 습하고 따뜻한 냄새에 그는 정신을 못 차릴 지경이었다. 그녀의 팔에 힘이 들어가면서 그의 목이 조여들고 땀으로 축축해졌다. 그녀가 그를 떨쳐내고 일어나 어스름이 비쳐오는 납작한 창을 열고 담배에 불을 붙였다. "돈이 더 생기면 지상으로 올라가는 거야. 상상해봐. 너는 계속 올라갈 수 있어. 한동안은 지하에 머무르겠지. 더 아래로 내려갈 수도 있고. 그렇지만 토성의 겨울이 칠 년이듯이, 너의 겨울이 지나가는 데에도 칠 년쯤 걸릴 수도 있으니까." 모든 걸 체념하는 듯한 그녀의 미소에 그는 어쩔 수 없이, 그녀와 함께라면 평생 겨울이어도 상관없다고 대답했다. 그녀가 손을 위로 뻗어 창밖으로 재를 털었다. "난 아니야. 하지만 너는 지금 네가 한 말을 원동력으로 살아가야 해."

그날 뒤로 그녀로부터 온정 어린 말을 기대할 수 있는 날은 더는 없었다. 아니, 그날 그녀의 미소를 비롯하여 그녀가 입으로 말하고 짓는 모든 것들은 그에게 장막이었다. 장막 뒤에서 무엇을 은폐하고 있을지 그는 알 수 없었다. 하지만 그에게는 그녀가 쉽게 저버리지 못할 토성의 겨울이 있었다. 그 거짓말을 언제까지 끌고 나가느냐가 그에게는 관건이었다. 그는 거짓말들이 둘의 동거에 균형과 힘을 가져다준다고 믿었다. 무엇보다도 둘에게는 거부할 수 없는 칠 년이라는 시간의 공백이 있었다. 칠 년, 그 공백의 계절이 다음 계절을 기대하게 해주리라고, 칠 년의 간극이 서로를 밀어내고 당기면서 공전할 수 있게 해주리라고 그는 믿었다. 그는 정말로 믿었다. 그녀가 가져온 한 칸짜리 작은 정방형 책꽂이들을 창 아래에 한 칸 한 칸 쌓으면서 칸마다 꽂힌 책들이 어떤 시기를 지나왔는지를 유추하고, 그녀가 자신이 모르는 칠 년의 공백 때 읽은 책들을 증오하고, 앞으로 쌓아갈 새로운 한 칸을 고대하였다. 그녀는 실화를 쓰고 있다고 했다. 그녀가 쓰는 실화가 어떤 일을 다루는 글인지 그는 전연 답을 들을 수 없었다. 창이 있는 그 방은 작업실이 되었다. 둘은 이인용 책상에 나란히 앉아 서로에게 보여주지 않는 글을 써나갔다. 어찌 되었든 둘은 여름을 견뎌냈다. 방 보증금을 대고 남은 돈이 바닥이 나고 있었다.

그는 이틀에 한 번, 의사가 소개한 수집가의 집을 방문했다. 그 집은 담이 있고, 대문이 있고, 잘 가꾼 정원이 있으며, 일층 전체가 응접실이자 서재이자 작업실이고, 그가 들어가보지 못한 이층은 안락한 공간임이 분명했다…… 일층은 두 벽이 통유리 창으로 이루어져 있었는데 수집가는 창 하나를 다 차지하는 책장 앞의 책상에 앉아 있었다. 책장 뒤의 통유리 창에서 쏟아지는 빛과 스스로의 음영에 둘러싸인 수집가는 자기 스스로가 아니면 아무도 해칠 수 없을 것만 같았다. 다른 벽에 걸린 그림에는 표정 없는 단독자가 창 너머로 달 표면처럼 아무것도 없는 검은 하늘과 회색 대지를 넘어 다보고 있었다. 책장에 꽂힌 그가 사랑하는 소설책들…… 자격 미달인 것을 제외하고 없는 것이 없었다. 그 모든 것을 지탱하는 무게중심에 수집가가 앉아 그를 관리했다. 처음 수집가를 만났을 때 그가 모든 이야기를, 어둠 속 한편에서 독방에 새어든 빛을 올려다보듯이 그를 바라보는 그녀가 그려지는 고백을 마치자 수집가는 이렇게 말했다. "쓰일 가치가 없는 이야기뿐이군요. 소설은 그런 이야기를 가진 자들만이 쓰지요. 소설을 쓰는 것은 쓰일 가치가 없는 이야기들을 거짓말로 버무려내서 가치를 지어내는 과정입니다. 쓸 가치가 있는 인생들은 존재 자체로 완결성이 있기에 쓸 필요성을 느끼지 못하지요. 좋아요. 당신 삶을 소설로 쓰기 위해서는 당신 삶이 소설이 되어야 합니다. 더는 망설이지 말고 그 집에 가세요…… 그걸로 충분합니다." "저는 제 이야기를 쓰겠다는 게 아니에요. 제 이야기가 아니에요. '토성의 겨울'이라는 제목도 정해져 있고, 거기에는 인간이 나와서는 안 되며 인간의 감정 또한 있을 수가 없습니다." 그의 말에 수집가가 웃었다. 그 웃음은 분명 그를 향하는 것일 텐데도 수집가의 자조

같아 보이는 면이 있었다. 그는 그 웃음에 몽롱하게 빠져들어 갔다. "당신은 단 한 번도 나 자신이 아닌 무언가의 이야기를 쓰거나, 말하거나, 떠올려본 적이 있나요……? 당신이 할 수 있는 건 고작 자기와 자기가 사는 집을 토성의 겨울이라고 이름 붙인 백지 위에 띄워놓는 것 그 이상도 그 이하도 아니에요…… 물론 불가능을 향하는 과정은 무의미하지 않다고, 누구나 그렇게 말하지요. 그 여자가 당신을 어떻게 대하는지는 알겠어요. 자, 어디 한번 뛰어들어서 재확인해보세요……" 그는 이틀에 한 번씩 수집가를 찾아갈 때마다 그녀와의 모든 것을 낱낱이 보고했고 수집가는 종이에 무언가를 적어 내려갔다. 마치 그가 소설을 구술하는 것만 같았다.

　수집가 외에는 아무도 그와 그녀가 함께 산다는 것을 몰랐고 설령 안다 해도 믿지 않았을 것이다. 그 역시 믿기지 않았으니까. 그녀가 그를 떠났을 때 많은 사람이 그를 지켜보고 있었다. 그들이 물러가고 나서 그는 마치 사건 이전으로 되돌아가기 위해 타임머신에 올라타듯이 창이 없는 방으로 돌아가 서둘러 잠들었다.

　그날은 새해를 며칠 앞둔 어느 날이었다. 가루눈이 내리기 시작한 아침 무렵 집을 나간 그녀는 눈이 소금 덩이처럼 얼어가는 새벽에야 돌아왔다. 창이 없는 방의 매트리스 모서리에 앉아 있던 그는 오래된 형광등의 깜박임 속에서 찬기 어린 겉

옷을 벗는 그녀를 올려다보았다. 그에게 어제의 그녀는 오늘 눈을 뜨면서 조각나버린 꿈과 다르지 않았고 눈앞에 보이는 오늘의 그녀는 실재하지 않는 허상으로 느껴졌다. 그는 그녀가 실제로 존재한다는 것을 확인하기 위해 만지거나 냄새를 맡으려 들곤 했는데 그날도 그녀를 안았다. 그녀가 그를 밀어냈다. "그만. 토성의 겨울을 들려줘." 그는 한 발 물러서며 연극적인 톤으로 말을 내뱉었다. "질렸어요. 끝장을 내야겠어요." 꿈에 익숙하지 않은 자가 꿈속에서 의지 없이 상황에 끌려가듯이 그는 자신이 말하고 행동하는 것을 제대로 인지하지 못했다. 끝장내다니? 토성의 겨울을 들려줘. 슬픈 겨울 이야기를 들려줘. 그는 매일 성화에 시달렸고 어떻게든 운을 띄워봐도 그녀의 단호한 선고에 가로막히기 일쑤였다. "아니야. 다시." 그는 그녀의 작은 어깨를 붙들고 불길한 주문을 외듯이 중얼거렸다. "좋아요. 다시. 이번이 마지막 이야기예요. 토성의 겨울을 나는 슬픈 이야기요. 지구를 향해 토성의 고리가 완전한 수평선 모양으로 기울어지고 남반구에 겨울이 찾아온 지 얼마 되지 않았을 때, 거기에 그가 살고 있었어요. 지금 들려드릴 이야기는 그가 지구 시간으로 칠 년 동안 겨울을 나는 슬픈 이야기예요. 그의 이름은……" 그 순간 그는 말문이 막혀 입을 벌린 채 그녀를 집어삼킬 듯이 노려보았다. 오랫동안 잊고 있던 어떤 이름이 떠올랐던 것이다. 그가 이름을 말했다. 동시에 그는 그녀에게 뺨을 얻어맞고 비틀거렸다. 다시금 달려드는 그녀의 두 팔을 붙들면서 그는 어떤 사람의 이름인지조차 기억하지 못한 채 악을 써댔다. "그가 토성에서 칠 년을 어떻게 살았느냐면, 존재함과 동시에 토성의 대기압에 터져서, 죽었어요! 죽었다고요. 거기에는 아무도 살 수가 없어요!" 그녀가 그의 팔을 뿌리치고 뒤로 물러나 벽에 등을 붙이고 섰다. 그가 씩씩거리면서 그녀에게 윽박질렀다. "그 사람이 누구기에? 누구야?" 그녀가 고개를 숙인 채 미약하게 떨기 시작했다. 점점 크게 떨다가 고개를 든 그녀는 득의양양한 미소가 번져가는 걸 감추지 못하고 있었다. "오늘 그 사람을 만나고 온 거야……?" 그가 재차 다그쳤다. "그 사람 지금 어디에 있어?" 그녀가 돌연 비명을 지르다시피 소리쳤다. "죽었잖아. 죽었다고!" 잠깐의 침묵이 흘렀다. "정말 기억 못 해? 죽었다고! 칠 년 전에! 그해 겨울에 죽었잖아!" 바깥에서 겨울바람이 휘몰아치는 소리가 들렸다. 그녀가 미친 듯이 웃어댔다. 그녀는 웃음을 멈추지 못했다. 그의 내부에서 무언가가 끊어졌다. 그는 그녀를 우악스레 밖으로 몰아낸 뒤 문을 잠그고 허리띠를 풀었다. 버클을 조여 올가미를 만들어 벽에 박힌 못에 단단히 고정한 다음 거기에 목을 걸었다. 그러나 못의 위치가 높지 않아 그의 발은 바닥에서 완전히 떨어지지 않았고 발을 들어 목을 조이면 본능적으로 다시 까치발을 딛게 되었다. 그는 평생 교수형이 집행 중인 죄인처럼 올가미를 목에 맨 채로 우두커니 서 있었다…… 열쇠가 돌아가는 소리와 함께 문이 열렸다. 그녀는 그의 모습을 보고 처음에는 놀라는 듯했다가 이내 태연스레 옷장으로 걸어가서 그의 허리띠를 하나 꺼내 그와 마찬가지로 올가미를 만들고는 방문 밖으로 나갔다. 그는 올가미를 벗어던지려고 했지만 허리띠가 못에서 빠지지 않아 까치발을 선 채로 버둥거렸다. 창이 있는 방의 문이 잠기는 소리가 들렸다. 이내 벽 건너편에서 무언가가 우당탕 무너지는 소리가 들렸다. 그가 못째로 올가미를 떼어내 벗어던지고 그 방으로 달려들었다. 방문을 두드리며 알 수 없는 소리를 지르다 발로 걷어차고 몸을 내던져가며 문을 부수기 시작했다. 발길질에 부서진 아래쪽을 통해 널브러진 책꽂이들이 보이자 그는 구조대에, 그리고 경찰서에 전화해 그녀가 죽었다고, 그녀를 죽였다고 횡설수설했다. 그러고는 겉옷도 입지 않고 밖으로 뛰쳐나가 황망히 새벽 거리를 돌아다보았다. 이미 지하에서의 소란 때문에 사람들이 지하로 통하는 계단 앞에 몰려와 있었다. 먼저 근처 파출소에서 경찰관들이 왔고, 뒤이어 도착한 구조대원들이 도끼를 들고 지하로 뛰어 내려갔다. 곧 문이 쪼개지는 소리가 났다. 잠시 뒤 밖에서 그와 함께 대기하고 있던 경찰관이 무전을 받고 그에게 말했다. "같이 안에 들어가야겠습니다." 통로는 젖은 발자국과 부서진 문 쪼가리로 어지럽혀져 있었다. 그는 경찰관의 옷자락을 부여잡고 방 안으로 들어갔다. 널브러진 책꽂이와 책들, 창문 옆 못에 걸린 허리띠 올가미, 그리고 열려 있는 창문뿐, 그녀는 없었다. 경찰관이 그에게 이름과 주민등록번호를 묻고 파출소로 무전을 넣었다. "이 아저씨 주소지 여기가 아닌데?" 그가 한 번도 본 적 없는 집주인 노파가 불려 내려왔다. "젊은 아가씨랑 계약했어요. 이 남자는 난 몰라요." 다시 무전이 돌아왔다. "그 아가씨도 주소지 여기가 아닌데요? 전입신고 안 했나 봐." 구조대원들과 경찰관들이 그를 쳐다보았다. "일단 같이 가주셔야겠는데요." 경찰관의 부축을 받고 나오던 그는 인파 속에서 수집가와 눈이 마주쳤다. "따라갈 테니까…… 너무 답답해서 잠시 숨 좀 돌릴게요. 사람이 너무 많아서 견디기 힘들어요." 경찰관들이 사람들을 내보내는 동안 그는 자신을 감시하는 경찰관을 뒤에 두고, 마당 뒤편의 눈이 쌓인 화단에 서서 옆집 담을 마주보았다. "어떡하면 좋죠? 그녀가 죽었는데, 사라졌어요. 내가 미친 건가요? 아니면, 정말 사라진 겁니까?" 수집가가 담 너머에서 되물었다. "어떡하겠어요? 그 여자가 존재하지 않았던 걸로 하겠어요? 아니면 죽은 걸로 하겠어요? 아니면 죽지 않고 떠난 걸로 하겠어요?" "……못하겠어요. 이 모든 게 꿈속의 일 같습니다……" 수집가가 마지막으로 물었다. "여기서 끝입니까?" 그는 대답을 할 수 있는 상태가 아니었다. 그래서 그는 가로등 불빛에 비친 눈밭 위로 작은 발자국이 지하방 창문에서부터 마당 밖으로 이어진 것도 알아채지 못했다.

　얼마 뒤 그는 수집가의 집을 찾아갔지만 대문은 열리지 않았다. 다시는 만날 수 없었다.

*

　십이월에 들어 그는 동거인으로부터 이달을 마지막으로 당신과 집주인 간의 계약이 만료되며 당신이 재계약을 거부하여 자신이 계약했으니 새해 전까지 나가야 한다는 통보를 받았다. 집주인 노파를 찾아갔지만 이미 부서진 문 값을 제외한 보증금을 계약자에게 돌려줬고 자기에게 묻는 댁은 도대체 누구냐는 답답한 소리만 들어야 했다. "그 사람은 죽었어요. 죽은 사람에게 돈을 돌려줘봤자 무슨 소용이에요?" 그는 노파가 노망이 들었다고 치부하고는 믿으려 들지 않았다. 믿을 수 있을 리가 없었다. 그에게는 어쩔 수 없는 일이었다. 그는 동거인이 있는 그 방으로 돌아가 눈물을 흘릴 기세로 빌었다. 자신에게는 보증금도 없고 모아둔 돈도 아직 넉넉지 않으며 여기를 떠나고서는 살아갈 자신이 없다고, 어떤 조건으로도 좋으니 자신을 동거인으로 거둬달라고. 동거인은 월세의 삼분의 이를 그가 내는 조건으로 그에게 창이 있는 방을 내주었다.

　그는 해가 바뀌고 나서도 토성의 겨울을 시작하지 못했다. 그가 작년에 꿨던 매혹적인 상상은 여전히 포기할 수 없었다. 그건 정말 보잘것없는 상상이었다. 이 건물 일층으로 세를 옮겨 그녀가 읽은 책들로 책장을 채우고 작업실로 꾸미는 것. 그 공간은 개방되어 누구나 찾아올 수 있다. 그리고 그중 누구는 자신에게 말을 걸고, 토성의 겨울을 나는 슬픈 이야기를 들려달라고 할 것이다. 이제 그는 잠들면 구체적이고 지워지지 않는 하나의 꿈만을 꿨다. 설핏 잠들었던 그는 누가 일정한 박자로 타자를 치는 소리에 깨어난다. 그녀가 책상에 앉아 글을 쓰고 있다. 그녀가 표정 없는 얼굴로 그를 돌아본다. 꿈에서 깬다…… 그는 잠이 늘어 지각을 반복하다 보안요원 일을 그만두어야만 했다. 동거인이 집을 비운 날이면 그는 동거인 몰래 전자 건반으로 곡을 연습했다. 천천히, 서투른 동작으로, 자신이 누른 건반이 내는 소리에 놀라워하며.

그는 여전히 거기서 살고 있다. 그 동네, 그 거리, 그 벽돌집 지하에서.

아무도 모르게

밤에는 밖을 바라보는 내가 창에 비친다. 책상 앞에 앉아 글을 끼적이다 고개를 든 강마른 여자가. 어두운 밖에서는 그런 내 모습이 더 잘 보이겠지. 반대로 낮이면 나는 낮은 담 너머로 걸어 다니는 사람들의 상반신을 볼 수 있지만 그들에게는 창을 향해 힐끔거리는 자신만이 보일 것이다. 이 물리적 현상이 새삼스러워지는 밤이면 창에 비친 나는 책상에 마주 앉아 내 기색을 살피기도 하고 실내에 놓인 테이블과 소파 사이사이를 서성대다 나를 돌아보기도, 벽마다 붙박인 책장의 종이 뭉치들을 들여다보기도 하는데 정작 책상 앞에 앉은 내가 창에 비친 반투명한 나를 또렷이 마주 보면 그 너머의 어둠 속 잎이 시든 목련나무에 눈이 가기 마련이다. 나는 글쓰기를 멈추고 마당으로 나가 화장실에서 호스를 연결하여 나무에 물을 준다. 창에 튄 물방울들이 노란 실내를 볼록이 담았다가 마주 붙은 책상의 어두운 밑을 향해 흘러내려가며 검고 윤이 나는 눈으로 날 물끄러미 올려다보는 동안 나는 주저앉아 풀을 뽑다 말고 오래전 겨울밤 어느 호텔의 객실을 엿보던 순간을 떠올린다. 그날 밤의 이야기를 그가 보채서 이따금 들려주고는 한다. 다리를 건너 용산으로 넘어가 기차역 대합실에서 떨다 다시 다리를 건너 여의도의 빈소로 돌아갔던 일을. 다리를 건너서 오갔던 시간은 마치 요동치는 비행기의 창밖으로 뛰어내려 비구름 속을 헤쳐나가는 것만 같아, 휘몰아치는 진눈깨비를 뚫고 나오는 자동차 헤드라이트와 귀를 에는 바람 소리뿐인 다리를 건넜을 때 나는 이미 얼이 빠져 있었다고. 그가 가장 좋아하는 대목이다. 그는 여의도의 빈소에서 나를 만났다는 사실만으로, 그때 우리가 함께 힘든 시절을 헤쳐왔노라고 믿는다. 그 겨울밤에 내게 물었더라면 들려줬을, 그때 그가 묻지 않아 들려주지 않은 이야기를 나는 여름밤에 떠올리며 실내를 들여다보고 있다. 이제 와서 그에게 들려주고 설명하여 이해시킬 생각을 하면 생각만으로도 피로해진다. 지방의 대학교로 강연을 하러 간 그는 아직 돌아오지 않고 있다. 나는 담 위에 걸린 브라우티건 도서관 간판의 불을 끄고 대문을 잠근 뒤 노란 보조 조명이 켜진 도서관으로 돌아간다. 책장에 따뜻한 음영이 드리워져 종이 뭉치들은 주인의 염원대로 새 생명을 얻어 그럴듯하게 침묵하는 듯하다. 그러나 불을 끄는 순간 그가 꿈꾼 대로 무덤 같은 어둠이 종이 뭉치들을 삼키고, 담 너머 백색 가로등이 새어 들어와 책상 옆 벽에 걸린 검은 그림을 비춘다. 표정 없는 단독자가 창 너머로 달 표면처럼 아무것도 없는 검은 하늘과 회색 대지를 넘어다보는 그림을. 그림은 이 집의 주인이 선물한 것이다. 나는 M출판사에서 기증한 기다란 원목 테이블 위로 올라가 그림을 등지고 눕는다. 몸 반쪽이 차가워진다. 어둠을 바라보고 있자면, 내가 눈을 떴는지, 감았는지, 무엇 때문의 어둠인지 분간이 사라진다. 나는 다시 빛을 찾아 몸을 일으켜 앉는다. 나는 내가 지금 보고 느끼는 것처럼 쓰고 있지만 이미 지나간 사건, 아니면 전에 갈무리한 생각을 이어 붙이는 것에 불과하다. 그가 밤의 장막을 비집고 나와 담 너머 가로등 아래에 선다. 불 꺼진 어둠을 들여다보는 그의 눈에는 내가 보이지 않을 것이다. 그는 대문을 열어두고 간판 불을 켠 뒤 실내로 들어온다. 나를 힐난하지 않는다. 그가 소리 죽여 다락방으로 올라가고 얼마 안 지나 처연히 내 이름을 부르는 목소리가 기어 내려온다. 제발 곁에 있어달라고. 마음을 더는 접을 수 없을 때까지 접고 나서야 나는 다락방으로 올라간다. 창이 없는 다락방은 지붕 위에 눕는 게 나을 정도로 열대야다. 나는 안기는 그를 내치지 못한다. 강연은 처참했다고 한다. 그의 날숨이 닿는 내 쇄골 위로 땀이 맺힐 지경인데도 그는 말을 끝맺을 줄 모른다. 자신이 없는 새에 대관 예약이 잡히지 않았는지, 또 어떤 패배자가 형편없는 소설을 기증했는지 확인하고, 주말에 여기서 낭독회 행사가 있다는 걸 상기시키고, 돌연 평정심을 잃고서, 그때까지 있을 거냐고, 정말 떠날 거냐고, 왜 바로 떠나지 않는 건지, 언제 떠날지라도 얘기해달라고 그는 내 옷자락을 붙들고 애원한다. 알잖아, 언니는 죽었어. 이제 우리가 의지할 상대라곤…… 초인종이 그의 목소리를 가로막는다. 그는 내려가 손님을 맞는 수밖에 없다. ……안녕하세요. ……괜찮습니다. 브라우티건 도서관은 선생님 같은 분을 위해 언제나 열려 있어요. ……선생님, 비록 출판은 되지 않더라도 브라우티건 도서관에 보관된다는 건 가치가 있는 일이에요. 선생님의 소설을 읽기 위해 사람들이 여기까지 온다고 생각해보세요. ……여기 서지에 기록해주시고요. 책은 여기. ……오늘은 소설에서 벗어나 푹 주무세요. 다시 돌아온 그는 내게서 돌아눕는다. 잠들기 전 그가 중얼거린다. 나도 알아. 나는 그에게 안다는 게 무엇인지 궁금하다. 그가 훌쩍이는 소리뿐인, 더는 아무도 오지 않는 밤이다. 선배를 알아요. 그날 밤 내가 빈소에서 떨고 있을 때도 그는 그렇게 운을 떼었고 상상해보라며 나를 끌어들였다. 나는 기꺼이 도망쳐 숨었다. 그가 상상으로 지은 따듯한 벽돌집으로. 그 상상은 겨울 동이 트면서 끝난 줄 알았는데. 짧은 여름밤이 끝났다. 계단 아래로 테이블과 의자들이 그림자를 길게 벗어놓는 걸 지켜보던 나는 동이 트기 전 사라진 그를 대신하여 도서관을 지킨다. 이제 곧 나이 든 여자들이 남편과 자식들을 보내고 나서 못다 한 이야기를 쓰러 도서관으로 온다. 그들은 남자들이 돌아오는 저녁 전까지 쓰던 글을 완성하고 서지를 꼼꼼히 작성하고서 창피하다며 가장 구석진 책장에 종이 뭉치를 꽂아두고 갈 것이다. 저녁에는 이곳을 임대하여 제공한 재단이나 출판사에서 종종 문학 강좌와 행사를 진행하고, 젊은 독자들이 각자의 집으로 돌아간 뒤에는 나이 든 남자들이 테이블에 모여 앉아 문학과 세상살이에 대하여 성토를 한다. 그가 어울리는 젊은 소설가들은 늦은 밤에야 온다. 도서관에 모여 그들은 문학을 더럽히는 자들을 저주한다. 새벽녘까지. 술을 마시고, 목련나무 아래에서 담배를 피우고, 자기들끼리 입을 맞추고, 토하고, 스스로를 괴롭히고…… 주말에는 관광객들이 출판되지 않은 소설들의 제목을 가리키며 예의 없이 키득대거나 비치된 무료 커피를 축내다 가기도, 연인들이 카페인 줄 알고 들어왔다가 도서관이란 말에 의아해하기도, 지친 기색의 젊은 여자 편집자가 평일간 처리 못 한 원고 뭉치에 고개를 박고 있다가 늦은 밤에야 돌아가기도 한다. 브라우티건 도서관은 이들을 위해 이십사 시간 열려 있으므로 사서인 그가, 아니면 내가 상주해야 한다. 구청 관계자들이 방문하는 날에는 다락방의 침구를 숨겨야 한다. 법이란 것이 그렇다. 그는 법적으로 서울시의 피고용인이다. 나는 그렇지 않다. 나는 그의 동거인이다. 법적으로는 그렇지 않다. 나는 이곳에서 내가 어떤 사람인지, 무슨 일을 하는 사람인지 질문받을 때가 있는데 대답을 얼버무리면 종종 어떤 글을 쓰느냐는 질문을 받게 된다. 그때마다 그가 대신하여 나를 자기보다 글을 더 잘 쓰던 선배였다고 사람들에게 소개하고는 한다. 나는 곤란한 말을 들었다는 듯이 웃어넘기지만 속으로는 글을, 소설을 쓰는 사람이 되었어야만 했던 건 아닐까, 생각해보게 된다. 소설 쓰기는 그가 마지막으로 권한 것이다. 여기를 나가는 순간 나는 소설을 쓰지 않을 걸 알기에 소설을 완성하기 전에는 도서관을 떠나지 않을 것이다. 그가 소설을 써보라고 한 이유는 내가 여기에 있으면 죽은 언니가 떠오른다고 거짓말해서다. 여기라서 죽은 사람을 떠올리게 된다면 여기에서 죽은 사람을 떠올리는 게 이치에 맞는데 그는 죽은 언니가 떠올라서 여기를 떠나겠다는 나의 심정을 안다고 말한다. 이곳에서 죽은 사람이 있기는 하다. 이 집은 일제강점기 남자 소설가가 요절한 생가터로, 나는 그 남자가 매독으로 죽었다는 사실 말고는 아무것도 모른다. 나는 이곳에서 죽은 남자가 아니라 죽은 언니를 자주 떠올린다. 그러나 죽은 언니에 대하여 내가 쓸 수 있는 것은 죽은 언니에 대하여 내가 쓸 수 있는 게 아무것도 없다는 사실뿐이다. 이 집에는 지하가 있다. 손님이 없는 날, 매일 같은 트랙을 돌아 귀에 박힌 팝송과 클래식을 꺼두면 지하에서 피아노 치는 소리가 올라오기도 한다. 지하에는 집주인 말고는 살지 않으므로 아마 그 노인일 것이다. 아이가 호기심에 피아노 건반을 건드려보듯 서로 엇나가는 음들이 간격을 두고 눌리다가, 조용하면서도 불안히 떨리는 선율로 이어지고, 요동치고, 고조되다가 돌연 끊어진다. 그 순간 나는 옆에서 자던 이의 숨소리가 멈추었을 때 사람이 죽어가는지도 모를 침묵과 어둠을 헤매면서 그러하듯, 견딜 수 없이 죽은 언니에게 말을 걸고픈 충동을 느낀다…… 지하로 내려가는 계단은 마당의 화장실 뒤에 있다. 내가 노인을 처음 마주쳤던 장소도 거기다. 노인은 토성의 겨울을 아느냐고 내게 물었는데 내가 알기로는 노인과 마주쳤던 사람 중 이 말을 이해하거나 대답한 이는 없다. 나는 노인이 이 집에서 오랫동안 살았으며 아무런 조건 없이 지상층을 재단에 무상 임대했다는 사실밖에 알지 못한다. 사람들은 모두 노인이 미쳤다고 한다. 내가 죽은 언니에게 말을 건다는 것도 마찬가지일 것이다. 노인이 지하에서 끝없이 피아노를 치는 날이면 나는 어릴 적에 언니와 함께 보았던 영화 「식스센스」의 대사를 소리 내어 곱씹는다. 나는 죽은 사람들을 볼 수 있다고, 꿈이 아니라 깨어 있을 때, 그들은 자신이 죽은 줄을 모르고, 내게 말을 걸기 위해 찾아오며, 그들이 다가오는 순간 주변이 추워진다고. 나는 태어나지 못한 책들의 침묵 속으로 흩어지는 얄팍한 말들을 가만히 지켜본다. 어린 언니가 짐짓 진지한 목소리로 자기 역시 죽은 사람을 볼 수 있다고 거짓말하자 코웃음 쳤던 나로 되돌아간다. 언니는 이미 오래전에 죽었으며, 죽은 언니는 내게 찾아오지도, 어떤 말도 걸지 않고, 죽은 언니가 곁에 있다고 해도 내가 알 방도는 없다. 언니는 삶이 끝났다. 추운 이국 어딘가로 떠나서 다시는 돌아오지 않는 줄로만 알았는데 언니의 시신은 한국에서 수습되어 가족에게 인계되었다. 오래전 아무도 모르게 집을 떠났을 때와 마찬가지로 언니는 무엇도 남기지 않았다. 언니는 삶을 지워버렸다. 비가 오지 않은 지 오래다. 가뭄이다. 소설을 완성하지 못하면 나는 여기서 나가지 못할 테다. 떠나는 날을 벼를 때마다 나는 오래전 그날 겨울밤 여의도의 호텔 객실을 들여다보던 나를 떠올린다. 지상으로부터 멀지 않은 층의, 따듯한 빛이 흘러나오던 창에서 나를 내려다보던 여자를 기억한다. 그 여자의 표정이 가물가물하다. 아마 웃고 있었을 것이다. 나는 그녀가 언니이기를, 실은 언니가 죽지 않았고 새로운 삶을 살고 있기를 간절히 바랐다…… 나를 찾아온 손님들이 있다. 한 명은 익숙한 그녀고 한 명은 언니를 아는 사람이다. 그는 일찍 나가 도서관에 없다. 어쩌면 그가 나보다 먼저 이곳을 떠날지도 모른다는 생각이 든다. 거의 매일 밤 그가 나에게, 내가 떠나면 브라우티건 도서관을 폐쇄하겠다고 하지 않았던가. 그는 사람들이 오는 아침과 낮에는 도서관에 혼자 남겨진 내가 도망치지 못할 거라 여기고 밤에나 돌아오고는 한다…… 이 동네에 혼자 남겨지는 게 두렵다고 그는 밤마다 말한다. 여기에서 자신은 이방인이나 다름없다고, 이 동네는 소설가들의 무덤이며 자신은 예술이라는 허영에 미친 사람들이 사는 여기를 증오할 수밖에 없다고 그는 책장 앞을 정신없이 오가며 하소연한다. 여기에서 살기를 택한 건 그 자신이라는 걸 내가 환기하면 그는 증오가 자신의 원동력이어서라고 대답한다. 이 동네 사람들은 자기네가 써내는 사멸해야 마땅한 소설들을 브라우티건 도서관에 자발적으로 유폐하고 있으므로 자신은 소설가로서 정당한 복수를 하고 있다는 것이다. 그 복수에 나를 끌어들인 이유는 무엇이냐는 나의 물음에 그는 배반당했다는 듯 온 힘을 다하여 나를 쳐다본 끝에 다락방으로 향한다. 내가 그의 팔목을 잡아채는 바람에 계단을 딛던 그가 중심을 잃고 넘어진다. 그가 몸을 반쯤 일으킨 채로 얼굴을 찡그리며 중얼거린다. 누나가 올 거라는 걸 알았으니까. 그는 자신이 운다는 사실에 무너져 내린다는 듯 소리 내어 울음을 쥐어짜낸다. 도서관은 무덤인 동시에 이 동네의 유일한 도피처라고, 자기가 나를 구한 거라고, 앞으로도 나를 지켜줄 것이라고, 그런데도 자기로부터 떠날 거냐고 그는 오래전 겨울밤이었으면 나를 약하게 만들었을 말들을 쏟아낸다. 나는 어린 동생을 달래며 다락방으로 같이 올라가, 어둠 속에서 끔찍하게 훌쩍이는 그가 잠들 때까지 곁에 있어준다…… 그다음 날 그가 브라우티건 도서관을 나서지 않았다면 언니의 이름을 듣는 일은 없었을 텐데. 그 사람이 아니야.

그녀의 말에도 언니를 아는 사람은 나를 보면서 떨기를 멈추지 못한다. 어째서 나는 이 사람이 언니를 아는 사람이라는 걸 알았을까? 언니의 이름을 말해서라는 걸 알면서도 나는 받아들이지 못한다. 언니를 아는 사람이라면 언니의 무엇이 그 사람의 외양에 새겨졌을 거라고 진심으로 믿는 것처럼, 책상에 앉은 채 얼핏 올려다보았던 언니를 아는 사람의 인상을 나는 필사적으로 되짚어보다가 새 손님이 왔을 때마다 꺼내곤 하는 공양식 서지를 제자리에 놓고 글을 쓰던 노트에 눈을 박아 새삼스러운 의문으로 도망친다. 나는 내가 지금 보고 느끼는 것처럼 쓰고 있지만 이미 지나간 사건, 아니면 전에 갈무리한 생각을 이어 붙이는 것에 불과하다. 이 노트를 누가 읽게 된다면 낱낱의 문장마다 내가 어느 시점의 어디에서 겪고 생각하고 쓰고 있었는지 모르지 않을까? '어느 시점의 어디'가 내 머릿속에만 있는 것이라면, 나마저도 머릿속에서 잊으면 어떻게 되는 것일까? 언니를 아는 사람을 데려온 그녀가 내게 양해를 구하듯 서글피 웃는다. 그녀는 브라우티건 도서관이 생기기 한참 전에, 같이 살던 사랑하는 사람을 보냈다. 그녀는 죽은 사랑하는 사람에 대한 소설을 계절마다 써내어 도서관의 책장을 메워간다. 예전에 그가 그녀의 소설들을 책장에서 꺼내 소리 내어 읽은 적이 있다. 간혹 그는 무례한 관광객처럼 손에 잡히는 대로 소설들을 꺼내 읽으며 비웃고는 한다. 그는 그녀의 소설에서 '그런 생각을 하고는 했다',

라고 끝맺는 구절들만을 골라 한달음에 읊고는 그것 봐, 라는 듯이 나를 돌아보았다. 그의 말에 따르면 소설에서 화자가 그런 생각을 하고는 했다, 라고 운을 떼거나 마무리 짓는 순간 그 소설은 손쓸 새도 없이 젖어버린다는 것이었다. 젖는다는 그가 자주 쓰는 멸칭 중 하나로, 그의 소설에서는 누구도 '그런 생각은 하'지 않는다. 나는 그녀의 죽은 사랑하는 사람에 대한 책을 들추어보지 않으려고, 그녀가 쓴 젖은 구절들을 읽지 않으려고 안간힘을 써왔다. 그녀가 내 이름을 부른다. 토요일 낭독회에 계시지요? 남들 앞에서 처음 읽어요. 떨지 않아야 하는데. 무표정한 그녀가 무섭도록 낭랑한 목소리로 같은 말을 반복하며 현관문을 향해 발걸음을 옮긴다. 나는 낭독한다, 나는 낭독한다…… 책상 맞은편 기다란 테이블 귀퉁이에 앉은 언니를 아는 사람과 눈을 마주치고서야 나는 그녀가 자리를 피했다는 사실을 알아챈다. 나무에 물을 줘야겠어요. 내가 일어서자 언니를 아는 사람도 일어선다. 언니를 아는 사람이 머뭇머뭇 말하지만 나는 알아듣지 못하고 대답하지 못한다. 언니를 아는 사람이 언니의 이름을 들먹이면서 계속 말한다. 소설을 쓸 거예요. 오직 ……에 관한 소설이요. 나는 당혹감을 감추려 짐짓 피로한 기색을 드러내 보인다. 죽은 언니에 대해서 댁이 무엇을 쓸 수 있는데요? 언니를 아는 사람이 내게로 다가온다. 외줄을 타듯 휘청이면서도 똑바른 걸음. ……의 모든 것이요. 나는 언니를 아는 사람이 책상 앞에 멈취 서기를 기다린다. 그럼 제가 아는 걸 들려줘야 쓰는 데에 도움이 되겠네요. 나는 책상 앞에 멈춰 선 언니를 아는 사람에게 부드럽게 말하기 시작한다. 죽은 언니의 손에는 구겨진 유서 한 장이 쥐어져 있었다고. 장례식을 치르지 말라. 그러지 않는다면 장례식에 참석한 모든 이들을 저주할 것이다. 그 유서는 법적인 효력이 없어 지켜지지 못했지만 그 유서대로라면 나와 가족들은, 그리고 그는 저주를 받으며 사는 셈이라고. 그럼에도 그 유서는 언니가 남긴 유일한 것이기에 내가 아직도 가지고 있다고. 그것을 원하느냐고. 나는 언니를 아는 사람의 눈에서 나선형이 조여졌다가 극적으로 풀리는 걸 지켜본다. ……완성할 거예요. 약속할게요…… 언니를 아는 사람이 자리로 돌아가 가방에서 노트북을 꺼내 자판을 더듬거리다 말고 고개를 책장 쪽으로 돌린 채 울음을 참는 걸 지켜본다…… 언니를 아는 사람은 오늘도 그 자리에 앉아 있다. 언니를 아는 사람은 오늘도 그 자리에 앉아 있다. 언니를 아는 사람은 오늘도 앉아 있다. 오늘은 토요일이다. 낭독회가 열리는 오늘을 위해 문장을 아끼고 아낀 셈이다. 오늘 토요일에 이 글을 계속 이어나갈 수 있는 특별한 사건이 일어나기를 기다리는 것처럼 나는 이어 쓰기를 머뭇거렸다. 낭독회에서 느낄 환멸이 나를 떠나게 해주리라는 기대를 했던 것도 같다. 언니를 아는 사람은 소설을 쓰겠다고 말했다. 그렇다면 실제의 무엇을 생략하는 대신에 가상의 무엇을 이어나갈까? 언니의 모든 것을 쓴다면 그게 소설일까. 언니를 아는 사람에게 묻고 싶은 것이 많다…… 오늘은 낭독회 때문에 그가 책상 앞에 앉아 있다. 나는 그와 언니를 아는 사람을 피해 시든 목련나무 옆의 테이블에 앉아 언니를 아는 사람이 쓸 소설을 생각한다. 피로한 생각들을 지나쳐 닿는 종착지는 언제나 죽은 언니인데 그 역시 지나칠 수는 없는지, 지나치면 어디로 가닿는지 나는 모른다. 죽은 언니가 등장한 순간부터 이 글쓰기는 실패한 글쓰기다. 언니가 죽은 순간부터 나는 아무것도 쓰지 말았어야 했다. 하지만 이미 언니는 죽었기에 나는 죽은 언니를 떠올리지 않을 수가 없다. 나는 목련나무 옆의 테이블에 앉아 그런 생각들을 되새기며 창에 비친 내 얼굴을 노려본다. 비가 내린다. 미지근한 빗방울이 내 손등에 떨어지자 나는 서둘러 노트를 덮고 도서관으로 돌아가 언니를 아는 사람과 그의 중간 어디에서 서성이며 하나둘 들어오는 사람들을 맞는다. 그녀는 없다. 아프다고 한다. 그가 사람들에게 제안한다. 순서는 자유다. 다음 사람이 읽기를 끝내고 자리에 앉으면 그 다음을 원하는 사람이 일어나서 책장에서 자신의 책을 꺼내와 읽고 싶은 구절을 낭독하면 된다. 누가 먼저 읽을 것인가? 나서기를 좋아하는 누군가가 먼저 책을 꺼내와 낭독한다. 그 다음으로 성질이 급한 누군가가 읽고, 읽은 이가 반을 넘어서자 다른 누군가가 책장에 숨겨둔 자신의 책을 꺼내 바깥의 빗소리보다 작은 목소리로 낭독한다. 그들은 자신의 소설에 울림을 더해주기 위해서 어떤 문장이든 영탄하듯 발음하거나 문장과 문장 사이에서 뜸을 들이고, 쓴 미소와 대상 없는 응시를 더한다. 그렇게 유별나지도 않은 이야기들. 그저 사람들이 사는 이야기다. 덧붙여봐야 덧없는 삶의 발견들…… 스포트라이트 앞에 선 주인공의 독백 같은 낭독과 기계적이고 힘없이 잦아드는 박수의 교차와 반복. 여기에서 내가 어떤 환멸을 바랄 수 있을까. 누가 읽기를 멈추고 자리에 앉자 빗소리뿐인 침묵 속에서 그가 사람들을 가로질러 책장으로 다가가 아무런 제목도 달리지 않은 제본된 책을 꺼내 든다. 내 눈을 마주 보며, 외운 듯이, 그가 낭독하며 사람들 앞으로 나선다. 낭패에 빠진 나는 기다란 테이블 귀퉁이에 앉은 언니를 아는 사람을 돌아본다. 이건 그가 나를 훔쳐본 이야기다. 오래전 겨울밤 죽은 언니의 빈소를 떠나 다리를 건너 용산으로 넘어가 기차역 대합실에서 추위에 떨다 진눈깨비를 뚫고 다시 다리를 건너던 나를 그가 읽는다. 그가 읽는 구절 속에서 나는 문득 고급 호텔 앞에 멈춰 서서 마치 성냥팔이 소녀처럼 불켜진 따뜻한 객실을 올려다본다. 여자들이 거기서 파티를 하고 있다. 손에 샴페인 잔을 들고. 나는 넋을 잃고 눈이 팔려 스스로를 안고 있던 팔을 스르르 푼다. 초라해진 나는 그가 있는 빈소로 돌아간다. 그는 내가 진정하기를, 몸이 녹기를 기다린 끝에 말을 건다. 선배를 알아요. 나랑 같이 살지 않을래요? 선배를 구해줄게요. 무릎을 안은 채 떨고 있는 나에게.

한번 상상해봐요. 우리가 살 집을요. 낮은 담으로 둘러싸인 낡고 아늑한 이층 벽돌집을…… 내가 구해줄게요. 이리 와요…… 언니를 아는 사람이 나를 마주 본다. 나는 언니를 아는 사람의 눈에서 이 이야기가 나의 이야기가 아니란 걸 알고 있다는 믿음을 읽고 싶어 시선을 떼지 못하다가, 자리에서 일어나 사람들을 비집고 현관문으로 나간다. 지금이 기회야. 나는 노트를 옷 속에 집어넣고 한쪽 팔로 안은 채로 비를 맞으면서 발걸음을 재촉한다. 지금 떠나지 않으면 나는 영원히 떠날 수 없어. 차츰 저물어가는 회색 거리 밖으로 걸어 나가는 동안 비가 잦아든다. 그가 묻지 않아 들려주지 않았던 이야기를 그날 나는 들려줘야만 했다. 나는 떠나려고 했다. 언니처럼. 하지만 어디로인지는 몰랐고 그 두려움이 다시 다리를 건너게 했다. 내가 호텔 앞에 멈춰 서서 위를 올려다본 건 누군가가, 아마도 죽은 언니가 나에게 도망치라고 계속해서 말을 거는 것만 같아서였다. 도망쳐. 어디로든. 대로변으로 쏟아져 나오는 인파에 밀려 인근 대학교 주변 번화가에 이른다. 한 밴드가 노상 무대에서 공연하고 있다. 기업의 브랜드 마케팅을 소개하는 현수막이 무대 뒤에 걸려 있고, 밴드는 팬들이 직접 지어 응모한 가사를 붙여 노래를 부른다. 무대로 몰려든 사람들을 정신없이 돌아다보며, 나는 그들로부터 멀어진다. 그의 말이 맞다. 이 동네 사람들은 미쳤다. 클럽 앞에 줄지어 선 젊은 사람들이 짜증 섞인 욕지거리와 웃음을 주고받다 말고 지나쳐가는 나를 경계하듯 돌아본다. 너희들은 미쳤어, 라고 고래고래 소리를 지르고 싶다. 아무 카페에 들어가 이층 창가 자리에 앉고 나서야 창에 비친 내 몰골을 알아챈다. 젖어서 얼굴에 달라붙은 머리칼, 대학로 연극에서 가난한 집시 역이나 입을 법한 누더기 같은 색 빠진 원피스. 그가 묘사한 초라한 여자. 누가 봐도 이 동네에 어울리는 여자. 원피스 아래로 떨어진 노트를 주우면서 나는 눈물을 삼킨다. 카페의 연인들이 나를 보며 이렇게 속닥거리는 것만 같다. 소설가인가 봐. 정말 소설가처럼 생겼다…… 이제 나는 어디로 가야 하지? 내 짐은 전부 브라우티건 도서관에 그대로 남아 있다. 핸드폰을 켜자 그로부터의 부재중 전화가 여러 건이다. 나는 그녀가 아파서 오늘 나오지 못했다는 사실을 떠올린다. 그녀에게 전화를 건다…… 나는 그녀가 일러준 주소로 향한다. 어느 벽돌집 대문 앞에서 실크 가운을 입은 그녀가 나를 맞아준다. 잔디가 깔린 마당에는 기형적으로 굽은 소나무와 물을 계속 흘려보내는 작은 물레방아가 보인다. 물은 거실의 천장 가장자리에서 어떤 장치에 의해 한 벽면 전체를 타고 끝없이 흘러내려 마당의 물레방아로 보내지는 것이다. 그녀는 내게 이 벽이 통곡의 벽이라고 농담한다…… 통곡의 벽에는 진짜로 눈물이 흘러내리냐고. 그이가 했던 농담이에요. 그이가 떠나고 나서 이 질 낮은 농담을 잊지 않으려 만들었어요. 웃기죠? 그녀는 내게 사랑하는 죽은 그이를 소개한다. 그이와 찍은 사진, 그이가 러시아에서 사 온 겨울 궁전이 그려진 풍경화, 그이의 옷, 그이가 담긴 유골 단지…… 나는 유골 단지에 묵례하고 나서 현기증이 나 그녀의 가운 소매를 간절하게 붙잡는다. 그녀가 차가운 내 손을 부드럽게 끌어내리며 맞잡고는 침실로 안내한다. 어렸을 때 친구 집에서 밤을 새우던 것처럼 같이 누워서 이야기를 나눠요. 당신이랑은 나눌 얘기가 아주 많아요…… 나 역시, 그녀에게 묻고 싶은 것이 많다. 브라우티건 도서관이 생기기 전에는 죽은 사랑하는 사람에 대한 소설을 썼는지, 쓰지 않았다면 그동안은 어떻게 견뎌왔는지, 쓰고 있는 지금은 견뎌지는지. 나는 묻지 않는다. 불 꺼진 침실에서 그녀가 침실 등을 밝힌다. 몸이 아픈 건 거짓말이랍니다. 말로 한다는 게 글로 쓰는 거랑은 다르잖아요? 나는 그냥 쓰기만 할래요. 참, 씻어야죠? 그녀가 문가에 선 나를 돌아본다. 그만 돌아갈게요. 걱정할 거예요…… 그녀가 금방이라도 울 것처럼 웃으며 고개를 끄덕인다. 나는 무슨 말이라도 덧붙여야 할 것 같아 입을 달싹이다가 겨우 묻는다. 문단을 어떻게 끊는지 아나요……? 그녀가 멍하니 서 있다가 언니를 아는 사람의 이름을 말한다. 걱정했대요. 그리고 걱정하지 말라고 전해달래요. 나는 브라우티건 도서관으로 돌아간다. 가로등 아래 붉은 벽돌담 말고는 색채 없는 밤, 번화가 쪽에서 어떤 남자가 짐승처럼 울부짖는 소리가 들린다. 얼마 안 지나 경찰차가 경광등을 번쩍이며 지나쳐간다. 손에 들린 노트가 걸음을 따라 팔락거리다가 브라우티건 도서관 대문 앞에서 소리를 멈춘다. 낮은 담 너머로 그와 집주인이 목련나무 옆에 서서 얘기를 나누는 모습이 보인다. 그들과 눈이 마주치자 노인은 지하로 사라지고 그가 내게로 걸어온다. 다시 다락방. 그가 사람들에게 잘 설명했으니 괜찮다고 내게 말한다. 오늘 예정되었던 뒤풀이도 취소되었다고, 대신 내일 일요일에 브라우티건 도서관에서 첫번째 낭독회를 기념하는 파티를 열기로 했다고 그가 내게 설명한다. 아무 반응도 하지 않던 나는 그가 있는 어둠으로 고개를 돌린다. 무슨 파티? 그가 내 물음을 못 알아들은 듯이 어둠 속에서 고개를 든다. 들어보라고, 내일 파티에서 무슨 얘기를 할 건지 그가 주절거리려는 순간 내가 그의 말을 막는다. 됐어.

이제 문단을 끊을 수 있을 것 같아.

홈 메이드 카페 주인이 가져온 연어 샐러드가 폴란드 접시에 담겨 테이블마다 놓인다. 이 동네의 글 좀 쓴다 하는 이들이 나름 격식을 갖춰 차려입고 속속들이 도착하여 모두가 상을 탄 시상식처럼 서로에게 축하를 건넨다. 결례라는 듯이, 앉는 사람은 없다. 막 도착한 재단 담당자만이 구겨진 여름 정장 깃을 다잡으며 앉아 업무를 마친 뒤의 피로를 숨기지 못하고 있을 뿐이다. 나이 든 여자들이 음식을 일회용 플라스틱 쟁반에 나눠 담아 테이블마다 전달한다. 책상에는 꽃집에서 가져다준 드라이플라워 화병과 각자가 가져온 샴페인, 와인, 위스키, 담금주가 놓여 있다. 그녀는 야회복이나 다름없는 드레스를 입고 아는 이들에게 너스레를 떤다. 나는 입 한번 벙긋 안 하고 얻어먹는다니까. 아프기를 정말 잘했어. 언니를 아는 사람은 없다.

목련나무는 어제의 비 덕분에 제법 파릇파릇해진 듯하다. 아웃도어 복장의 중년 남자가 목련나무 옆에 서서 담배를 피우다 바닥에 침을 뱉는다. 책상에 앉아 있던 나는 창을 두드리고 담 위에 놓인 재떨이를 가리킨다. 남자는 나를 돌아보지만 창에 비친 자기만 보고 당황한 듯하다. 재단 담당자가 손짓으로 그를 부른다. 상복처럼 검게 입은 그가 전화하다 말고 담당자에게로 가서 쭈그려 앉아 경청한다. 초대받지 않은 손님이 있다. 체크무늬 베레모를 쓴 원로 문인이 현관에 서서 누가 자신을 알아봐주기를 기다리는 중이다. 중년 여자가 원로 문인을 부축하다시피 모셔 가장 안쪽의 테이블 없는 소파에 앉히던 중 목에 두른 메두사 문양 스카프가 흘러내려 문인의 얼굴을 가린다. 여자가 몸을 일으키며 베일이 걷히자 문인은 꾸벅꾸벅 졸고 있다.

어젯밤 동네 외곽의 터널에서 토막 난 젊은 여성의 시신이 담긴 트렁크 가방이 발견되었다고 한다. 사람들이 핸드폰으로 기사를 검색하는 동안 한 여자가 동 대표 회의에서 들었다며, 경기도의 원룸에서 피해자와 동거했던 남자가 용의자로

지목되어 경찰이 추적하고 있다고 말한다. 죽일 거면 살던 경기도에서 죽이지 왜 서울에서 죽여. 벌써 취한 것 같은 웬 남자의 목소리에 또 다른 남자가 면박을 준다. 왜 죽여, 같이 알콩달콩하게 살아야지, 경기도에서. 듬성듬성한 웃음과 함께 실내의 화제는 다음으로 넘어간다. 졸고 있는 원로 문인 옆에 앉아 사람들의 대화를 유심히 들으며 수첩에 글을 끼적이고 있던 사내가 나와 눈이 마주치자 수첩을 폴로셔츠 앞주머니에 넣고 문인에게 말을 건다. 작가님, 작가님은 이 동네 사람들 사는 얘기로 소설을 쓰셨죠, 그렇죠? 요즘은 그런데 사람 사는 얘기를 쓰려니 사람 사는 얘기가 너무 팍팍합니다. 그렇지 않나요? 졸음에서 깬 원로 문인이 헛기침을 몇 번 하고는 대답한다. 많이 달라졌지…… 그, 영어로, 젠트리…… 피케이션? ……저 인삼주 마셔도 되는 건가?

그제야 재단 담당자와 대화를 마친 그가 사람들을 주목시키고 담당자를 소개한다. 그는 축사를 담당자에게 검수받았는데 퇴짜를 맞았다고 농담한다. 어제 작가님 낭독이 최고의 축사예요! 로맨티스트! 가슴에 아기를 멘 여자가 소리치고는 놀라 울먹이는 아기를 달래러 잽싸게 밖으로 나간다. 담당자가 굳은 얼굴로 브라우티건 도서관의 혁혁한 공을 치하하고 문화 서울이라는 프로젝트에서 해당 구가 어떤 주요한 역할을 맡고 있는지 설명하는 동안 그는 밖으로 나가 목련나무를 지나 화장실 쪽으로 간다. 담당자는 축사를 마치자마자 발걸음을 돌려 도서관을 떠나버린다.

늦여름의 해가 지면서 담 너머 가로등이 목련나무의 잎사귀들을 선명하게 비춘다.

파티는 어느새 흥이 떨어져 다들 어제 낭독회의 기억을 그러모아 서로에게 맥 빠진 찬사를 건넨다. 그들은 타인의 소설을 깨지기 쉬운 도자기처럼 취급하여 자칫 자신이 값을 물어낼 일을 염려하는 태도로 귀하게 다루다가 금세 지쳐 꺼림칙한 기분으로 할 말을 잃는다.

올여름은 벌레가 별로 없네요. 누구의 말을 마지막으로 대화는 끊긴다. 이제 각자의 책들을 소개하기 위해 책장 앞에 몰려든 그들은 브라우티건 도서관이 훔쳐 간 자신의 책들을 멀거니 쳐다보며 서 있다. 은연중 고요한 실내를 휘감는 선율에 모두 귀를 기울인다. 지하에서 울려 퍼지는 피아노 소리가 모두를 파티로부터 멀어지게 한 것이다. 그들은 각자의 잃어버린 기억을 더듬어보며 다락방이 딸린 천장을 공연히 올려다본다. 끊어질 듯이 느린 템포의 선율이 잦아들 때마다 위태로이 높은 음이 메아리치고 뒤이어 둔중한 반주가 사람들을 젖어들게 한다. ……좋든 싫든 그 토막 난 여자도 우리 동네의 이야기로 편입이 될 겁니다. 사내가 앞주머니에 들어간 수첩 때문에 도드라진 가슴을 내밀며 술에 취한 그녀에게 말을 걸고 있다. 목격자 없는 이야기가 돌 거라니까요. 한번쯤 다들 들어본 레퍼토리 있잖아요? 그 여자가 죽은 새벽이 되면 시체 토막들이 터널을 날아다니며 서로를 찾고, 여차하면 행인의 몸에서 부족한 부위를 취한다는. 그녀가 울음을 터뜨리며 중얼거린다. 무섭네요. 이제 누가 그 터널로 다니겠어요…… 파티에는 그녀의 죽은 사랑하는 사람도, 죽은 언니도, 토막 난 여자도 없다. 그들은 파티에 초대받지 못한 것이다.

지하에서 올라온 그가 문을 열자 밤벌레 소리가 실내를 어지럽힌다. 그제야 사람들은 피아노 연주가 이미 끝이 났다는 걸 알아챘다. 그는 말을 건네는 사람들에게 웃어 보이지만 신경질적으로 찡그린 얼굴이 되고 만다. 파티는 이미 실패했다. 기다리는 가족이 있는 선량한 이들이 벌써 남모르게 브라우티건 도서관을 빠져나가고 있다. 빠진 자리를 그의 젊은 소설가 친구들이 찾아와 채운다. 그들 무뢰배 사이에서 별안간 건배가 이어진다. 어느새 기분이 좋아진 그녀가 도서관 사람들을 부추기며 잔을 건네고 술을 채워준다. 도서관 사람들이 다시금 희망을 품고 도서관의 주인을 모두의 앞으로 떠민다. 파티를 망칠 수는 없다. 그에게는 아까 하지 못한 축사가 있지 않은가. 그러나 그가 준비한 축사는 누구도 고양시키지 못했다. 오늘 이후로 브라우티건 도서관은 문을 닫습니다. 폐관 이후의 조치는 추후 통보하도록 하겠습니다. 도서관 사람들은 당황하고 언짢은 목소리로 웅성거린다. 그가 취한 게 분명하다, 아까 재단 담당자가 그에게 무슨 말을 한 것이다, 우리의 책들은 어떻게 되는 건가. 소설가 무리의 한 사람이 잔을 들어 보인다. 여러분, 문학은, 소설이란 말이죠…… 도서관 사람들이 당혹감을 감추지 못하고 눈총을 주거나 수군거리고, 하나둘 떠나가고 있다. 잔을 든 소설가가 말을 더 잇지 않고 원로 문인에게 억지로 잔을 쥐어준다. 그들 무리가 흥겹게 연호하는 통에 원로 문인이 떠밀려 건배사를 읊기 시작한다.

문학이라는 사멸해가는 장르에서 우리는 필멸하는 사람으로서…… 서사의 진실을 위해 이 자리에 모였습니다…… 우리는 잃어버린 언어를 한탄하는 사람들입니다. 우리가 증언할 수 있는 진실은 부재입니다. 무엇의 부재냐, 바로 삶의 신비입니다……

사늘한 밤이 깊어가며 점점 떠나거나 조는 사람들이 늘어간다.

초대받지 않은 손님이 있다. 푸른색 겨울 코트를 입은 여자가 등받이 없는 다리 긴 의자에 앉아 책장을 바라보고 있다. 긴 코트를 의자 아래로 늘어뜨려 마치 다리 없이 서 있는 여자 같다. 언니를 아는 사람일 것이다. 나는 기다리고 있었다고 말을 건네려 노트를 놓고 일어선다. 언니를 아는 사람이 아니다. 내가 다가서자 언니가 나를 돌아본다. 아니다. 언니를 아는 사람이다. 언니를 아는 사람은 내게 파티가 있다고 말한다. 무슨 파티? 대꾸는 없다. 언니를 아는 사람이 내 손을 잡고 의자에서 내려온다. 나는 언니를 아는 사람을 따라 다락방 계단을 오른다. 다락방은 환하다. 파티에 필요한 모든 것들이 거기에 놓여 있다. 그것들 뒤로 진회색 커튼을 친 창이 보인다. 나는 창으로 다가가 커튼을 걷는다. 진눈깨비가 몰아치는 겨울밤, 여자가 나를 올려다보고 있다. 내가 여자에게 말을 건넨다. 도망쳐. 나는 울음을 참고, 여자에게 약속하듯이 웃어 보인다. 도망쳐.

이제 일어날 시간이에요.

나는 그녀의 부축을 받아 추위에 떨면서 일어난다. 푸른 어스름이 어질러진 도서관을 신비로이 감싸고 있다. 떠나지 못한 이들과 그가 독배에 취한 듯 테이블 위로 엎어져 미동이 없다. 그녀가 책상에 걸터앉아 담배에 불을 붙인다. 삶에서 빼앗긴 게 많아 슬픔이 덧씌워진 얼굴이다. 나는 그녀에게 무엇도 돌려줄 수 없을 것이다.

추워요. 안아줘요.

그녀가 담배를 와인 잔에 지져 끄고 책상에서 내려와 나를 안아준다. 나 또한 그녀를 힘주어 안는다. 나는 노트를 들고 브라우티건 도서관을 나선다.

다시 돌아와 브라우티건 도서관을 방문했을 때는 이미 모두가 떠난 뒤였다. 간판 불은 꺼져 있고 대문은 열려 있었다. 목련나무에 핀 꽃들이 지고 있었다. 잠긴 현관문에 붙은 안내문에는 브라우티건 도서관이 새로운 문화 공간으로 리뉴얼되며, 투고된 원고들은 K도서관으로 이관되었다고 적혀 있었다. 벽에 조금 기울어진 채로 걸려 있는 그림 말고는 실내는 텅 비었다. 그림 속 단독자는 변함없이 창 너머를 바라보고 있었다. 그 창에는 아무것도 비치지 않았다.

창 너머를 바라보는 내가 비쳤다. 무표정한 내가. 안에 누가 있다면 내 무방비한 무표정이 더 잘 보이겠지. 나는 내 무표정에 깜짝 놀랐다. 깜짝 놀랐음에도 내 표정은 없었다.

토성의 겨울을 아시오?

노인의 그늘진 모습이 창에 비쳤다. 마치 고무 인형이 우는 듯 노인의 얼굴이 우그러졌다.

지나갔다오. 지나갔다오……

나는 노인을 지나쳐 거리로 나가 택시를 타고 K도서관으로 향했다.

나는 지금 이 사실을 적고 있다.

---

* '브라우티건 도서관'은 리처드 브라우티건의 소설 『임신중절』에서 따왔다. 작중화자는 도서관에서 상주하며 출판되지 않은 책들을 보관하는 사서다. 실제로 미국 버몬트주 벌링턴에 브라우티건 도서관이 세워져 출판되지 않은 원고만을 받았다가 2010년에 워싱턴주 밴쿠버의 클라크 카운티 역사박물관으로 이관했다.

** '무슨 파티?(What party?)'는 캐리 피셔의 자전적 소설 『Postcards from the edge』에서 따 왔다. 작중화자이기도 한 작가는 이 두 단어가 세상에서 가장 슬픈 말이라고 했다.

최초의 전거

전거
도서 목록이나 서지 자료에서 사용되는 작가명 등의 형식을 일관되게 유지하여
사용자 편의에 맞게 목록화하는 행동을 일컫는 문헌정보학 용어.

"그 동네 언덕, 근린공원 아래에 제가 일했던 도서관이 있어요. 소설가 김동인을 기려 지은 오래되고 큰 도서관이었죠. 건물 상층부에 철 지난 서체로 도서관 이름이 박혀 있는 지상 여섯 층 지하 다섯 층의 네모반듯한 건물. 비탈에 지어진 낡은 본관의 지하층과 연결해 새로 증축된 디지털 도서관이 언덕 아래의 도롯가와 통했어요. 투박하게 생긴 잉크젯프린터와 날렵한 레이저프린터가 위아래로 붙어 있는 것만 같았죠. 그리고 용도를 모를 분관들이 있었어요. 모두 구름다리와 지하 통로를 통해 본관으로 이어져 내부는 토끼 굴같이 복잡했어요. 정말로 언덕 위 공원에 터전을 이룬 토끼들이 먹이를 찾아 도서관으로 내려오기도 했어요. 건물들 사이사이의 쉼

터나 아스팔트 길에 멈춰 서서 코를 킁킁대는 토끼들이 자주 눈에 띄었습니다. 공원과 이어진 길을 통해 많은 사람이 관내를 산책했어요. 해 질 녘이면 본관 앞 불 켜진 가로등 아래 부모들이 벤치에 앉아 녹색이 선연한 잔디밭에서 아이들이 노는 모습을 지켜보았고 애완견들이 디지털 도서관 옥상에 걸린 붉은 해를 등지고 뛰어다녔어요. 어느 날 퇴근 시간에는 애완견이 토끼를 물어 죽이는 걸 본 적이 있어요. 주인이 쫓아와 목줄을 붙잡았지만 이미 늦은 뒤였죠. 뒤늦게 온 경비원이 죽은 토끼의 귀를 잡아 들고 가 도서관 울타리 밖 풀숲으로 던져버렸어요. 저는 산책을 해도 그동안 죽은 토끼들이 썩어가고 있을 울타리 근처로는 가지 않았어요. 제가 마음이 약해서가 아니라 사체 썩은 내를 맡게 될까 봐요.

저는 봄과 가을이면 코와 인중이 헐도록 재채기를 하고 비염 약을 달고 삽니다. 아나요? 비염이 심할수록 냄새에 더 민감해져요. 본관으로 올라가는 길의 배수로에서 풍기는 구정물 냄새 때문에 저는 항상 입으로 숨을 내쉬며 출근했어요. 지하 주차장과 통하는 터널로 들어가 용도를 모를 닫힌 방들과 통로를 지나서 층계를 올라갔어요. 출근 시간 엘리베이터에는 온갖 사람들의 냄새가 고여 있어서 견딜 수가 없었거든요. 향수 같은 인공적인 향기일수록 콧속에 유리 조각이 박히는 고통이 느껴졌어요. 사람마다 풍기는 냄새는 다 달랐죠. 사무실에 가득 들어찬 작업자들의 자리마다 그들만의 고유한 냄새가 났어요. 이상한 건 그런데도 제가 냄새로 사람을 기억하지 못한다는 거예요. 마치 달면 삼키고 쓰면 뱉는 아이처럼 본능적으로 냄새를 피하지, 저는 그들의 냄새를 기억하지 못해요.

함께 일했던 동료들의 이름이 떠오르지 않아요. 그들 대개가 일을 금세 그만두고, 금세 새로 들어와서였을지도. 특히 문헌정보학과 출신들은 일에 실망하고 더욱 일찍 그만뒀죠. 좋은 일자리는 아니었어요. 임금도 적은 데다가 일이 지루했으니까요. 하지만 옛 동료들을 마주친다면 그들의 표정, 몸짓, 말버릇만으로 저는 누군지 알아볼 수 있어요. 그들을 처음으로 맞고 교육을 한 사람이 저니까요. 그들이 이해가 안 될 때 짓는 표정, 틀린 걸 지적받았을 때 곤란해하는 몸짓, 변명을 기억해요. 머리를 쓸어넘기시네요. 저를 기억하시죠?"

사서가 천천히 손을 내리고 나를 바라본다. 카페는 다시 소음으로 가득 찬다. 커피머신이 돌아가는 소리, 카페의 배경음악, 건너 자리 중년의 여자가 나지막이 읊어대는 성경 구절, 커피 원두의 향.

사서 옆에 앉은 남자가 계속 말하라는 듯이 고개를 끄덕인다. 다시 소음이 사라진다.

"같이 일한 작업자들…… 그들을 떠올리면 라인, 선이 아른거려요. 이 사람은 구축팀 라인, 저 사람은 점검팀 라인…… 구축팀 다섯 라인과 점검팀 한 라인이 있었고 넓은 사무실에

라인마다 두 열로 배치된 책상과 컴퓨터 앞에 거의 백 명의 사람들이 서로 마주 보고 앉았어요. 마주 앉은 상대는 윗머리밖에 보이지 않았는데도 그들은 같이 들어온 동기들과, 그다음에는 옆 사람과, 나중에는 라인의 모두와 친해졌죠. 정식 직함이 있는 상사들은 저마다 햇볕이 드는 창가에 직방형으로 칸막이를 설치해 그 안에 들어갔고 저같이 이름뿐인 팀장들은 각 라인의 끝에 상석이라 불리는 자리에 앉아 양편에서 일하는 옆모습들을 감시했어요. 저는 그들 모두의 이름을 잊었지만 그들이 어느 자리에 앉았는지는 기억해요. 제 바로 앞에 앉은 여자는 근무 시간마다 몰래 편의점을 갔다 오고는 했죠. 군것질거리를 제 책상 아래로 내밀며 곁눈질로 상사들 망을 보던 그녀가 떠올라요. 왜인지 그들은 덜렁대는 고등학생들 같았어요. 어쩌면 저는 어디에도 끼지 못한 교생 선생님 같아 보여서 그들의 동정을 샀을지도 몰라요. 그들은 근무 시간에 끼리끼리 복도나 화장실에 모여서 수다를 떨다가 상사에게 들키기도 하고 점심시간이면 구내식당에서 맛없는 식사를 하고 다 같이 도서관 주변을 빙글빙글 돌면서 산책했어요. 작업자들 사이에는 많은 이야기가 돌았어요. 일의 지루함을 이겨낼 이야깃거리가 필요했을 거예요. 상사에 대한 험담은 물론이고 팀장인 제 임금과 작업자들의 임금이 거의 다르지 않다는 이야기도 있었죠. 상사가 부주의하게 공유 폴더에 업로드한 급여 리스트 파일을 누가 몰래 본 모양이었어요. 터무니없는 이야기도 있었어요. 그중에는 도서관에서 야근하면 마주친다는 유령이라든지, 최초의 전거에 대한 소문도 있었죠."

"최초의 전거는 없습니다."

사서가 말을 가로막는다.

남자, 입을 다문 채 나를 바라보기만 하던 그가 입을 연다.

"최초의 전거에 대해서 말해보세요."

"……그 도서관에서 제가 처음 본 사람은 그날 마지막으로 근무를 마치고 떠난 전임자였어요. 저는 그녀의 이름도 듣지 못했어요. 제 면접 날 그녀는 도서관 본관 화단 한가운데에 솟은 기념비 앞에 서 있었어요. 자신을 쉽게 알아보도록 하기 위해서였죠. 기념비에는 김동인의 소설 「약한 자의 슬픔」의 마지막 구절이 새겨져 있었어요. 사월이었고 도서관 곳곳에 심긴 벚나무마다 꽃잎들이 떨어지고 있었어요. 저는 마스크를 끼고 있는 것에 대하여 그녀에게 양해를 구했어요. 그녀 역시 사무실에 면접 공간이 마땅치 않아 도서관 밖에서 면접을 진행하는 것에 양해를 구했죠. 우리는 기념비를 떠나 벤치에 앉았어요. 지원자가 둘이 더 있었지만 연락이 두절되어 저 혼자만 온 거랬어요. 별 얘기는 없었어요. 이력서를 읽어봤을 테고, 그래서, 아니면 그럼에도 저는 내정이 된 것 같았어요. 그녀는 금세 도서관으로 돌아가고 싶지 않아 보였어요. 그렇게 보였어요. 저는 그녀에게 도서관 안내를 부탁해도 되냐고 물었죠. 그녀는 본관의 사층 사무실 위치를 손가락으로 가리켜 보이고, 쉼터들을 안내했어요. 구내식당과 분관들을 지나치면서 자신도 도서관의 이곳저곳이 어떤 용도로 쓰이는지 다 알지는 못한다고 고백했어요. 저는 분관에서 본관으로 이어지는 구름다리를 올려다보며 우리도 갈 수 있는 통로인지 물었고, 그녀는 도어락으로 잠겨 있다고 대답했죠. 다시 본관 앞으로 돌아오면서 저는 불현듯 그녀에게 말했어요. 이 오래된 도서관을 떠도는 유령이 있다고 들었다고. 밤에 혼자 도서관에 남으면 어떤 노인이 다가와서 슬픈 이야기를 아느냐고 묻고, 들려준다고. 그 이야기를 들으면 도서관의 아무도 모르는 곳에 영원히 갇히고 만다고. 제가 왜 그 이야기를 했는지 모르겠어요. 하기야 오래된 도서관에 괴담 말고 무슨 이야기가 있겠어요? 그녀가 웃으면서 대답했어요. 야근한 적이 없어서 모르겠다고. 그녀는 여기에 지하 서고가 있다고 말했어요. 일반인에게는 공개되지 않는 귀중한 책들이 보관되어 있어 보통 거기에 들어간 책은 다시는 보지 못한다고. 그러면 거기에 어떤 책이 있느냐고 저는 물었죠. 문화재급의 책도 있고 단지 너무 낡고 판본을 더는 구할 수 없는 책도, 아무도 모르게 숨겨진 책도 있다고 그녀는 대답했어요. 이어갈 말을 머뭇거리다 그녀는 제게 작별 인사를 건넸어요. 그 뒤에 출근 첫날부터 저는 도서관에서 길을 잃었죠. 그녀에게 연락하자 그녀는 상사의 연락처를 가르쳐주었어요. 거기로 전화하면 가야 할 곳을 일러줄 거라고요. 저는 저보다 오래 일한 동료를 통해 그녀의 자리를 제가 이어 맡았다는 걸 알았어요. 나중에야 그녀가 제게 최초의 전거를 알려주려고 했다는 생각이 들었어요. 제가 일을 그만둔 뒤에 다시 전화를 걸었을 때는 없는 번호라는 자동응답만이 들리더라고요."

남자는 손으로 이마를 문지르다 품에서 담뱃갑을 꺼낸다. 그가 사서를 돌아본다. 사서가 그를 마주 쳐다본다. 나는 창에 비친 둘을 바라본다. 남자가 내게로 고개를 돌리며 지나가는 말투로 묻는다.

"전임자가 다른 얘기는 안 하던가요?"

나는 대답한다.

"네."

남자가 담뱃갑을 꺼내 카페 밖으로 나간다.

"아니잖아요."

사서가 중얼거린다. 나는 기념비 앞에 서서 그녀를 기다리던 때를 떠올린다. 그때 그녀는 문헌정보학과를 휴학한 대학생이었다. 그때도 그랬듯이 그녀는 시선을 창밖으로 돌리면서 시답지 않다는 듯이 차가운 웃음을 짓는다.

카페로 돌아온 남자에게서 담배 냄새와 커피 향이 뒤섞인 악취가 난다.

"처음부터 시작하죠."

그가 계속 말하라고 한다.

"제가 속한 업체는 도서관의 전거 사업을 도맡고 있었어요.

저는 매주 새로 들어오는 신입들을 교육했죠. 늘 같은 말이라 지금도 입에 배어 있어요. 저는 전거라는 개념을 알지는 못하지만 전거를 만드는 법에 대해서는 누구보다도 잘 알아요. 전거는 작가, 서지는 책. 문헌정보학과에서 배운 건 잊으세요. 우리가 하는 일은 전거를 만드는 일이에요. 작가의 프로필을 만든다고 생각하면 돼요. 서지에 들어가서 전거 리스트를 찾아보고, 전거가 없으면 새로 만들고, 있으면 고칠 것이 없는지 살펴봅니다…… 이게 전거를 만드는 창이에요. 포털 홈페이지에서 회원가입을 한다고 상상해보세요. 아이디하고 비밀번호 같은 건 꼭 넣어야지 가입이 되잖아요. 그렇죠……? 전거에도 필수 값이 있어요. 이 필수 값을 넣지 않으면 불량 전거가 되는 거예요. 반면 회원가입 때 꼭 넣지 않아도 되는 것들도 있잖아요. 여러분은 가입할 때 자기소개란 적나요? 아니잖아요…… 마찬가지로 그런 것들은 채워 넣지 않아도 좋습니다. 필수 값들을 다 채울 수 없으면요? 그럼 그 작가는 전거를 만들 수 없어요. 파일에 생성 제외라고 체크하고 넘어가면 돼요……

출근한 지 몇 주가 지나 일이 익숙해지자 저는 바쁜 상사들을 대신하여 신입 면접을 보러 나갔어요. 그때 그녀와 마찬가지로 그 기념비 옆에서 새로운 사람들을 기다렸어요. 저는 그녀가 했던 말들을 아무 생각 없이 똑같이 따라 하고 내용을 더하기도 했어요. 일은 단순하고, 지루하다고. 하지만 쉬울 거라고. 여기는 구내식당인데 매일 메뉴가 다르지만 어쩐지 맛은 다 같다고. 카레라이스가 나오는 날은 거르라고. 이 구름다리는 올라갈 수 없다고. 왜인지는 모르겠다고. 여기는 가끔 토끼가 내려오기도 한다고…… 사무실에는 늘 빈자리가 생기고는 했으니 면접 자리에서부터 이상한 낌새를 보이지 않으면 합격이었어요. 그들이 처음 출근하면 교육을 하고 계약서 공양식을 사람 수만큼 복사해 와 작성 요령을 설명하고 작성한 계약서를 거둬서 가져가는 것도 제 일이었죠. 처음에는 빈자리가 듬성듬성했던 사무실에 사람들이 들어차면서 책상 아래에 먼지가 늘어갔어요. 저는 갈수록 재채기가 늘어 사무실에서도 마스크를 끼고 작업했어요.

제 일은 더 있었어요. 저는 작업자들에게 작가와 책 제목이 적힌 리스트 파일을 배포해 도서관 인트라넷에서 전거를 생성하거나 수정하도록 했죠. 그들이 작업을 끝내고 나서 제게 말하면 저는 다음 리스트를 주었어요. 고생했어요…… 잘하셨어요…… 빠르시네요…… 개인 폴더에 새 파일을 넣었으니 다시 작업하시면 돼요…… 저는 버릇처럼 그렇게 말했고 그들도 버릇처럼 다음 파일을 작업하러 자기 자리로 돌아갔어요.

일주일에 한 번씩 도서관의 담당자와 사서가 내려와 칸막이 안에서 상사들과 진척도를 점검하는 회의를 하는 날이 있었어요. 작업량이 적다는 지적이 처음 있었을 때 저는 상사의 지시로 매일 모두의 작업량 그래프를 만들어 작업량 하위권 작업자들에게 제 딴에는 부드럽게 작업 속도를 늘리라고 채근했어요. 작업 품질이 좋지 않다는 지적이 돌아오면 일일이 전거를 재검토하고 당사자들을 불러 모아 재교육을 했고요. 이름뿐인 팀장치고는 과중한 업무였지요. 저는 상사들끼리의 회의에도 끼지 못했고 소문 말마따나 임금이 높지도 않았어요. 전거 사업은 사업 기간이 정해져 있어 연말이 되면 모두가 계약 만료로 도서관을 떠나야 했어요. 저는 그 순간이 오지 않기를 바랐어요. 저는 오랫동안 소설을 읽지 않았어요. 그 시절에는 영화를 자주 봤죠. 사람과 사람 사이에는 거리가 있잖아요. 간혹 눈물겹도록 그 거리를 좁히고 싶어질 때면 영화관에서 영화를 봤어요. 영화 속에서는 사람과 사람 사이가 그렇게도 가까워 보였어요. 영화에서는 한 공간의 인물들이 아무리 서로 떨어져 있어도 스크린 양쪽 끝에 머무르는 법이거든요. 그들은 이내 서로 손을 뻗으면 닿을 만큼 거리가 가까워지고, 서로의 얼굴이 겹치면서 사라지는 작은 틈까지 카메라가 파고들었어요. 영화를 보고 있으면 저도 한 공간에 있는 누군가에게 그렇게 가까이 다가갈 수 있을 것만 같았어요. 저는 기억해요. 도서관에서의 나날들을. 하루에 보는 친한 이들만 열 손가락을 넘었고 사람들이 제게 먼저 와서 말을 걸어주었죠. 상사가 제게 그다음 해에도 사업이 있고, 다음다음 해에도 사업이 있고, 장서량이 많아 계속하여 사업이 예정되어 있으니 제가 잘하면 품질점검팀에 합류해서 내년, 혹은 그 이후까지 일을 이어갈 수 있다고 귀띔했을 때 저는……"

남자가 내게로 몸을 숙이며 말을 끊는다.

"일은 어땠나요? 자신에게 맞았나요?"

나는 잠시 말문이 막힌다. 떨리는 손이 테이블 위로 올라가지 않도록 무릎을 부여잡고 있다.

"일, 그래요. 우리 작업자들은 일을 했어요. 이 일을 하면 세상에 없어도 되는 책들과 작가를 너무도 많이 알게 돼요. 전거도 품질이라는 게 있어요. 적확하고 필요한 정보로만 기재된 전거는 정말 적죠. 제가 하루에 보는 전거만 수백 개, 일이 몰아칠 때는 천 개가 넘었어요. 유명하고 문단에서 인정받는 작가도 있지만 열에 아홉, 아니 백에 구십구는 처음 들어 보는 작가였어요. 우리는 그들의 프로필을 보고 전거 양식에 맞게 내용을 입력했어요. 그들을 분류하고, 도서관 이용자들이 접근에 용이하도록 전거를 생성하고 품질을 다듬었지요. 하루에 여덟 시간씩이요. 우리는 일한 지 일주일도 안 되어서 직업병에 걸렸습니다. 어떤 책을 펼치든 프로필만 보면 생각하죠. 이건 전거로 만들 수 있겠어. 이건 필수 값도 채우지 못하겠는데. 생성 제외야. 모든 책에 기재된 작가들을 그렇게 보게 돼요. 제가 그 전거들을 견딜 수 있었던 이유는 전거에서는 냄새가 나지 않기 때문이었어요. 아시나요? 완벽한 전거를 봤을 때의 희열을? 생성 제외해야 마땅한 전거를 봤을 때의 당혹을?"

남자가 숙인 몸을 다시 뒤로 물린다. 아무런 표정의 변화 없이.

나는 그들이 원하는 것을 말하기로 한다. 나는 남자에게 부드럽게 묻는다.

"최초의 전거에 대한 소문을 들어보셨어요?"

남자가 얼굴을 찡그리며 고개를 젓는다.

"인트라넷에 등록된 전거들에는 각각 전거제어번호라는 고유한 식별 번호가 매겨져요. 번호는 만들어진 연도와 순서에 따라 부여되는데 그중 최초의 전거는 도서관에서 전거를 생성한 최초의 해와 함께 첫번째 번호가 부여되어 있다는 거예요. 최초의 전거는 단지 최초로 생성된 전거라는 데에만 의미가 있는 게 아니에요. 최초의 전거를 가진 작가가 쓴 책은 모든 작가가 탐내는 문학적 진리를 가지고 있으며 찾아내어 읽은 뒤에는 문학의 모든 것에 눈을 뜨게 된다는 거예요.

……친했던 동료들은 그 말에 다 코웃음을 쳤어요. 그들은 모두 일을 그만두었죠. 그들이 그만두고 나서도 저는 전과 같이 일을 했습니다. 새롭게 충원된 사람들을 교육하고 작업 파일을 배포하고, 취합하고, 점검했죠. 모든 게 같았지만 같지 않았어요. 그만둔 사람 중 한 여자는 캐나다로 이민을 갔어요. 목소리가 작지만 웃음소리는 컸던 사람. 내 작은 말 한마디에도 큰 웃음을 터뜨렸죠. 그녀는 강단도 있어서 그때 저를

제외한 거의 모두가 임금과 근로 처우 문제로 업체와 싸웠을 때 가장 먼저 목소리를 내기도 했어요. 그녀는 제게 최초의 전거에 대해서는 더는 생각하지 말라고도 했죠. 그때 당시에 저는 한 번도 외국에 가본 적이 없었어요. 그녀에게 자주 러시아의 상트페테르부르크에 가고 싶다고 얘기했죠. 가보지는 않았지만, 거기에는 겨울 궁전이라는 옛 궁전이자 미술관이 있다고. 보고 싶은 그림이 있느냐는 물음에 저는 고개를 저었어요. 저는 그림에 일가견이 없어요. 「돌아온 탕자」를 보고 눈물지을 사연도 없고요. 예전에 본 영화가 기억났어요. 현대의 주인공이 차르 시절로 돌아가 한 이방인과 함께 겨울 궁전에 갇혀 휘황찬란한 예술품들 사이를 헤매는 내용이었죠. 그때 그녀에게 설명 못 했지만 저는 끝없이 넓은 오래된 건물 안을 헤매고픈 욕구에 시달렸던 것 같아요. 오래전에 죽은 화가들의 그림이 걸린 궁전에서 출구를 찾지 못하고 평생을 터벅거리고 싶은 욕구를 누구에게 설명하고 이해시킬 수 있겠어요? 겨울 궁전 얘기를 할 때마다 그녀는 제게 권했죠. 지금 가세요, 팀장님. 지금이 아니면 안 돼요."

나는 말을 멈추고 잠시 숨을 고르다 한마디 덧붙인다.

"여름 한철 만에 지나갔지만, 좋은 시절이었죠. 그 남자가 망치지 않았더라면요."

사서가 내 말의 모순을 지적한다. 망친 건 나라고. 그때 나는 소란을 작당했던 단체 메시지 방에 있었고 그들에게 업체 내부의 정보를 공유했다고.

"하나는 맞고 하나는 틀려요. 저 역시 거기 있었어요. 작업자 대부분이 있었던 메시지 방이었죠. 저는 아무 말도 하지 않았어요. 누구나 아는 얘기들이 그 메시지 방에서 오갔을 뿐이에요. 누락된 임금과 근로계약서의 위반 사항들, 불공정한 근로 처우의 예들을 모으고 있었고 업체 측도 알고 대처를 준비하는 문제들이었어요.

……머리를 자주 정돈하던 남자였던 기억이 나요. 뚜렷한 주기도 없이 그랬고 주위 사람들은 그의 버릇을 어쩐지 견디지 못했어요. 그가 단체 메시지 방을 만들고 노동 권리가 정리된 파일을 돌려 사람들을 부추겼어요. 그는 문예창작학과 대학원 박사과정을 다니다 휴학하고 돈을 벌기 위해 왔다고 했어요. 소설을 쓰는 사람이었죠. 그는 교육 때도 사사건건 말을 보태며 이해력을 자랑했어요. 오래가지 않아 허세가 들통났지만요. 족족 인트라넷에서 엉망인 전거를 색출하면 번번이 그의 계정이었거든요. 그는 작업하다 말고 자주 자리를 비우기도 했는데 어느 날 창밖을 보니 그가 빠른 걸음으로 도서관 본관을 빙빙 돌고 있더라고요. 그건 산책이 아니었어요. 마치 나무 위에 올라간 먹잇감을 노리며 빙글빙글 도는 하이에나 같았죠. 노사 간 싸움이 일어난 날 그는 결근해서 없었습니다. 퇴근 시간 전에 공지 사항이 있었어요. 업체 측에서 누락된 임금과 계약서 관련하여 설명하겠다는 거였어요. 자

기네 노무사에게 자문했다며 하는 뻔한 설명에 누군가가 계약서의 근로기준법 위반 사항을 읊었고 당황한 상사가 계약서를 작성토록 한 제게 책임이 있다고 말한 게 화근이 되었죠. 언제나 호방하게 웃던 그녀가 자리에서 일어나 항의한 걸 시작으로 많은 사람이 일어나 자신들이 겪은 불공정한 처우를 사방에서 이야기했어요. 제 자리는 라인의 끝, 사무실의 구석에 있었어요. 상사들은 창가의 칸막이 영역 앞에 서서 해명했고 화가 난 작업자들은 제 뒤 멀찍이 모여 앉아 한 명씩 손을 들고 일어나 근로 불공정 사례를 지적했어요. 제 임금에 관한 이야기도 있었어요. 저는 제자리에 그대로 앉아만 있었습니다. 제가 자리에서 일어나려면 직책을 걸어야 했는데 그것 때문은 아니었어요. 직책은 제게 소중하지 않았어요. 저는 이 도서관에서의 생활이 앞으로는 전 같지 않으리라는 걸 인정할 자신이 없었어요. 제가 일어나든 일어나지 않든 이미 끝이 났다는 걸 저는 받아들이지 못했어요. 저는 모니터에 전거 리스트 파일을 띄워놓고 그걸 쳐다만 보고 있었어요.

이 싸움에서는 작업자들이 이겼고, 누락된 임금과 근로 처우는 대부분 해결이 되었어요. 하지만 친한 동료들이 도서관에 학을 떼며 자진해서 일을 그만두었어요. 그때 자리에서 일어나 발언했던 사람들 모두가 연말에 계약 연장을 하지 못했을 겁니다. 저는 상사가 작성한 그들의 리스트를 봐서 알고 있어요. 거기에 저는 없었어요. 그때 저는 앉아만 있었으니까."

남자가 한 손으로 머리를 정돈한다. 그러고는 그 손으로 테이블을 톡톡 두드린다. 나는 냄새를 맡지 않으려고 입을 작게 벌려 숨을 쉰다.

"하지만 당신은 계약 연장 전에 그만뒀습니다. 아니, 도망쳤습니다."

"네."

"당신이 설명하지 않은 것들이 있습니다."

나는 잠시 양해를 구하고 카페 밖으로 나간다. 재채기를 마치고 돌아와 다시 자리에 앉는다.

"많은 사람이 그만둔 뒤의 일이었어요. 머리를 자주 정돈하던 그 남자가 제게 물었어요. 최초의 전거가 무언지 궁금하지 않으냐고. 누구인지 확인해보지 않겠느냐고. 저는 그때 혼자였고 쓸모없는 전거를 반복해서 만드는 일에 지쳐 있었습니다. 거절할 수가 없었어요.

최초의 전거를 확인하기 위해서는 우리가 일하는 사층이 아니라 사서들이 있는 오층에 가야만 했어요. 작업자가 사용하는 계정에는 작업에 필요한 권한들만 부여되어 있을 뿐 모든 전거를 검색하여 오래된 전거제어번호 순으로 정렬할 수 있는 기능과 권한은 사서 계정에만 열려 있었어요. 저는 오층에 올라가본 적이 있었어요. 다음 해에 시행할 단체 전거 작업을 사서가 시연해 보이는 자리였죠. 저는 실무자로서 사서 뒤에 서 있었고 사서가 인트라넷에 접속할 때 자동 로그인 설정을 해둔 것을 기억하고 있었어요. 우리에게 막혀 있던 회색 바들이 사서에게는 모두 파란색으로 활성화되어 있었죠. 그 뒤에는 오층에 올라가볼 핑계가 없었어요. 근무 시간에는 당연히 사서가 있을 터였죠. 주기적으로 도서관이 쉬는 날이 있었고 그날도 사층의 우리는 일을 했지만 오층으로 향하는 층계에는 셔터가 내려져 있었어요. 평소 근무 시간이 종료되는 여섯시 이후에는 셔터가 내려가지 않았지만 우리가 밖으로 나가야만 했고요. 다른 길이 필요했어요. 구름다리. 우리가 구름다리라고 부르는, 분관에서 본관으로 이어지는 통로요. 분관이 좀 더 높은 고도에 자리 잡고 있어 분관 삼층에 위치한 구름다리가 본관 오층으로 통했죠. 구름다리에는 작은 창들이 달려 있었는데 아래서는 창 안이 보이지 않아 저녁에도 불이 밝혀져 있다는 정도만 알 수 있었어요."

"그날을 자세히 얘기해보세요."

"가을이었어요. 그날 저와 그는 모두가 퇴근하고 나서 본관 앞 벤치에 앉아 오층의 불이 꺼지기를 기다리고 있었어요. 아직 해가 지려면 시간이 남았지만 가로등에 막 불이 들어오고 있었죠. 그날따라 저는 재채기가 심했고 비염 약도 다 떨어진 상태였어요. 그가 나보고 기다리라고 말하고는 편의점에서 병에 담긴 시립형 감기약을 사 왔어요. 작은 상자에 두 병이 담겨 있었죠. 한 병을 마시자 재채기는 전보다 덜해졌지만 머리가 어질어질하고 시야가 찌그러진 볼록렌즈처럼 굴곡되었어요. 수면 촉진 작용이 있는 것 같았어요. 그날은 불이 일찍 꺼졌고 나와 그는 분관으로 들어가 삼층의 자판기가 있는 휴게실을 서성이며 누가 구름다리로 통하는 문의 도어락을 풀기를 기다렸죠. 마침내 한 사람이 안에서 잠금을 해제하고 나오자 다시 잠기기 전에 그가 재빨리 뛰어가 문을 열었어요.

거기에는…… 제가 약을 먹어서였을지도 모르겠어요. 구름다리 통로에는 커다랗고 기다란 소파가 있었어요. 족히 열 명은 앉을…… 제가 작아진 것만 같았어요. 사람들이 그 소파에 앉아 있었어요. 테이크아웃한 커피를 테이블에 놓고 사담을 나누던 그들은 나와 그를 돌아보았어요. 그러고는 무심하게도 다시 고개를 돌렸어요. 나와 그는 얼떨떨한 기분으로 앞만 보면서 통로를 지나 오층으로 들어갔습니다.

사무실은 다행히 잠겨 있지 않았어요. 실내는 넓진 않았지만 각자의 자리마다 칸막이로 영역이 구분되어 있었죠. 그가 문가에서 망을 보고 제가 사서 자리에 앉았어요. 컴퓨터를 켜자 모니터의 바탕화면에 비밀번호 입력창이 띄워졌고 저는 모니터에 덕지덕지 붙은 포스트잇에서 비밀번호를 찾아내 입력했죠. 모든 게 순조로웠어요. 인트라넷에 들어가자 자동으로 로그인되었고 모든 바가 활성화되었어요. 곧이어 전거제어번호를 검색하여 열람할 수 있는 난을 찾아냈어요. 가장 오래된 순으로 모든 전거제어번호를 검색했죠. 검색 결과 창의 가장 맨 위에 뜨는 전거가 있었어요.

에드윈 애벗…… 1838년생, 1926년 사망. 영국의 작가이자 교육자, 언어학자, 신학자, 여성학자로 최초의 SF소설로 불리는 『플랫랜드』를 저술……

그건 최초의 전거가 아니었어요. 저는 단번에 상황을 알아챘어요. 도서관에서 전거를 생성한 최초의 해에 알파벳순으로 작가들을 정렬해 애벗이 맨 앞에 서게 된 것뿐이라는 걸요. 제가 그에게 말하자, 그가 망보던 걸 멈추고 제게 뚜벅뚜벅 걸어왔어요. 그가 나와보라고, 자기가 살펴보겠다고 침착하게 얘기했죠. 저는 비틀거리며 일어나 문에 기대섰어요. 그가 머리를 한번 정돈하고는 컴퓨터를 조작하는 것을 지켜보았어요. 그가 이내 제게 말했습니다. 이제 끝났다고요. 말이 이상하다는 걸 느꼈어요. 뭐가 끝났다는 거지? 그가 다시 말했어요. 끝났다고. 이 빌어 처먹을 전거들 몽땅 다 삭제했다고.

재채기가 다시 시작되고 있었어요. 저는 주머니에서 남은 한 병을 꺼내 들이켰어요. 구둣발이 층계를 올라오는 소리가 들렸어요. 저는 그에게 따져 물을 새도 없이 그의 손에 붙들려 정신없이 사무실을 나와 구름다리를 지나 분관의 일층 로비로 내려왔어요. 분관 현관은 셔터가 내려져 밖으로 나갈 수 없었어요. 저와 그는 지하로 향하는 층계를 내려갔어요. 지하 주차장을 통해 밖으로 나갈 작정이었죠. 끝까지 내려간 뒤에 비상문을 열자 컴컴한 통로가 나왔어요. 핸드폰 불빛에 기대 통로를 지나 다시 문을 열었죠. 이번에는 알 수 없는 방들로 가득 찬 공간이었어요. 여기에서 지하 주차장으로 길이 통하는 건 확실했어요. 바닥에 방수 시멘트가 발려 있었거든요. 아마 지하 주차장 옆에 붙은 창고일 거라고 그때는 생각했죠. 저와 그는 침묵하며 핸드폰 불빛을 비추면서 앞으로 나아갔어요. 저는 얼른 그에게서 벗어나야 한다고 생각했어요. 약이 안 맞아서인지 온몸에 경종이 울리는 것 같았어요.

핸드폰 불빛에 토끼가 비쳤어요. 저는 여기를 빠져나가라고 손을 내저었고 그제야 제가 계속해서 빈 병을 들고 있었음을 깨달았죠. 저는 손에 힘이 풀려 병을 떨어뜨렸어요. 병이 바닥에 닿아 깨지는 소리가 잠깐의 시간을 둔 뒤에 저 아래에서 들려왔어요. 토끼는 불빛 너머 어둠으로 뛰어갔어요. 그가 외마디 소리를 내지르며 아래로 떨어진 건 그때였어요. 잠시 뒤 그가 고통을 참는 목소리로 말했죠. 여기에 큰 방이 있다고…… 문이 아주 크다고…… 큰 자물쇠로 잠겨 있다고…… 저는 아래로 핸드폰 불빛을 비추었지만 바닥에 쓰러져 한쪽 다리를 움켜쥔 그의 실루엣밖에 보이지 않았어요. 그 순간 누가 제 어깨를 감싸 쥐었고, 놀란 나머지 저 역시 아래로 떨어질 뻔했어요.

그 노인의 생김새를 기억해요…… 흰머리를 깔끔하게 빗어 뒤로 넘기고 동그란 안경을 쓴, 근사한 흰 수염을 기른 노인이었어요. 노인이 한 발짝 뒤로 물러섰어요. 위협하지 않겠다는 듯이. 노인이 물었어요. 흰 담비 이야기를 아시오……? 노인이 다시 한 발짝 뒤로 물러섰어요. 이쪽으로 오시오. 위험하니까. 제가 노인에게 물었어요. 당신이 그 유령이죠……? 노인이 사람 좋게 웃음을 터뜨렸어요. 이보시오. 내가 유령이라면 거울에 안 비치지 않겠소? 내 옆을 비춰보시오. 벽에 거울이 붙어 있으니. 노인의 말대로 옆을 비추자 과연 벽에 거울이 붙어 있더라고요. 그러나 비스듬한 각도 때문인지 거울에는 노인이 보이지 않았어요. 이상했어요. 아파트 단지 지하주차장의 현관이라든지 지하철역이 아니고서야 왜 거기에 거울이 붙어 있겠어요? 노인이 제게 권했어요. 내 쪽으로 와서 확인해보시오. 저는 있는 힘껏 고개를 저었어요. 그러자 노인이 표정을 굳히며 제게 말했습니다. 왜 내가 유령이라고 생각하는 거지? 당신이 유령일 수도 있다는 생각은 하지 않소? 당신이 유령이 아니라면 어디 내 옆에 서서 거울을 보시오. 거기에 내가 안 비치는지 당신이 안 비치는지 확인을 하자고. 저는 계속 고개를 저었습니다. 토할 것같이 어지러울 정도로 고개를 흔들어댔어요.

　정신이 들었을 때 저는 저 아래에 쓰러져 있었어요. 화면이 깨진 핸드폰을 집어 들어 앞을 비추자 큰 방이 보였어요. 거기에는 거대하고 육중해 보이는 문이 있었고 커다란 무쇠 자물쇠가 문고리에 달려 있었죠…… 저는 거기서 나가고 다시는 도서관으로 돌아가지 못했습니다."

　사서는 한동안 말없이 고개를 숙이고 있다. 침묵이 흐른다.

남자가 사서의 어깨를 쥐었다 놓는다. 그녀가 고개를 들고 일목요연한 말을 쏟아낸다.

"결론부터 말씀드리자면 우리 도서관은 당신을 채용할 수 없습니다. 당신이 이전에 근무했던 도서관 측에서 CCTV를 판독한 결과 당신 혼자만이 오층 사무실에 잠입했습니다. 당신이 말한 남자는 없었습니다. 당신은 고소되었어요. 도서관이 당신이 소속된 업체에 전거 사업이 백지화된 건으로 손해배상을 청구했고 업체가 당신에게 손배소를 냈습니다. 당신은 행방불명되었다가 러시아로 출국했습니다. 다시 한국으로 돌아와서 이번에는 우리 도서관에 입사 지원한 이유가 무엇인가요?"

나는 무릎을 꽉 움켜쥔다. 바지 주머니에서 마스크를 꺼내지 않으려고 안간힘을 쓴다.

"⋯⋯상트페테르부르크행 비행기를 타러 가는 길, 공항철도역 플랫폼에서였어요. 작은 여자가 자기 몸집만 한 트렁크 가방을 들고 서서 호방하게 웃으며 제게 손을 흔들고 있었죠. 그녀가 캐나다에서 돌아온 거였어요. 그녀 주위에는 도서관에서 함께 일했던 동료들이 서 있었어요. 그녀를 환영하기 위해 모인 거였죠. 그들은 모두 저를 기다리고 있었다고 말했어요. 저는 감정을 표현하지 못하는 사람처럼 당황하고 얼어붙어 있었습니다. 눈물이 앞을 가린 것도 아닌데도 그들이 희미하게 보였어요. 그들에게서 아무 냄새도 나지 않았고 나를 안는 그들이 느껴지지 않았어요. 하지만 그들을 마주친 건 사실이었어요. 그들은 자신들을 기억하냐며 각자 이름들을 말했어요. 그런데 그들의 이름이 떠오르지 않아요.

저는 상트페테르부르크로 향하는 비행기에서도, 상트페테르부르크의 겨울 궁전에서도, 상트페테르부르크에서 돌아오는 비행기에서도 계속해서 생각했어요. 왜 그녀는 상트페테르부르크로 가볼 것을 권했을까? 저는 겨울 궁전에서 인파에 파묻혀 이정표를 따라 전시관들을 관람했어요. 동선의 끝에는 출구가 있었고, 저는 거기로 나갔어요. 상트페테르부르크에 머무르는 동안 매일, 저는 거기에 들어갔고, 거기서 나왔어요. 왜 저는 상트페테르부르크까지 간 것일까요? 상트페테르부르크로 가서 무엇을 확인하려고…… 저는 그 도서관에서 겨울을 보지 못하고 떠나야 했습니다. 제 어리석음 때문이에요. 제 어리석음에 동료들이 떠나고 저 역시 떠나야만 했습니다. 도서관에 눈이 쌓이는 모습을 보고 싶었는데 그렇게 되지 못했어요. 도서관에서 저는 확인해야……"

사서가 테이블 위에 서류 봉투를 올려놓는다. 나는 서류 봉투에서 빳빳한 종이들을 떨리는 손으로 꺼낸다. 화소가 깨진 CCTV 캡처본에서 한 명의 사람이 지하 서고의 자물쇠를 열고 안으로 들어가고 있다. 그자는 마스크를 끼고 있다. 다른 캡처본에서 나는 터널을 막 나와 눈밭을 걷고 있다.

"당신은 연초에 한국으로 돌아온 직후 도서관으로 찾아가

지하 서고에 잠입했습니다. 그러고는 다시 나왔어요. 면접일에 전임자는 당신에게 무엇을 알려줬나요? 지하 서고에서 무엇을 보았나요? 당신의 전임자는 당신이 마지막으로 그녀와 통화하기 전날 행방불명되었습니다. 전임자의 마지막 모습 역시 지하 서고 앞에 설치된 CCTV에서 확인할 수 있었어요. 그녀는 지하 서고로 들어간 뒤 다시는 나오지 않았습니다. 왜 당신은 나왔고, 그녀는 어디로 사라진 거죠? 지하 서고의 모든 소장본은 이번에 우리 도서관으로 이관되었습니다. 당신은 지하 서고에서 무엇을 보았기에 우리 도서관까지 찾아온 겁니까?"

나는 머리카락을 움켜쥔 채로 테이블에 머리를 박는다. 눈물과 콧물이 아무런 저항 없이 테이블 위로 뚝뚝 떨어진다. 나는 말을 한다. 말하지만, 목이 부어올랐는지 목소리가 제대로 나오지 않는다. 오래된 책에서 풍기는 냄새를 맡은 것처럼, 콧속에 유리 조각이 박히는 고통이 찾아온다.

"최초의 전거요…… 한 사람의…… 모든 것을 담은 소설…… 소설이 바로 그 사람 자체인 소설……"

사서와 남자가 의자를 뒤로 밀며 자리에서 일어나는 소리가 들린다. 담배 냄새에 찌든 손이 내 어깨를 툭툭 터는 게 느껴진다.

"사람은 당신이요."

둘의 발소리가 멀어져간다. 눈물과 콧물이 방울진 테이블

유리에 내 얼굴 윤곽이 비친다. 나는 엎드린 채 소매로 유리를 닦아낸다. 윤곽은 갈기갈기 찢겨 번져간다.

김정훈의 죽음

꿈이 요제프를 깨웠다. 꿈에서 튕겨 나온 그는 밤에 잠긴 어제를 먼 가로등 불빛에 기대어 겨우 분간할 수 있었다. 꿈은 밤하늘에 반짝이는 별이 되었고, 지평선 아래에서 오늘이 스산하게 동터오고 있었다.

푸른 어스름이 객실 안으로 밀려 들어와서는 말끔하기만 한 가구 하나하나에 물안개처럼 스며들었다. 특색 없는 그것들은 호텔의 모든 객실마다 같은 게 놓였다는 사실 말고는 전에 어떤 손님들을 거쳐왔는지, 그들이 떠나고 나서 어떤 침묵이 머물렀는지 아무것도 들려주지 않았다. 오히려 요제프 자신이 먼저 운을 떼어 그것들의 비위를 맞춰야 할 것만 같았다. 그는 참을성 있게 기다리는 사물들 앞에 서서 기억을 더

듬다 말고 얼굴을 찡그렸다. 기억 속의 여자가 그에게 물어왔던 것이다.

"기억나?"

"응……"

"……그때 떨고 있었어?"

"……한겨울이었으니까……"

잠들었는지 그녀는 더는 묻지 않았다.

요제프는 계속 말했다. 그녀가 꿈결에서라도 그 이야기를 마저 듣기를 바랐었다. 아버지가 날 발가벗겨 눈밭에 처박았지. 아버지는 엎어진 그의 위에 올라서서 길길이 날뛰었고, 마당 뒤편의 견사에서는 쇠창살에 주둥이를 들이민 도사견들이 흰 김을 내뿜으며 짖고 있었다. 그리고 어린 요제프는 분노한 아버지에게 쫓겨났다. 그는 아버지를 지나쳐 가기 두려워 뒷마당에 난 비포장도로를 걸어 눈 덮인 밭들을 지나 숲으로 도망쳤다. 길이 끝나는 지점에 우뚝 선 송전탑의 고압 전선이 사시나무 숲을 가로질러 먼 산자락으로 이어지고 있었다. 나무들은 아침 햇살에 반짝이는 눈가루를 흩날리며 으스스한 신음을 흘렸고, 겨울바람이 곡소리를 내면서 숲을 휘감을 때마다 우듬지에 앉아 있던 철새들이 창백한 하늘로 퍼져 날아갔다가 매번 같은 고도에 부딪혀 다시 돌아오기를 반복했다.

요제프는 높게 뻗은 회갈색 나무들 사이로 들어가 한참을 걸었다. 썩은 낙엽 더미에서 피어오르는 온기가 언 발을 녹여줘 그를 견딜 수 있게 해주었다. 그는 숲속의 빈터에 있는 하얗고 작은 정육면체 건물로 들어갔다. 아무런 인상이 없는 의사와 간호사 한 쌍이 귀한 손님을 맞듯 따뜻한 벽난로 앞에 나란히 서서 그를 기다리고 있었다. 의사는 자상하게 몸을 기울여 그를 검진하였고 간호사는 김이 오르는 코코아를 내주었다. 마지막으로 의사가 주사를 놔주면서 그에게 말했다. "숲을 벗어나기 전까진 절대 뒤돌아보지 말고 빠른 걸음으로 집으로 돌아가야 한다. 뛰지 말고, 오직 걸어 나가야 해. 발이 땅에 닿기 전에 그다음 걸음을 딛는 거야. 간단하지?" 요제프는 그 건물을 나오자마자 뒤돌아보지 않고 빠른 걸음으로 집에 돌아갔다. 사시나무 숲속을 걷던 그가 어느 순간 멈춰 보니 그늘지고 앙상한 송전탑에 석양이 걸려 있었고, 어느 순간 다시 멈춰 보니 인기척에 사나워진 도사견들이 어둠 속에서 짖어댔고, 어느 순간, 날이 밝은 봄에 개들이 우리째로 트럭에 실려 개나리 울타리를 지나 멀어져가는 걸 부엌 창가의 탁자 위에 올라서서 지켜보고 있었다. 그 탁자는 아버지가 폐타이어에 스프레이를 뿌리고 위에 유리 원판을 올려 만든 것이었다. 집에는 아버지가 만든 그런 조잡한 것이 많았다. 그날 밤 아버지에 의해 유리 원판은 산산이 조각났고 타이어가 굴러가 요제프의 방문을 텅, 텅, 두 번 두드리고선 심벌즈처럼 요동치며 바닥에 엎어졌다.

빠른 걸음은 그의 삶에서 외형률이 되었고, 빠른 걸음 속에서만 삶의 충분율을 찾아가는 것만 같았다고 그는 계속 말했다. 해결되지 않은 모순이 남아 있었다. 하얀 두부 같은 정육면체 건물과 거기 있던 의사와 간호사는 무엇이었을까? 만약에 그게 꿈이라면 주사는 무엇의 비유일까? 어머니는 내가 발가벗겨 쫓겨난 와중에 어디에 계셨던 것일까? 자고 있던 그녀는 대답하지 않았다. 요제프는 그녀가 잠들 때 벌어지던 입의 미묘한 각도를 머릿속에 그려내려고 애썼다. 수년간 곱씹었다는 사실만 되뇔 뿐 아무것도 그려지지 않았다. 아직은 젊다고 할 나이에 유독 빠르게 스러져가는 몇몇 기억들이 있었다. 어릴 적 기억은 말소되다시피 했다. 현재의 그가 기억하는 건 그 시절이 아니라 잠든 그녀에게 들려준 말이었다.

요제프는 그 시절에 대하여 아버지에게 한 번도 묻지 않았다. 그때 왜 그에게 주체하지 못할 정도로 화를 냈는지, 어머니는 어디 있었는지, 개들은 어디로, 왜 실려 떠나간 것인지에 대해서 말이다. 아버지에게 묻는다는 것은 그에게는 좀 이상한 일이었다. 그건 요제프가 형사가 되고 아버지가 용의자가 되어 심문실에 들어가는 것만 같았다. 아니, 어쩌면 그가 죄인이고 피해자인 아버지에게 도리어 따지는 것과 같은지도 몰랐다. 개들을 도둑맞았던 거라면 나는 가만히 지켜보고만 있었단 말인가. 투견 대회 공급책 자리를 잃은 아버지가 그래서 택시 운전사가 되고…… 아니다. 애초에 비유가 틀려먹었다…… 요제프는 그저 더 자세히 알기를 원하지 않았을 뿐이다. 객실의 유선 전화기가 울어댔다.

"김정훈은 집에 있나?"

나이를 가늠하기 힘든 남자의 칼칼한 목소리였다. 목소리 너머로 차르륵 커터 칼날을 뺐다가 도로 넣는 듯한 금속음이 일정한 주기로 들려왔다. 물론 김정훈은 집에서 자고 있겠지만 그 순간 요제프는 얼어붙어 대답도 하지 못했다. 프런트 데스크에서는 장난 전화를 건 사람의 전화번호를 알려주지 않았다. 나지막한 웃음소리가 수화기 너머로 들려왔다. "누군지 알려줬으면 한대." 그러나 곧 당신이 상관할 바가 아니라는 듯 다시금 완고한 태도의 목소리가 되돌아왔다.

"알려드릴 수 없습니다."

요제프가 투숙한 객실로 걸려온 전화가 프런트 데스크를 거쳐 연결된 것은 맞지만 그는 이 호텔의 손님이 아니므로 상대의 전화번호를 알려줄 의무와 책임이 호텔 측에 없다는 것이었다. "저는 호텔 밖에서 장난 전화를 건 사람보다도 권리가 없다는 거네요?" 그 말이 사실이라는 듯한 침묵에 그는 무리한 요구를 하는 옹졸한 사람이 된 기분이었다. "수건 좀 갖다주세요. 다 쓴 지 오랜데 왜 새로 채우지 않는 거죠? 아침이 되면 청소도 해주시고요."

반응은 냉랭하고도 기이했다. 그 반응은 자기네에게 권한이 없다는 뜻이 아니었다. 요제프에게 그럴 권한이 없다는 것이었다.

"매니저를 불러주세요. 이 방은 계산이 됐고 아직 숙박 기간이 남아 있어요!"

"매니저는 아침에 출근합니다. 당신이 투숙하고 있는 이 객실은 다른 분이 계산하셨습니다. 당신이 아니라. 호텔은 객실을 직접 예약한 손님에 한해 최고의 서비스를 제공합니다. 당신은 다릅니다. 객실을 예약한 손님이 정식 양도 절차를 밟지 않았기에 당신은 조식, 청소, 세탁, 에스코트, 매니저 응대 등의 서비스를 이용할 수 없습니다. 그러나 객실이 예약된 기간 동안 이 객실만큼은 손님의 것이기에 손님의 손님으로서 당신 또한 이용할 수 있습니다. 되도록 객실 내에 머무르세요."

전화가 끊겼다.

이 객실은 T의 것이었다. T는 이곳 A시의 친정에 묵기를 꺼렸다. 자신의 열다섯 살 아들을 견딜 수가 없어서였다. T는 이혼 소송과 사업을 핑계로 서울로 돌아갔다. T는 요제프에게 아들을 맡겼다.

"소설을 쓴다며? 애한테 글 좀 가르쳐줘."

요제프는 자기애와 체념이 짙은 표정으로 고개를 가로저었다.

"아이에게 가르칠 게 아니야. 소설을 배우면 많은 것이 불확실해져. 행복하게 사는 데에 좋을 게 없어."

T가 가소롭다는 듯이 왼쪽 눈을 찡그리며 같은 쪽 입꼬리

를 올렸다가 그렇게 굳어버린 얼굴 그대로 고개를 숙였다.

"내가 가르쳐달라는 게 그거야. 그렇다고 내 아들을 소설가로 만들어달라는 것도 아니잖아. 하지만 애는…… 모든 게 너무 확실해."

요제프는 학원 수업이 끝난다는 토요일 저녁마다 T의 아들과 객실에서 만났다. 첫날이었다. 아이가 가방을 멘 채로 의자에 앉았다. 요제프가 가방을 내려놓으라고 권하려는 순간 아이가 말했다.

"호텔은 다 그래요? 빈자리마다 의자랑 테이블이랑 옷걸이가 놓여 있잖아요."

"비어 보이면 허전하니까 배치를 그렇게 한 게 아닐까?"

"아저씨는 뭐예요? 엄마랑 무슨 관계예요?"

"나는 김정훈이란다. 소설가고. 이제 너에게 소설을 가르칠거야."

"아저씨는 이름을 숨긴 소설가고 엄마도 진짜 이름을 모른다면서요. 진짜 이름이 뭐예요?"

전화를 건 그 남자. 그 남자는 요제프가 김정훈이 아니라는 걸 알고 있는 것이다.

그는 전화기 선을 뽑았다. 다른 누가 아버지의 이름을 부르는 걸 그는 들어본 적이 없었다. 어머니는 아버지를 여보, 당신이라고도 부르지 않았다. 어떻게 부를 엄두도 안 나는 남자와 같이 살 생각을 했던 걸까?

열려 있는 창에서 겨울바람이 소용돌이쳤다. 객실에 난방이 끊긴 지 오래였다. 토요일이고, 오후에는 T의 아들이 찾아올 것이다. 요제프는 한자리에 너무 오랫동안 서 있었기에 추위를 느끼고는, 창을 닫았다. 호텔이 위치한 시가지 곳곳의 붉은 네온사인 십자가들이 하나둘 꺼져가고 있었다. 어스름이 스며들어 푸른 침대로, 그는 돌아갔다.

그건 실수였다. 첫 책을 출판할 때 출판사에서 실수로 저자명을 출판 계약자 명의인 김정훈으로 기재한 것이다.

이제 곧 아침잠이 없는 아버지가 일어날 시간이었다.

바를 정(正)에 훈훈하다고 할 때의 훈(薰). 바르고 훈훈하다는 의미 이면에는 아무것도 없는 이름이었다. 아버지 또래에는 흔치 않은, 요즘 젊은이에게나 어울리는 이름. 요제프는 자신의 본명보다도 아버지의 이름에 대해서 자주 곱씹었다. 바르다는 것이 무엇인지, 훈훈하다는 것이 무엇인지에 대해 천착하게 되었다. 아버지에게 바른 것, 훈훈한 것이 있는지 찾는 것은 덧없는 짓이었다. 어머니가 떠나고 나서 요제프는 어린 시절을 지나면서 아버지의 얼굴을 마주할 수 있을 만큼 컸다. 그 얼굴에서 무엇을 발견할 수 있었겠는가? 어머니는 그 얼굴에서 무엇을 보았는가. 무언가를 보기는 보았을 것이다. 요제프가 아버지의 얼굴에서 무언가를 보았듯이. 그는 정훈이라는 이름에서 느껴지는 순수한 공허에 발을 들였고 그

이름이 아버지에게는 어울리지 않는다는 결론을 내렸다. 어쩌면 빈 굴에 누구나 발을 들일 수 있듯 아버지든 누구든 아무에게나 붙일 수 있는 이름이라고.

아버지는 이름과 관계없이 존재감이 강해지고, 더 강해진다. 기지개를 켜는지 고통스럽게 쥐어짜는 신음. 쿵쿵거리는 발소리 끝에 인조 가죽 소파 쿠션이 눌려 구겨지는 소리와 함께 텔레비전이 켜지고 방청객들이 하하하하 웃다가 잦아든다. 아버지가 텔레비전을 보면서 악력기를 찌걱대다가 요제프의 방문을 벌컥 열어젖히고는 삶에 더 자신만만해진 기색으로 소리친다. "안에 처박혀 있으면 뭐가 나오냐?"

어린 시절 요제프는 야간 택시 일을 마친 아버지가 안방에서 코를 고는 동안 부엌에서 책을 읽고는 했다. 그는 종이 넘기는 소리에도 숨을 크게 들이쉬고 동작을 멈추어야만 했다. 그가 독서 취향을 가지기 전 집에서 읽던 건 모두 전집류의 위인전이었다. 집에 있는 유일한 책들이었다. 한번은 그가 안방에 있는 책을 가져오기 위해 불 꺼진 어둠을 건너다가 그만 잠든 아버지의 얼굴을 밟은 적이 있었다. 발에 밟힌 아버지의 기름져 미끈거리는 이마와 외마디 소리를 그는 기억했다. 아버지는 죽음에서 깨어난 시체처럼 고함을 지르며 발버둥 치다 그의 발목을 잡고 책장으로 내동댕이쳤다. 책장이 요제프 위로 쓰러져 그는 쏟아진 위인전들의 무덤 속에서 울음을 터뜨렸다. 그 울음소리를 듣고 달려와주기에는 이미 어머니는 너무 멀리에 있었다. 그가 살던 마을에는 전부 장성한 자식들을 내보낸 노인들뿐이었다. 그들의 장례식에서야 검은 정장을 입은 자식들이 짝이 안 맞는 검정 옷을 입힌 자기네 자식들을 데리고 찾아와 참회의 눈물을 흘렸다. 그들이 떠나고 나면 죽은 집주인처럼 하얗게 세어버린 잡초들이 버려진 집 마당을 차지했다.

어머니는 떠났다. 그는 자신의 어머니가 떠난 무렵만큼은 선명히 기억하고 있었다. 아버지는 낡은 세단 뒷좌석에 그를 태우고 밤중의 고속도로를 몰아 서울에 있는 어머니의 친정집 대문 앞에 서 있었다. 아버지의 얼굴은 가로등 불빛을 받아 한쪽은 검게 그을리고 한쪽은 주황색으로 익어가고 있었다. 한겨울이었는데도 열이 많은 아버지의 머리에서 김이 오르고 있었다. 아버지가 마주 선 집은 이층짜리 불 꺼진 붉은 벽돌집이었다. 아버지는 가로등 뒤에 잠긴 어둠을 향해 오페라 「마술피리」의 타미노 왕자처럼 고함을 질러댔다. 나오라고. 돌아가자고. 거기에 있느냐고, 아니면 없느냐고. 아버지 같은 작자가 타미노일 리가 없으니 돌아오는 코러스는 없었다. 불 꺼진 벽돌집의 어둠은 아버지에게 이렇게 말하는 것만 같았다. 그녀는 이 안에 들어갔지만, 사라졌어. 나오지 못할 거야. 영원히. 요제프는 차 안에서 가로등 불빛에 기대, 뒷좌석에 늘 놓여 있던 대형견 백과사전을 읽고 있었다. 히터가 툴툴거리는 소리와 함께 더러운 열풍을 뿜어댔다. 도사견. 일본의 고

치현 도사가 원산지로, 일본의 토종개들이 서양 개들과의 싸움에서 계속하여 패하자 분노한 투견인들이 불도그와 그레이트 덴, 세인트버나드, 불테리어를 교배하여 개량한……

아버지와 요제프는 다시 낡은 세단을 타고 집으로 돌아갔다. 부족한 산소 때문에 기절하듯 잠들었다가 깰 때마다 차창 밖으로 가로등과 다른 자동차들이 빛의 궤적을 그려나갔다. 그는 서울로 올라갈 때와 내려갈 때 그 빛의 궤적을 소중히 간직해왔다. 그건 아무 의미가 없는 것인데도 그의 삶의 궤적이 되었다. 그는 오랫동안 심야 고속버스를 애용했다. 차에서 잠들고, 차에서 생각하고, 차에서 책을 읽고, 차에서 소설을 썼다. 그에게 운전면허는 없었다. 그는 자신이 운전한다는 것을 상상도 하지 못했다.

아버지가 택시 운전을 나갔던 어느 날 밤, 마당에 깔린 자갈이 자동차 바퀴에 깔리는 소리와 함께 어머니가 집 안으로 들어왔다. 어머니는 위인전 전집 상자를 두 손에 들고 있었다. 어머니인 줄 모르고 자는 척하고 있던 그는 어머니의 말 한마디에 고개를 들었다. "자니?" 그 뒤로 어머니가 무슨 말을 했는지 그는 기억하지 못한다. 어머니가 어떤 외모였는지도 기억하지 못했다. 아버지는 어머니의 모든 흔적을 지워버렸다. 어머니에 대한 어떤 질문도 허용하지 않았으며, 나중에는 요제프 역시도 부재한 기억을 자신의 일부로 여기고 더는 되새기려고 노력하지 않았다. 그저 그의 머릿속에는 어릴 적

언제 했는지, 하긴 했는지 모를 말이 떠돌고 있을 뿐이었다. 나는 엄마를 미워하지 않아. 어머니는 그 말을 들었던 것일까? 어머니는 그 말에 무어라고 대답했을까?

이제 아버지는 신도시의 빌라에서 살았다. 발코니에서 보이는 신도시의 겨울은 스노볼에서 눈가루를 빼낸 것처럼 앙상궂었다. 그가 이사 왔을 때만 해도 새것 같던 신도시는 실패한 도시 계획으로 인해 수년간 먼지 섞인 빗물에 녹슬어버렸고, 보도블록 틈새마다 긴 풀이 자랐다. 짓다가 버려진 아파트가 늘었고 그가 사는 빌라 앞에 짓던 아파트도 공사를 멈추고 빌라에 거대한 그림자를 드리웠다. 겨울이 오고 주위를 둘러싼 논밭과 산이 헐벗으면서부터 신도시는 광활한 폐허 속에서 살아남은 인류 최후의 보루로 보였다. 그 일이 있기 전까지만 해도 요제프는 몇 년 동안이나 빌라에서 아버지와 함께 살았다. 삶에는 항상 우연의 일치가 있기 마련이었다. 대부분의 사람은 일치된 우연들이 가리키는 방향을 거부하지 못했다. 그도 마찬가지였다. 그녀가 그를 떠난 뒤 아버지에게서 연락이 왔고, 그는 아버지에게로 돌아갔다. 다른 어떤 길도 생각해보지 못했다. 그는 이제 그녀의 얼굴도, 진짜 이름도 기억하지 못했다. 그녀 몰래 지갑에서 꺼낸 주민등록증의 이름은 그녀가 말한 이름이 아니었다. 그에게 자기의 이름을 숨긴 사람은 그녀 한 명뿐이었다.

상념에 잠긴 요제프는 이제 아침 햇빛으로 노래져가는 침대에서 일어나기를 머뭇거렸다. 오후에 예정된 T의 아들과의 만남도 취소하고 싶은 마음이었다. 그렇지만 그는 핸드폰이 없고 아이의 연락처도 몰랐다. 창밖은 도무지 겨울 날씨 같지 않았다. 흰 구름이 높은 고도에서 희미하게나마 형체를 갖추었고 햇살이 따사로웠다. 호텔에서 나오기에 적당한 날씨였다. 그는 A대학교의 도서관으로 가보기로 마음먹었다. 도서관은 A시의 시민들에게 개방되었고 방학이라 대학생들도 많지 않았다.

겉옷을 챙겨 복도로 나온 요제프는 청소부와 마주쳤다. 그는 빠르게 지나치던 걸음 그대로 눈도 안 마주친 채 청소부에게 며칠 동안 자신의 방만 청소를 해주지 않았으며 부디 침대만이라도 새 시트로 갈아주고 새 수건을 챙겨달라고 당부한 뒤 엘리베이터를 타고 로비로 내려왔다. 그러고는 프런트 데스크로 향하려는 시선을 애써 억누르며, 햇빛을 반사하여 번쩍거리는 회전문을 지나 빠른 걸음으로 걸어나갔다.

요제프는 태블릿 PC 화면을 껐다. 맞은편 벤치의 노인이 시선을 거두기를 기다리면서 뒤편 도서관 외벽 창을 돌아보았다. 창에 비친 그의 눈은 고장 난 로봇처럼 불 꺼진 물음표를 달고 있는 것만 같았다. 그는 눈에 힘을 주고 다시 노인에게로 시선을 돌렸다. 때 묻은 폴로 티셔츠에 건설사 로고가 프린트된 조끼 차림인 노인은 편의점 주먹밥을 먹던 참이었다.

날개에 연보랏빛이 감도는 진회색 비둘기가 지척에 내려앉아 고개를 기웃하면서 그를 곁눈질했다. 노인은 입을 우물거리며 비둘기를 내려보다 주먹밥을 한 손에 들고 구부정한 자세로 천천히 다가가 침을 뱉었다. 비둘기가 푸드덕 노인의 머리 위를 스치듯 날아갔다. 노인은 놀라 상욕을 내지르면서 엉덩방아를 찧었다가 황급히 일어나 땅에 떨어진 주먹밥에 침을 뱉고는 도서관 안으로 들어갔다. 깃털 옷을 갈아입어 통통해진 참새들이 도서관 외벽을 도약판 삼아 재주를 넘다가 희뿌연 하늘로 날아가버렸다. 어쩐지 홀로 남겨졌다는 새삼스러운 생각에 요제프는 울적해졌다. 그는 태블릿 PC를 겉옷 주머니에 넣고 도서관으로 들어갔다. 지하에서 보수 공사를 하는 소리가 깡깡 울려 퍼졌다. 누가 쫓아오기라도 하는 듯 계단을 잰걸음으로 오른 그가 자료실로 들어갔다. 카디건으로 몸을 감싼 사서가 데스크 뒤의 소파에 앉아 전기난로를 쬐고 있었다. 서가에는 여자 한 명뿐이었다. 그는 여자가 마주 보이는, 가장 먼 책상에 앉아 태블릿 PC와 키보드를 꺼냈다.

여자는 마치 누비이불로 만든 것 같은 패딩 점퍼를 어깨에 걸친 채로 의자에 기대 졸고 있었다. 요제프가 부스럭거리는 소리에 깬 여자는 한쪽으로 기울어진 고개를 바로 들고 형광펜을 집어 들었다. 그러고는 그를 쳐다도 안 보고 펼쳐놓은 책에 눈을 내리깔았다. 오늘은 안경을 깜박한 모양이었다. 여자가 핸드폰을 책 위에 대고 훑어갔다. 카메라 확대 기능을 이용하고 있다는 걸 요제프는 눈치챘다. 금은방 주인이 돋보기를 대고 반지를 감정하는 걸 기다리듯이, 그는 책에 머리를 박은 여자를 숨죽여 지켜보았다. 여자가 고개를 들었고, 그와 눈이 마주쳤다. 그는 시선을 태블릿 PC에 내리깔았다. 용접봉을 지지는 소리가 올라왔다. 서재에서 바셀미의 『죽은 아버지』와 슐츠의 『모래시계 요양원』을 들고 와 뒤적이던 요제프는 이윽고 키보드를 두드렸다. 창밖으로 헐벗은 메타세쿼이아 우듬지가 겨울바람에 파르르 떠는 것이 보였다. 여자가 핸드폰과 형광펜을 든 손을 책 위에 올려놓고 꼬박꼬박 졸기 시작했다. 여자가 몸을 뒤로 기대자 입을 살짝 벌린, 앳되지만 지친 얼굴이 드러났다. 밑에서 소음이 올라올 때마다 여자의 어깨가 가볍게 경련했다. 키보드 소리가 멈추었다. 이제 여자가 작게 코 고는 소리뿐이었다. 밑에서 무언가가 쾅 쓰러지는 소리가 났다. 마치 유체 이탈을 했다가 강제로 되돌아온 것처럼, 소스라치며 여자가 일어났다. 여자는 주섬주섬 헝겊 숄더백에 짐들을 담아 밖으로 나갔다.

호텔에서와 마찬가지로, 이제 자료실에는 요제프밖에 남지 않았다. 그는 자료실을 나왔다. 도서관 로비의 신문 독서대를 서성이던, 빨간 십자가가 그려진 노란 조끼를 걸친 아주머니 둘이 웃는 낯으로 전단지를 내밀면서 다가왔다. 요제프는 손을 내저었다.

"저는 크리스천이에요."

어쩔 수 없이 호텔 로비에서 프런트 데스크를 마주칠 수밖에 없었다. 데스크 위로 상반신을 드러낸 직원 둘이 옷차림이라든가 체격, 서로 선 위치가 마치 한 명은 거울 속 사람인 듯 완전한 대칭을 이룬 채 그를 감정 없이 마주 보고 있었다. 요제프는 새벽의 일을 따지고 싶었지만 그자는 분명 교대를 마치고 잠에 들었을 테고 따져봤자 아무런 소용이 없을 거라는 생각이 들었다. 거대한 홀의 양쪽으로 난 층계 아래의 테이블에는 검은 겨울 정장을 완벽하게 차려입은 남자만이 앉아 핸드폰을 귀에 대고 불 꺼진 크리스털 샹들리에를 올려다보고 있었다. 이층의 레스토랑 런치 타임이 끝난 모양이었다. 양쪽의 층계로 한숨 내려놓은 듯한 표정의 관광객들이 줄지어 내려오고 있었던 것이다. 엘리베이터를 타려면 양편의 층계를 올라야 했다. 사람을 피하는 습관으로 인해 요제프는 프런트 데스크를 마주 보고 서서 기다리기보다는 겨울 정장 남자의 반대편 테이블에 앉기를 택했다.

사람들이 회전문으로 나가자 난데없는 겨울바람이 휘몰아쳤다. 샹들리에가 기우뚱거리면서 크리스털이 차르르 요동칠 정도였다. 프런트 데스크의 전화벨이 울리고, 직원이 요제프가 투숙한 방의 호수를 복창하는 동안 회전문이 닫히면서 샹들리에가 제자리로 돌아왔다. 맞은편의 남자가 핸드폰을 코트 주머니에 넣는 동시에 직원이 전화를 끊었다. 비틀거리면서 일어난 남자가 돌연 코트 자락을 날리며 달려가 회전문을 밀고 나가버리자 다시 돌풍이 몰아쳐 오고 요제프는 바람에 밀쳐진 것처럼 벌떡 일어나 프런트 데스크 앞에 섰다.

"방금 나간 남자가 이 호텔 손님인가요?"

두 직원이 서로를 마주 보다가 그를 쏘아보았다. 마치 외지인을 경계하는 태도였다.

"당신은 호텔의 손님이 아니기에 알려드릴 수 없습니다."

"그럼 손님인 T에게 전화해주세요. 명의를 제 이름으로 변경해달라고 하라고요……"

꿈쩍도 하지 않는 둘 앞에서 요제프는 자신이 이 호텔의 위신을 올려줄 유명한 소설가라며 횡설수설하다가 시간이 없음을 깨닫고 빠른 걸음으로 프런트 데스크를 지나 층계를 올랐다. 그가 이층의 발코니로 나오자 극적이게도 겨울바람을 정면으로 받으면서 그의 머리카락과 옷자락이 펼쳐졌고 호텔 바로 건너의 십자로에 선 남자와 눈이 마주쳤다. 신호가 바뀌면서 사람들이 횡단보도를 건너는데도 남자는 그를 또렷이 올려다보고 있었다. 그러고는 신호가 바뀌기 직전에 달려 횡단보도를 건넜다. 요제프 역시 잰걸음으로 층계를 올라 삼층 발코니로 나오자 그는 다음 십자로에 서서 역시 호텔을 올려다보고 있었다. 사층 발코니로 올라갔을 때도 그는 그다음 십자로에 서 있었고, 오층, 육층에 올라서자 이제는 호텔로부터 다섯 구획 떨어진 십자로에 점이 되어 서 있었다. 칠층으로 향하는 층계를 오르는데 층계참에서 호텔 직원이 그를 가로

막았다.

"당신의 객실로 돌아가세요. 이다음은 호텔의 이사장과 VIP만이 이용하는 층입니다."

요제프는 객실로 돌아가지 않고 엘리베이터를 타고 내려가 로비로 돌아왔다. 프런트 데스크의 두 직원이 나란히 고개를 돌려 그를 노려봤다. 그는 회전문을 나가서 돌연 추워진 겨울 거리를 걸어 첫번째 십자로에서 호텔을 올려다보았다.

그제야 호텔의 외양을 자세히 관찰하는 자신이 이상하게 느껴졌다. 이 오래된 호텔은 시가지의 중심에 섰을뿐더러, A시에서 유일하게도, 자의식이 강한 건축가가 지은 건물임이 분명했다. 홀을 구성하는 두 층은 돔처럼 둥글고 그 위에 얹힌 객실 층들이 방첨탑의 형태로 비죽이 솟은 한편 각 층의 발코니들은 반구형 형태를 띠고 있었다. 요제프를 거부한, 뾰족탑 형태의 꼭대기 층의 사면에는 커다란 채광창이 자리하고 있었다. 호텔의 외양도 인상적이지만 더 인상적인 것은 호텔과 시가지 구획 사이의 거리에서 느껴지는 연관성이었다. 마치 호텔을 지은 건축가가 요제프가 겪을 일을 염두에 두고 건물을 설계한 것만 같았다. 호텔과 구획 사이의 거리, 층간의 이동 거리를 안배하여 호텔에 남겨진 사람이 한 층 한 층 올라가면서 떠나는 사람이 십자로에 선 모습을 계속 지켜볼 수 있도록 말이다. 생각할수록 이상한 가정이었다. 호텔은 누가 남겨지고 다른 누가 떠나는 곳이 아니라, 함께 남고 함께 떠나는 공간이기 때문이다. 여기서부터 그는 미스터리의 영역에 들어섰고 이윽고 발을 빼, 추위에 떨며 호텔로 돌아갔다. 인식기에 카드를 대어 닫혀 있던 객실 문을 열자 화장실 안에 있던 누군가가 알 수 없는 소리를 화들짝 내질렀다. 청소부였다. 이미 점심이 지난 시간에 객실 문을 닫고 청소를 하고 있다니. 청소부를 내보내고 그는 곱게 정돈된 침대에 앉았다. 이제 막 체크인을 마치고 입실한 것처럼 객실의 모든 것이 제자리에 채워져 있었다. 시간이 흘러 변한 건 이 객실에 요제프 자신뿐인 것 같았다.

바람에 창이 작게 덜컹댔다. 이미 태양이 그의 객실을 지나친지라 최소한의 등만 켠 실내는 점점 명암이 드리워져가고 있었다. 난방이 끊긴 객실은 싸늘했다. 요제프는 추운 밖에 서 있다 와서인지 얼굴과 몸이 고통스럽게 화끈거리고 으슬으슬 떨렸다. 그는 태블릿 PC로 T에게 메일을 보냈다. 호텔에 전화해 객실 명의를 자신으로 변경해달라고 말이다. 그는 자기 명의로 핸드폰을 개통하지 않았고 그럴 필요성도 느끼지 않았다. 출판사와의 연락도 메일로 해결했다.

요제프가 마지막 연재분을 작업하고 있을 때였다. 문이 열리고 아버지가 핸드폰을 그에게 내밀었다. "언제까지 틀어박혀 살 거냐. 아버지 이름으로 개통한 거니까, 이걸로 연락도 하고 밖에 나가 사람도 만나고 그래라." 그가 주는 용돈으로는 턱없는, 출시된 지 일 년 정도 된 핸드폰이었다. 핸드폰 다 단계에 발을 들였다는 말을 듣자 그는 자신의 아버지를 도무지 이해할 수 없었다. "아버지. 드리는 용돈으로 충분히 생활할 수 있잖아요." 아버지의 굵은 목이 점점 빨개졌다. "일흔이 다 되어가도 내 몸뚱이는 내가 책임질 테니까 걱정 마라. 숨어 사는 변변찮은 글쟁이한테 뭘 바라겠냐."

새해 첫날 동이 트기 전, 핸드폰으로 사진 한 장이 도착했다. 요제프는 밤을 새워가며 완성된 연재분을 고치던 참이었다. 그가 사는 빌라보다 높은 곳에서 찍은 사진으로, 밤에 유일하게 불 켜진 그의 방 창문에 초점이 잡혀 있었다. 메시지를 보낸 번호로 전화를 걸어보았지만 없는 번호라는 자동응답만이 돌아왔다. 그는 자리에서 일어서 창문을 열었다. 모니터가 어깨에 눌려 엎어졌다. 차가운 밤안개가 코와 옷 속으로 스며들었다. 그는 사진을 찍었을 위치를 가늠하며 어두운 버려진 아파트를 올려다보았다. 보이는 건 버려진 아파트의 한 어두운 창문에 비친 붉은 네온사인 하나, 밤을 틈타 어디선가 비쳐와 두 갈래로 휘어지고 일그러진 십자가였다. 얼마 안 지나 그의 아버지가 문을 벌컥 열고 연극적인 말투로 소리쳤다.

"어이, 아들, 새해부터 집에 틀어박혀 있어봤자 뭐 해. 산이라도 가서 해나 보고 오자고!"

요제프는 아버지에게 화를 내지 않으려고 무진 애를 썼다. 손에 힘이 들어가자 핸드폰이 땀에 미끄러웠다. 아버지가 경거망동한 게 틀림없었다.

"아무래도 경찰에 신고해야 할 것 같아요."

둘은 거실로 나갔다. 꽉 끼는 황토색 등산복을 입은 그의 아버지는 거실 소파에 앉아 계속 같은 소리만 반복했다. 요제프의 말대꾸에 아버지가 상기된 얼굴로 발을 쿵쿵 구르며 일어섰다. 연극에서 돌아가면서 무대 중앙에 서듯이, 이번에는 그가 소파에 털버덕 앉았다. 아버지가 남긴 미지근한 온기가 느껴졌다. 당혹감이 진정되고 피로가 몰려왔다. 그는 소파에 눕다시피 기대며 천장을 올려다보았다. 그의 아버지도 마찬가지였는지 타이르듯이 말했다. "제 이름을 안 쓰니 당당해지지 못하고 간이 콩알만 해지는 거 아니야. 이제부터라도, 자기 이름으로 당당하게……" 요제프는 목구멍에 화덕처럼 솟구치는 열기를 억누르려 안간힘을 쓰다가 한마디 토해냈다.

"등산 가보세요, 아버지."

그의 아버지 얼굴이 대춧빛으로 붉어졌다. 마침내는 등산복처럼 누렇게 질려버린 얼굴로 입을 우물거리며 그를 노려보다가, 그에게서 핸드폰을 빼앗아 베란다 창을 열고 던져버렸다. 그러고는 현관문을 박차고 나가버렸다. 요제프는 아버지가 다시 돌아올 것임을 알고 있었다. 아버지는 기댈 친구도 한 명 없었다. 동이 텄다. 베란다 창을 미처 닫지 않아 발가락이 오므라들도록 싸늘했다. 창을 닫으려고 베란다로 나가 오래간만에 마주한 햇빛에 휘청거렸다. 그는 눈물을 흘리지 않으려고 눈을 치켜떴다가 차들이 오가는 도로를 내려다보았다. 아버지가 던져버린 게 핸드폰이 아니라 그의 심장인 듯 가슴에 찬바람이 돌았다. 불현듯 가족을 떠난 젊은 어머니와 같은 나이가 되었다는 걸 그는 깨달았다. T가 있는 호텔로 가야겠다는 생각뿐, 더는 다른 아무 생각도 할 수 없었다.

이제 그는 T의 아들이 올 때까지 객실 밖을 벗어나지 않을 것이다. 오늘은 그 아이와의 질문을 어떤 말로 무마한단 말인가……

"아저씨 말이 이상해요. 어떻게 소설에서는 내가 아니라 다른 사람이 되죠?"

"다른 사람이 되는 게 아니라 타인이 되기 위해 노력하는 거야."

"왜요?"

"그건 내가 현실에서 타인이 되기를 번번이 실패하기 때문이지……"

"그런데 왜 소설에서 그걸 해야 하는 건데요?"

요제프가 아버지에게로 돌아갔던 날 서울에서 전철을 탄 건 A시로 가는 교통수단 중에 가장 시간이 오래 걸리기 때문이었다. 서울과 수도권을 잇는 노선의 전철에는 사람이 붐볐고, 그중 노인이 많아 한동안 그는 서서 전철 밖을 지나치는 서울의 시가지들을 바라보아야만 했다. 석양이 지기 전의 겨울 오후는 구름도 없고 색이랄 것도 없었다. 전철이 한강 위를 지났다. 그는 한동안 여의도의 고층 건물들, 그중 가장 높이 선 건물, 평소에는 황금빛이지만 그날따라 놋색으로 바랜 빌딩을 넋 놓고 올려다보았다. 그 뒤로 선로가 지나는 동네들은 역 근처가 아니고서야 대부분 건물이 노후하여 페인트칠이 벗겨져 있고 인적이 없어 보였다. 그는 이제 여기서부터 서울을 지나친 것이라고 제멋대로 단정 짓고 패색을 드리웠다.

전철은 신기하게도 그가 살아온 모든 도시와 동네를 지났다. 그가 오랫동안 지냈던 서울의 대학가에서부터 그와 그녀가 잠시간 지냈던 타지, 그리고 어린 시절 살았던 A시의 시골까지 통했다. 그가 성인이 되기 전에는 A시까지 전철이 닿지 않았다. 그에게는 진지한, 그렇기에 더욱 촌스러운 서울을 향한 강한 열망이 있었다. 그가 그녀와 타지에 사는 동안에도 끝내 서울의 방을 빼지 않았을 정도로 말이다. 하지만 그가 아버지에게로 돌아갈 때는 왜 체념하고 서울 방을 정리했는지 설명할 길이 없었다. 아무도 요제프에게 묻지도 않았고 스스로도 납득 가능한 대답을 생각하려 들지도 않았고 의문을 잊어버렸다. 어쩌면 그의 삶이 소설과 같은 것일지도 몰랐다. 그는 소설이 서술 과정에서 그러하듯이, 많은 것을 기억에서 생략해왔다. 그는 누군가에게 자기의 삶을 일목요연하게 말해줄 수는 없었지만 소설로는 제법 이야기가 되게 쓸 수 있었다. 그것은 그가 소설적인 언어에 특출한 재능이 있었기 때문이 아니라 단지 그가 소설에 삶을 맞춰버린 탓이다. 그의 영악한 자의식은 유년기를, 어머니를, 그녀를 생략해버렸지만 아버지만큼은 생략하지 않았다. 그것도 재능일지 모른다. 그는 자신도 모르게 해내버렸다. 그는 자신이 소설가가 되리라고 생각하지 못했다. 그가 대학원에 지원했을 때 그를 자신의 교수실로 부른 교수도 그렇게 말했다. "넌 어쨌든 소설가가 되기는 하겠지."

책장으로 메워진 교수실은 좁고 기다란 통로 같았다. 창가마저 책장이 막아버려 희미한 겨울 햇빛이 책상 뒤에 선 교수의 하얗게 센 머리 위로 먼지 입자와 함께 일렁였다. 교수는 이미 삼분의 이쯤 비워진 양주병을 책상에 놓인 액자 앞에 내려놓고 다시 한 잔 들이켰다. 요제프는 투명한 유리병에 왜곡되어 일그러진 그림을 알아보았다. 마그리트의 「금지된 재현」이었다. 거울에 비친 자신의 뒷모습을 바라보는 시인 제임스의 뒷모습에 반투명한 소용돌이가 일어 있었다. 곁에 놓인 책만이 거울에 반대로 비쳤……

"내가 소설가가 되었듯이 말이야. 넌 남자아이니까 더 쉽겠지. 하지만 교수가 되지는 못할 거야. 너는 비겁하고, 여리고, 뭐든지 오래 버티지 못하잖아?"

요제프는 바보같이 너털웃음을 터뜨리려다가 당혹스러워하며 입을 다물었다. 대신 교수가 웃음을 터뜨리고는 마치 농담이라며 손을 내젓듯 술잔을 그를 향해 내밀었다.

"나는 내가 소설가가 될 줄 알았어. 마찬가지로 모교의 교수가 될 줄도 알고 있었지. 그건 단순한 거야. 증오지. 소설, 아니 문학을 증오하는 자들이 있어. 언젠가 문학을 증오하는 사람들이 모든 것을 파괴하는 복수를 할 거야. 바보 같은 질문하지 말아. 듣기만 해. 소설을 어떻게 생각하나? 대답하지 말라고. 소설이라는 허위적 진실을 어떻게 생각하느냐고. 그건 말이야. 비유고, 나아가 환상이지."

교수가 다시금 술잔을 채웠다. 이번에는 몸을 기울여 책장을 향해 비어 있는 손을 내뻗었다.

"내가 너를 구해줄게. 내가 너를 지옥에서 꺼내줄게. 너는 이걸 읽으면 달라져 있을 거야. 다시 한번 말하지. 내가 너를 파괴할게. 내가 너를 천국에서 떨어뜨려줄게. 너는 이걸 읽어도 달라지는 게 하나도 없을 거야. 너도 그런 소설들을 읽은 적이 있을 테지? 시대에 따라 손을 내미는 사람은 악마에서 사랑하는 연인으로 바뀌고 마침내는 자기 자신이 되지. 그건 단지 비유일 뿐이야. 아무도 구해지지도, 파괴되지도 않아. 아무도 손을 내밀지 않아. 소설가의 허위적 거짓이란 말이지."

교수가 털썩 주저앉아 의자 등받이에 몸을 기댔다. 아무런 무늬도 없는 흰 천장에서 그리운 무언가를 발견한 듯한 교수는 아련한 눈빛으로 이내 말을 이어갔다.

"하지만 나는 읽었어. 도서관에서였지. 그건, 그저…… 아마추어들의 출판되지 않은 책들을 전시하는 자리였어. 거기서 나는 한 책을 읽었어. 그 책은 누구에게도 손을 내밀지 않았고 무엇도 내걸지 않았지. 오직 한 사람만이 읽혔지. 한 사람에 대한 모든 것. 그건 소설이지만 동시에 그 사람 자체이기도 했어. 내가 아는 한 가장 순수한 소설이었지. 소설가가 있었지만 작중의 그 사람이 아니었어. 소설에서 소설가는 완벽하게 지워져 있었다는 거야."

교수가 눈을 치뜨며 요제프를 돌아보았다. 교수가 그를 호명했다.

"그 뒤로 나는 소설을 쓰지 않아. 자네는 필명이 필요하겠군. 너무 옛날 이름이야."

그가 좌석에 앉았을 무렵에는 이미 전철 밖으로 꺼림칙한 붉은 빛이 도는 진회색 하늘이 점차 검어져가고 있었다. 검은 전봇대들이 키다리 유령처럼 주기적으로 빠르게 다가왔다가 멀어졌고, 경작을 멈춘 황무지가 끝없이 이어졌다. 이제 전철에는 노인들과 몇몇 중장년들밖에 앉아 있지 않았다. 낡은 히터 때문인지 퀴퀴한 냄새가 났다. 그들 대부분은 집으로 향하고 있을 테지만 집으로 가는 사람의 표정이 아니었다. 모두, 다시는 돌아가지 않기로 결심한 그곳으로 끌려가는 것만 같았다.

전철은 요제프가 그녀와 지냈던 타지, 그리고 어린 시절 살았던 시골을 지나 A시의 시가지로 향했다. 그곳들은 어둠에 삼켜져 점점이 빛을 발하는 붉은 네온사인 십자가들 외에는 더는 맨눈으로 분간할 수 없었지만, 그 순간만큼은 요제프마저도 잠시 착각에 빠졌다.

설명할 수 있는 답을 향해 달려가고 있는 것이다.

그는 T에게 메일을 다시 보냈다. 제발 돌아와달라고.

그녀가 요제프를 돌아본다. 마치 텔레비전 채널을 돌리다 슬픈 다큐멘터리에서 멈추듯.

그러나 그는 그때 그녀의 얼굴을, 몸을 기억하지 못한다. 그가 기억하는 것은 얼굴과 몸이 없는 그녀의 행동, 말, 그것들이 이루는 관념이다. 아버지를 떠올릴 때 아버지의 얼굴, 몸뚱이, 말, 행동을 떠올리지만 그것들이 관념을 이루지 못하는 것과는 반대로. 요제프는 T의 아들을 기다리며 침대에 엎어져 있었다. 베개 위에 뜨겁고 혼란스러운 머리를 처박으면 금방 선잠이 들 줄 알았는데 착각이었다. 아무리 해도 눈이 감기지 않는 데다 신경질적으로 파르르 눈살이 떨렸다. 일어나야 해. 이제 곧 T의 아들이 올 시간이잖아. 이런 꼴을 내보일 수는 없어. 하지만 머릿속에서 뇌피질 사이사이로 알 수 없는 *끈끈한* 점액이 새어 들어와 그가 정신을 못 차리도록 방해하는 것만 같았다. 견딜 수가 없는데 울부짖기는커녕 훌쩍거릴 힘조차 나지 않았다. 그녀가 떠난 뒤 서울에 돌아오고서 꿈이 없는 잠에 연거푸 빠지는 진창에 처박혀 있었을 때 겪었던 증상이었다. 그는 자신이 소설이 될 수 없는 구간을 지나고 있음을 깨달았다. 아무도 만나지 않고 어디로도 떠나지 않고 아무 일도 일어나지 않아 소설이 되지 못하는 삶. A시에는 아버지와 이 호텔 말고는 아무것도 없다. 여기를 나와 다시 서울로 돌아가야 한다는 강박이 그를 엄습했다.

　서울로 돌아가면 마치 꿈을 꾸고 잊어버리듯 그가 받아들이고 싶지 않은 모든 것을 잊게 만들어주리라는 기대에 차 그는 당장 짐을 싸버릴 태세였다. 서울. 서울을 생각하면 두 개의 타워와 하나의 빌딩이 떠올랐다. 그가 밤을 새우던 연구실에서 잠시 쉬기 위해 층계참으로 나와 창을 열었을 때 이 세 개의 높은 탑에서 보내오는 빛과 반짝임을 그는 잊지 못하였다. 소설을 쓰던 새벽, 누구도 그가 요제프임을 모를 소설을 쓰고 있는 순간에 세 개의 탑들의 조명에서 반짝이는 희고 노랗고 빨간빛들은 그에게 알 수 없는 견고함을 선사했던 것이다. 그 건물들은 모두에게 오래 남을 것이고 그가 죽고 나서도 남아 있을 테다. 죽음 뒤에도 남는 것들은 이처럼 빛나고 높고 어디에서든 보여야 하는 것들이다. 그는 오랫동안 자신의 죽음을 준비해왔다. 미루어왔다고 해도 좋을 것이다. 그는 많은 작가가 실패한 것과 달리 완벽하게 자신을 지우기로 결심했다. 장례식도, 유고도, 유품도 없이 그가 요제프라고 추정할 수 있는 모든 것을 지우기로. 그러나 그의 삶은 유고와 유품을, 그가 요제프라는 사실을 확고히 입증하는 증거들을 증식시키고 있었다. 그녀를 만나는 것이 아니었다. 그것은 우연이었다. 그녀는 살아 있을까? 죽었을까? 그는 그녀가 죽었을 수도 있다는 생각을 자주 했는데 죽은 그녀를 오랫동안 떠올릴 수는 없었다. 죽은 그녀는 서울의 빌딩처럼 빛나지 않으리라는 생각이 그를 미치게 했다. 그에게 그녀는 사라진 것이었다. 요제프의 눈에 보이지 않으면 언제나 사라진 것이었다. 어머니가 아버지와 그를 떠나면서 사라졌고, 그가 그녀를 따라가면서 교수가 사라졌다. 그리고 그녀가 사라지고 아버지가 그의 눈앞에 죽지 않고 산 채로 나타났다. 그는 그 사실을 거역할 수 없었다. 만약 그녀가 그 앞에 다시금 홀연히 나타난다면 이 역시 그는 거스를 수 없을 테다. 천문학 강의였지. 그는 토성에 집착하는 망상가를 다룬 소설을 읽고 흥미가 생겼는데 아는 사람을 통해 천문학 강의를 수강할 기회가 있었다. 그녀는 늘 교수와 마주 보는 맨 앞자리에 앉아 강의를 들었고, 끝이 나면 그와 마찬가지로 도서관에 들어가 어딘가로 사라졌다. 요제프는 항상 도서관이 끝날 때까지 자리를 지켰는데 어쩐지 그녀가 도서관 밖으로 나가는 것을 한 번도 본 적이 없었다. 언젠가는 그가 로비의 소파에 앉아 도서관 정문과 후문을 끝까지 지켜보았는데도 마찬가지였다. 밖으로 나온 그는 그 시간에도 불이 켜져 있는 창을 올려다보다가 도서관에 학생들이 들어갈 수 없는 공간이 있다는 걸 알아챘다…… 이른 겨울이 찾아오고 있는 늦가을, 천문학 강의가 끝나고 도서관으로 향하던 길에 그녀가 보이지 않았다. 그는 운동장에서 축제를 마치고 장비를 철거 중인 인력들 사이로 걸어 다니는 그녀를 멀찍이서 발견했다. 그녀는 부산히 움직이는 사람들 사이를 유령처럼 지나다니다 빈 의자에 앉아 보기도 하고 무대 중앙에 올라 공연히 발을 굴러대기도 했다. 벌이 궤적을 그리며 날면서 신호를 보내듯, 일정하고도 어지러운 궤적을 그리며 걷는 그녀를 지켜보던 그는 마치 그녀가 숨어서 울고 있는 걸 훔쳐본 양 죄책감과 동정심에 마음이 아렸다. 그녀의 곁에 있어주고 싶었고, 언제든지 그녀와 짝이 될 수 있을 것만 같았다. 말 한마디만 건넨다면. 한 걸음만 다가선다면. 나중에야 그는 외로움에 사무친 건 그녀가 아니라 그 자신이라는 걸 깨달았다.

그녀가 운동장을 벗어나는 동안…… 요제프는 운동장 둘레를 돌아 도서관을 향해 빠른 걸음으로 걸었다. 그녀는 틀림없이 도서관으로 향할 것이었다. 그러나 도서관으로 가는 길목에, 도서관에 이르렀을 때도 그녀는 보이지 않았다. 그는 운동장을 다시 돌며 그녀를 찾기 시작했다. 시간이 지나 포기하고 기숙사로 돌아가기 위해 다시 운동장 반대편으로 도는 그때 그녀와 마주쳤다. 그의 빠른 걸음을 그녀가 따라잡을 수 없었던 것이다. 그가 그녀의 이름을 물었다.

"음영."

그녀가 그의 이름을 물었다.

그는 자신의 본명을 말했다.

A시로 돌아온 날 밤이었다. 아버지는 병원 중환자실 밖 대기석에 머리를 감싸고 앉아 있었다. 태어나지 못할 아이를 기다리는 아버지처럼, 한없이 쭈그러진 모습이었다. 요제프가 어깨에 손을 얹자 아버지가 고개를 들었다. 이마에 혹이 불거져 있었고, 그뿐이었다. 그는 교통사고 합의금을 물어내느라 서울 생활을 청산해야만 했다.

"말해봐요, 아버지. 내가 지금 아버지를 구해드렸잖아요. 어머니에 대해 기억나는 걸 말씀해보시라고요. 어머니는 어디에 있어요?"

"처음에……"

약해진 아버지가 이윽고 입을 열었다.

"도서관에서였지…… 내가 다가갔고……"

아버지는 택시를 그만두었고, 한동안 예전보다 더 술이 늘었다가, 어느 날부터인가 운동을 하고 세어가는 머리를 검게 물들이기 시작했다. 장성한 아들을 이겨내겠다는 배포로. 그리고 정말로 이겨냈다.

제시간이 되었는데도 T의 아들은 오지 않았다. 대신 T에게서 메일이 왔다. 더는 T의 아들이 찾아오지 않을 거라는 것이었다. T의 아들이 소설가가 되겠다고 말했단다. 요제프는 T의 아들에게서 그런 기색은 전연 눈치채지 못했는데도 말이다. T는 아직 일이 끝나지 않아 A시로 내려가지 못하며, 정식 양도 서류를 팩스로 수신해서 그걸 작성하여 다시 호텔로 전송하기 전까지는 지금의 불친절을 감수해야만 한다고 했다. 다만 자신이 호텔의 '높은 사람'과 사업적 관계를 맺고 있고 그 사람에게 요제프가 유명 작가이므로 선처를 부탁한다고 연락을 해놨으니 일주일도 못 버티고 칭얼대지 말라는 말로 메일을 끝맺었다.

"아저씨. 왜 이 사람은 꿈과 현실을 분간하지 못해요?"

요제프는 언제나 최대한 친절하고 아이의 눈높이에 맞게 대답하려 노력했다.

"사람은 진짜 같은 꿈을 꿀 때가 있잖아. 그렇지? 잠에서 깨어나도 꿈에서 겪은 일이 잠시나마 진짜처럼 여겨질 때가 있어. 그리고 사람의 꿈은 언제나 그 사람이 현실에서 겪는 심리와 맞닿아……"

"저는 그런 적 없어요. 그렇다고 사람을 죽여요?"

죽인다는 것은 비유다. 인생에서는 시간이 지나면 스러져서 다시는 알거나 이해할 수 없게 되는 것이 있다. 사람들은 거기에 갖가지 이유를 붙인다. 변했다고. 잊었다고. 실종되었다고. 사라졌다고. 죽었다고. 죽였다고. 사람들은 저마다의 소설을 쓰기 마련이다. 그녀는 도서관에서 일했다. 이곳저곳의 도서관을 떠돌았다. 죽었거나 산 작가들의 목록을, 유명하거나 이제는 모두에게 잊힌 책들의 목록을 작성하는 일이었다. 그는 서울로 돌아갔고 그녀는 다른 타지로 떠났다.

……회색 철책의 틈을 벌려 안으로 들어가자 버려진 아파트와 철책 사이 그늘에 소금 가루처럼 푸석한 오래된 눈이 밟혔다. 푸른빛이 도는 눈에는 여러 명의 발자국이 어지럽게 찍혀 있어서 그중 요제프에게 전화를 건 이가 누구인지, 혹은 전부인지 확신할 수 없었다. 발자국들은 모두 그가 사는 빌라와 마주 보는 아파트 동으로 걸어갔다.

그는 탁한 얼음이 엉겨 늘어진 거미줄을 피해 현관 안으로 들어섰다. 안은 내부 마감이 전혀 이루어지지 않아 진회색 시멘트로 지은 미궁 같았다. 요제프는 석회 가루가 부유하는 계단을 오르면서 층마다 옅은 음영이 진 입구들을 지났다. 내부가 복도형으로 이루어져 있어 살펴보기가 수월했다. 아직 가벽으로 막지 않아서 베란다들이 전부 이어져 있었기 때문이다. 그는 층마다 수색을 마치고 다음 층에서 똑같은 일을 반복했다. 그는 예상했던 위치가 아닌 층의 맨 끝 호에서 사람이 머물다 간 흔적을 발견했다. 베란다에서는 그가 사는 빌라가 비스듬히 내려다보였다. 불을 땠는지 거실 한가운데에 검회색 재가 수북하고 천장이 악령 같은 형상으로 그을려 있었다. 초록색 갈색 술병들과 알루미늄 속을 드러낸 과자 봉지들, 변색한 담배꽁초들이 널브러져 굴러다녔다. 잿더미 속에서 타다 만 학생증이 보였다. 비행 청소년들이 남겼을 흔적들을 보면서 그는 아귀가 맞아떨어지지 않는 증거들을 본 것처럼 혼란스러웠다. 이해할 수가 없었다. 그들이 미지의 종족으로 여겨졌다. 그는 불만을 가진 젊은이들이 버려진 공간에 모여서 불을 피우는 생활을 한 번도 상상해본 적이 없었다.

……타일이 듬성듬성 벗겨진 옛 건물. 플라스틱으로 지은 것만 같은 새 건물. 신도시 건설을 따라 들어선 브랜드점들. 벌거벗은 가로수들. 한적한 도로 덕에 버스가 속력을 내자 상가 건물들이 영사기의 필름처럼 빠르게 눈앞을 지나쳐가며 어떤 영상이 재생되려는 듯했다. 거리는 주택과 오래된 상점들로 뒤섞였다. 건물들 사이로 골목이 보이고는 했는데, 사실 골목이라기보다는 쪽문이라든지 회색 시멘트 벽돌, 쓰레기 더미로 막혀 있었다. 쪽문들은 모두 튀는 원색이었고, 녹슬어 있는 데다가 굳게 닫혀 있었다. 더러운 개 한 마리가 사람들을 피해 인도를 걸어 다녔다. 거인이 망치로 꽝 내려친 듯이 폭삭 뭉개진 집의 잔해도 있었다. 잔해들 사이로 잡초가 자라났다.

요제프는 버스에서 내려 주공 아파트를 낀 오르막 도로 끝의 컴컴한 터널로 들어갔다. 주황 등이 점점이 켜진 싸한 터널에서 차들이 위협적인 소리를 울리며 지나갔다. 터널 밖으로는 검푸른 저수지와 푸른 잔디가 깔린 유원지였다. 그는 빠른 걸음으로 내려가 이름 모를 클래식이 흘러나오는 유원지를 지났다. 정원에 트랙터가 세워진 이층집들, 그 너머 공사판에서는 굴착기가 흙을 퍼 나르고 있었다. 분양 현수막이 달린 조립주택 몇 채가 보였다. 저수지의 물길은 점점 가늘어지더니 천이 되어 얼어붙었다. 십자로에 이르자 채 눈이 녹지 않은 산들이 제법 가까워졌고 그 뒤로 신기루처럼 고층아파트들이 보였다. 산으로 향하는 길은 전과는 달리 석유 아스팔트가 깔려 있었다. 죽은 나무들로 덮인, 언덕을 쪼갠 길로 들어서자 사느란 냉기가 감돌았다. 언덕의 단면에 굴착기가 할퀸 자국이 남아 있었고 죽은 이끼들이 눌어붙어 있었다. 내리막길 너머로 여전히 낙후된 산골 마을이 보였다. 새마을운동 때 지은 것이 분명한 가옥들은 모두 금이 가고 헐어 있어 금방이라도 무너질 것처럼 보였다. 시멘트 벽돌로 지은 창고는 군데군데 구멍이 나 있었고 닭장에는 아무것도 없었다. 말라 비틀어진 해바라기. 길고양이들에게 먹이를 주던 할머니 집은 빈 그릇들만 굴러다니고 고양이도 할머니도 보이지 않았다. 마당에 잡초만 무성한 집이 흔했다.

요제프가 살던 집은 이제 교회가 되어 십자가가 달려 있다. 입구에 심긴 향나무들이 울타리를 이루고, 옆의 차고에는 봉고차가 세워져 있었다. 새로 지은 집은 양옥과 한옥을 반반 섞은 듯한 모습이었다. 그는 마당을 지나 트랙터가 다니는 비포장도로를 걸었다. 이정표인 거대한 송전탑이 눈에 들어왔다. 그 아래에 처음 보는 빛바랜 봉분 둘이 있었다. 그는 거기를 지나 숲으로 향했다. 기억 속의 사시나무가 아니라 참나무 숲이었고, 숲속에는 아무것도 없었다. 그가 다시 마을로 돌아와 담이 무너진 집 마당의 아궁이에서 불을 때고 있는 노인에게 말을 걸었을 때도 처음 들어본다는 눈치였다. "뭔 사시나무 숲? 사시나무는 군락을 안 지어. 불탄 숲에서나 잠깐 자랐다가 시들어 죽지……" 불길 사이로 버려진 액자들이 보였다. 주름이 가면처럼 외형을 이루어 표정을 짐작할 수 없는 부부의 컬러 사진. 그보다는 덜 늙은 부부, 젊은 시절 흑백 가족사진, 이제는 바래고 삭아버린, 배가 불룩한 아내를 뒤에서 안은 남편의 사진.

전화가 울렸다. 전화기 선이 꽂혀 있는 것이, 전에 청소부가 도로 꽂아놓은 것일지도 몰랐다.

"요제프……"

"그만해. 너는 내가 누군지 알잖아."

아무 대답 없이 차르륵, 반복되는 금속음만이 들려왔다. 잠시 뒤 요제프는 여자가 격렬하게 우는 소리를 들었다. 울음은 전화기를 내려놓을 엄두가 안 날 정도로 길게 지속되었다. 그는 당혹스러움과 함께 어떤 동정도 보이지 않으려고 안간힘을 썼다. 이번에는 숨이 넘어갈 듯이 깔깔거리는 여자의 웃음소리가 그의 귀청을 후려갈겼다. 웃음소리는 전화기로도 그리고 벽 건너편에서도 들려왔다. 그가 객실을 뛰쳐나와 문이 열린 옆 객실로 들어섰을 때는 아무도 없었다. 방은 엉망이었고 여자 옷들이 바닥에 내팽개쳐져 있었다. 그러자 아까는 애써 무관심했던 그의 마음이 슬픔으로 가득 차 눈물이 비어져 나오는 것이었다.

T가 떠날 때도 그는 그렇게 슬픈 노인처럼 눈물을 뚝뚝 흘렸다.

"날 떠나지 마…… 날 떠나지 마……"

침대에 앉아 울고 있는 요제프에게 T는 경원시하는 눈빛을 보냈다.

"너는 그게 문제야. 왜 내가 영원히 떠난다고 생각하는 거지? 영원히 떠나면 또 어때서? 너는 이름도, 뭣도 아무것도 없어. 네가 가진 것들은 모두 김정훈 거야. 내가 잠깐의 정으로 널 여기에 거둬준 걸 감사히 생각해. 힘들면 병원에라도 가봐."

요제프는 호텔을 나와 시내버스에 올라탔다. 버스가 정류장들을 지나칠 때마다 이번 정류장은 신도시 일 블록, 다음 정류장은 신도시 이 블록 따위의 말을 높낮이 없는 여자 목소리가 반복했다. 대학교에 이르렀을 때 버스 안에 승객은 그 혼자뿐이었다. 대학교 교정에도 아무도 없었다. 앙상한 메타세쿼이아와 소나무들이 건물 사이 빈 곳들을 다 메꿔주지는 못해 시야에 허전함이 컸다. 겨울바람이 날카로운 휘파람을 불며 그의 벌거벗은 귀를 할퀴어댔다. 그는 도서관에 들어가 자료실로 올라갔다. 사서는 어디로 갔는지 보이지 않았다. 서가로 들어서서 여자를 발견하자 요제프는 다리에 힘이 풀려 계단을 내려가듯 푹푹 꺼지는 발걸음으로 여자와 마주 보는 자리에 앉았다.

그는 서가에서 아무 책도 들고 오지 않았다. 그저 그녀를 바라볼 뿐이었다. 너무 추워서 그는 손을 허벅지 사이에 끼워 넣고 힘없이 입김을 흘렸다. 어느 순간부터 시야가 흐릿해졌다가 다시 뚜렷해지길 반복했다. 그는 오른쪽 눈을 감고 초점을 바로잡았다. 검은 뿔테 안경을 쓰고 공부하는 그녀 곁의 텀블러에서 하얗고 따뜻해 보이는 김이 새어 나오고 있었다. 그가 일어섰다. 의자가 뒤로 넘어갔고 그 소리에 놀란 여자가 쳐다보았다. 그는 그녀에게 다가가 앞에 섰다. 그녀에게 쓰러져 기대고 싶은 마음을 억누르며 말을 하려고 입을 열었다가 입술을 깨물었다. 그녀가 의자를 뒤로 빼며 의심스러운 눈으로 그를 올려다보았다. 그가 웅얼거렸다. 그녀가 반문했다. "네?"

요제프는 고개를 젓고 서가 밖으로 나갔다.

그는 로비로 내려와 벽에 붙은 의자에 앉아 웅크리고 머리를 손으로 감쌌다.

손을 내리고, 고개를 들었다. 카디건을 입은 사서가 그의 앞에 서 있었다. 사서가 손에 들고 있던 종이 가방에서 보온병을 꺼냈다.

"차 드실래요?"

목감기에 걸렸는지 쉰 목소리였다. 요제프는 손사래를 치면서 괜찮다고 말했지만 그 말이 무색할 정도로 하얀 입김이 번져나갔다. 사서가 보온병 뚜껑에 차를 따라서 내밀었다. 지척에서 훈기가 느껴졌다. 요제프는 감사 인사를 하고 차를 홀짝였다. 아까부터 얼어 있던 몸이 녹으면서 그는 제법 나른해져 어째서 정작 꺼낸 사람은 마시지 않는 것인지 생각하지 못했다. 금세 한 잔을 다 마셨다. 사서가 종이 가방에서 이번에는 교회 전단지를 꺼냈다.

"한번 읽어보시죠. 우리는 야곱의 아들을 환영합니다."

요제프는 전단지를 반으로 접어 주머니에 넣으려다 바닥에 떨어뜨렸다. 무릎을 굽히고 손으로 집으려던 그는 도로 일어서 사서를 뒤로하고 자료실로 통하는 층계로 향했다. 서두르려고 했지만 늪에 빠진 것처럼 다리가 자꾸 처졌다. 심장 소리가 머릿속까지 울리고 눈앞이 불규칙하게 굴절되었다. 사서가 자신을 부축하는 게 느껴졌다. 그가 호명했다.

"요제프 씨."

요제프는 등에 댄 양손을 오른쪽으로 비틀고 힘껏 고개를 돌려 내려다보았다. 손목에 손수건이 덧대어진 채 케이블 타이가 조여져 있었다. 다리도 마찬가지였다. 고통이 전류처럼 빠르게 여러 가닥으로 머릿속을 헤집어 그는 다시 머리를 내려놓았다. 머리를 된통 얻어맞은 기분이었다. 꼼짝도 할 수 없었다. 차가 부드럽고 일정한 진동을 내며 달리는 게 쿠션과 맞닿은 피부로 느껴졌다. 그의 눈에는 운전석 위로 솟은 남자의 정수리만 보였다.

"이 순간을 기다려오셨죠?"

아까의 쉰 목소리가 아니었다. 잊어버린 친구의 목소리를 들은 것처럼 무언가가 머릿속에 아른거렸지만 그는 그렇게 능글맞은 어조로 말하는 사람을 여태 만난 적이 없었다.

"누군가가 당신을 찾아내기를. 당신이 요제프 씨……? 하고 말을 걸기를."

요제프는 속이 메스꺼웠다. 남자가 구토를 허락해줄지 알 수 없었다. 그는 남자에게 원하는 걸 내놓아야 했다. 그렇지만 그가 줄 수 있는 건 아무것도 없었다. 차가 방향을 꺾었다. 그리고 멈춰 섰다. 그는 고개를 힘껏 들어 차창을 올려다보고는 자신이 살던 신도시에 왔다는 걸 알아챘다.

남자가 물었다.

"절 이해해요?"

요제프는 대답했다. 때맞춰 밖에서 경적이 길게 울리는 바람에 목소리가 묻혔다. 뒤이어 마치 신호를 보내듯이, 짧게 한 번. 두 번. 공포심이 몰려왔다.

"제가 당신을 위해 선물을 하나 준비했는데. 이제 아버지가 운동을 마치고 집으로 돌아갈 시간이죠?"

어떻게 이 남자가 아버지의 거취를 아는 거지? 차가 출발했다. 별안간 외부로부터의 충격에 요제프는 좌석 아래로 굴러떨어져 얼굴을 처박았다. 차바퀴가 물렁한 무언가를 밟고는 방향을 틀어 들입다 속도를 내는 게 느껴졌다. 기어코 그가 구역질했다. 토사물이 기도를 틀어막는 바람에 그는 고개를 돌려 뱉어내느라 안간힘을 썼다. 눈물과 토사물로 범벅이 된 얼굴을 들어 남자를 올려다보려 했지만 헛일이었다. 남자는 아무 말이 없었다. 아버지를 어떻게 한 거냐고 묻고 싶었지만 말할 엄두가 나지 않았다. 요제프에게서 비명이 터져 나왔다. 마치 그의 속에 가둬놓았던 모든 인간이 한꺼번에 솟구쳐 나오는 것만 같은 비명이었다.

차가 멈췄다. 남자가 운전석에서 그에게 몸을 기울이는 게 느껴졌다. 남자가 속삭였다.

"당신은 아버지가 되지 않을 거예요."

요제프의 눈이 감겼다.

터널을 지나고 있는 것인지, 그의 눈꺼풀 안이 주황색으로 물들었다. 폭발 직전의 내연기관인 양 박동하던 심장 소리가 점차 잦아들었다. 얼마 안 지나 완전한 어둠이 내렸다. 아득히 기차가 덜커덩대는 소리가 다가왔다.

이제 소리는 그의 발아래에서 들렸다. 그가 눈을 떴다.

요제프는 기차 좌석에 앉아 있었다. 아버지와 어머니가 마주 보이는 좌석에 앉아 서로에게 기대어 잠들어 있었다. 요제프 옆에는 지친 아내가 갓난아기를 안고 눈을 감고 있었다. 밤이었다. 그가 일어섰다. 잠든 아내에게로 손을 뻗쳐 아기를 빼내어 들고는, 목을 졸랐다. 아기는 곧 축 늘어졌다. 그는 다시 아기를 아내 품에 안겼다. 그때 아버지가 그의 어깨를 부여잡고 통로로 끌고 나갔다. "이제 어떻게 할 거냐." 요제프는 아무 말 없이 아래를 내려다보고만 있었다. 아버지가 소리 낮춰 그를 다그쳤다. "정신 차려. 생각이 있어서 그런 게 아니냐? 잘 들어. 넌 아무것도 모르는 거야." 그가 아버지를 쳐다봤다. 그는 공범자의 비장한 눈빛을 마주 받다가 차창으로 고개를 돌렸다. 붉은 네온사인 십자가가 달리는 기차 너머 암흑 한가운데에 못 박혀 떠날 줄을 몰랐다. 경찰들이 달려와 요제프를 체포했다. 수갑을 찬 채 엎어진 그가 다급하게 소리치는 순간 굉음과 함께 꿈이 흔적도 없이 사라지며 마지막 외침만이 오줌 색 햇빛에 잠긴 방 안을 맴돌았다. "체포되어야 할 사람은 아버지야!" 창밖에서 버려진 아파트가 먼지구름을 일으키며 무너져 내리고 있었다. 누군가의 외침에 가까운 카운트다운이 이어지고 다시 한번 지면에 낮게 깔리는 굉음이 진동했다. 마치 무너질 아파트가 줄줄이 늘어섰다는 듯이, 아니면 이 모습을 요제프가 머릿속에 각인해야 한다는 듯이 이 광경은 계속하여 반복되었다. 누가 그의 방문을 두드리기 전까지, 매번 카운트다운이 끝나면 아파트는 그때마다 무너져 내렸다. 아파트가 무너져 내릴 때마다 잔해 속에서 불길이 솟아올랐고 그다음 무너져 내릴 때는 더 큰 불길이, 또 그다음 무너져 내릴 때는 넘실거리는 불길이 허공에서 계단, 혹은 사다리 형상을 띠기 시작했다. 불길은 매번 무너져 내릴 때마다 잔해 속에서 피어올라 한 칸씩 전진하며 하늘을 향해 솟구쳤다……

누군가 요제프의 객실 문을 두 번 두드렸다. 그가 문을 여니 호텔 직원이 목석처럼 선 채로 말했다. "김정훈 씨. 이사장님이 찾으십니다." 드디어 T의 요청이 호텔에 닿은 것이다. 요제프는 옷을 차려입고 객실 밖으로 나서 복도를 걸었다. 뒤돌아보니 호텔 직원은 그를 따라오지 않고 그가 층계로 가는 모습을 지켜보다가 인식기에 카드를 대고 객실 안으로 들어갔다. 요제프가 꼭대기 층으로 향하는 층계참에 이르렀을 때 전과는 달리 아무도 없었다. 그는 남은 층계를 걸어 올라갔다.

눈이 내리고 있었다. 연회색 하늘에서 솜털 같은 함박눈이 내려와, 뾰족한 형태의 천장에서 갈라진 사면의 창을 타고 미끄러져 내려 창틀에 쌓여가고 있었다. 꼭대기 층에는 한가운데의 하얗고 작은 정육면체 건물 말고는 아무것도 없었다. 아무도 요제프를 기다리고 있지 않았다. 눈이 창문에 내려앉으면서 내는 수많은 한숨 같은 소리가 마치 그가 앞서서 그 건물로 들어가기를 기다리는 것만 같았다. 그는 실의에 빠져 문을 두드렸다. 문이 열리지도, 들어오라는 말이 들리지도 않았다. 그가 문을 열었다.

아무런 인상이 없는 의사가, 아니 이사장이 하얀 가운을 입고 따뜻한 빛이 흘러나오는 벽난로 옆의 안락의자에 앉아 요제프를 기다리고 있었다. 이사장이 턱 끝으로 자기 맞은편에 놓인 의자를 가리켰다.

이사장이 물었다.

"자네에 관한 얘기를 들었네. 유명한 소설가라고?"

요제프가 앉으면서 그렇다고 대답했다.

"나는 말이야. 소설을 사랑한다네. 만약 가능하다면 소설 속으로 들어가고 싶을 지경이야. 허위적 진실이라고 포장하는 그 거짓말, 나는 그 거짓말을 알아채면 속으로 기뻐 날뛰고 싶을 지경일세. 그 거짓말은 허위적 진실로 아름답게 포장이 될수록 더욱더 빛을 발하지. 독자의 임무는 허위적 진실에서 독서를 멈추는 것이 아니라 소설가의 거짓말을 찾아내 음미하는 것이 아닐까 생각해. 하지만 그런 멋진 거짓말을 하는 소설가는 요즘 들어 드물지. 나는 그래서 언제나 죽은 소설가들의 소설을 읽는다네. 산 소설가들의 거짓말들은 썩 그럴듯하지 못하거든. 하지만 죽은 소설가들의 소설도 언젠가 끝이 나지 않겠는가? 걱정이야…… 나는 내가 죽기 전에 소설의 종말이 올 것이라는 걸 느낀다네. 자네는 유명한 소설가라고? 이름은 김정훈이고? 한데 김정훈이라는 자가 쓴 소설은 없어. 자네는 이름이 여러 개군. 자네의 본명이 무엇인가?"

요제프는 말할 수 없다고 대답했다. 그러자 이사장이 아무런 인상 없는 미소를 지었다.

"그래, 자네가 요제프라는 이름으로 소설을 쓴다는 것이 중요하지, 다른 이름이 뭐가 중요하겠나. 자, 여기 꽂혀 있는 책들은 자네가 요제프라는 이름으로 쓴 소설들이라네. 이 책장은 자네가 쓴 소설들, 그리고 앞으로 쓸 소설들을 내가 모아놓은 것이야."

이사장이 한 손을 내밀어 가리킨 곳에는 세 칸짜리 작은 책장이 놓여 있었다. 책장의 두 칸은 책이 가득 찼지만 맨 아래한 칸만은 서너 권 더 꽂힐 수 있을 만큼 자리가 남아 있었다.

"자네가 내 호텔에서 섭섭한 대우를 받았다는 것을 들어서 알고 있네. 어쩌겠나? 호텔의 원칙인걸. 나는 이 호텔의 위신이 드높여지길 바라네. 지금까지 이 호텔이 존속될 수 있었던 것도 그 원칙이 있었기에 가능했던 거야. 그런데 어찌 자네는 여기 계속 있을 수 있었던 건가……? 매니저를 문책해야겠어. 물론 호텔의 위신은 원칙만으로 드높여지는 것은 아니지. 위대한 소설가가 내 호텔에 투숙한다면 이 역시 호텔의 위신을 대변하는 것 아니겠나? 나는 항상 위대한 소설가가 내 호텔에 머물며 소설을 쓰기를 꿈꿔왔지…… 자네 소설을 아직 읽어보지는 않았어. 나는 시간 낭비하는 것을 싫어해. 이 중에 어떤 소설을 읽어야 시간 낭비하지 않고 소설의 거짓말을 마음껏 음미할 수 있을지 판단이 서지 않는단 말이야. 내가 요제프 자네에게 기회를 주겠네. 만약 내가 준 기회를 자네가 잘 활용한다면 이 호텔에서 할 수 있는 모든 서비스를 제공할 것이고 평생 여기에 머무르며 소설을 쓰게 해주겠네. 하지만 아니라면……"

　이사장이 한 손을 내밀어 가리킨 곳에는 커다란 개 네 마리가 엎드려 앉아 낮게 으르렁거리며 주인의 명령을 기다리고 있었다. 요제프는 그 개들이 무슨 종인지 알고 있었다. 불도그, 그레이트 덴, 세인트버나드, 불테리어.

　"자, 내게 소설을 들려주게. 자네가 썼고 앞으로 쓸 소설 중에서 가장 아름답고 슬픈 거짓말을 들려줘. 만약 내 입에서 이건 진실이라는 말이 나오면 안 되네. 간단하지? 뭐 하고 있나? 그놈의 진실 타령일랑 집어치우고 내게 어서 거짓말을 들려줘!"

　이윽고 요제프가 입을 열고 아버지와 함께 살며 썼던 소설을 들려주기 시작했다.

　젊은 아들이 아내와 어머니와 함께, 누워 있는 아버지 곁에 모여 앉아 있다. 어머니는 아버지의 다리를 들고서 욕창에 흐르는 진물을 닦고 있다. 아내는 미래에 남편이 저 꼴이 될 경우를 대비하는 건지 어머니가 수발드는 모습을 꼼꼼히 관찰하고 있다. 아버지는 천장 너머를 올려다보듯이 천장을 올려다보고, 아들은 모두를 지켜보고 있다. 어머니가 말한다.

　"나는 참 병신같이 살았다."

　아버지는 아무 반응이 없다. 아들의 눈치에 아내가 어머니를 모시고 산책을 나간다. 아들이 목공용 본드를 꺼낸다.

아버지의 차가운, 마디가 굵은 손가락을 차례차례 어루만진다. 아들이 경고한다.

"아버지, 움직이면 안 돼요."

일을 마치고 아들이 마당으로 나온다. 봄이다. 목련이 피어 있다. 칼이 필요하다고, 아들은 생각한다. 아들은 대문 너머 아지랑이에서 환영을 본다. 사람들이 모인 한복판에서 아버지를 짓밟고 서서 푸주 칼을 들어 올려 보인다. 사람들이 환호한다. 아들이 아버지를 호명한다. 죄명은……

아들은 다른 아버지를 주시하고 있다. 신도시 고급 아파트에 사는, 어린 아들을 둔 이혼한 젊은 아버지다. 다른 아버지가 사는 아파트의 구조, 다른 아버지의 출근 시간과 퇴근 시간, 경비원들의 근무 패턴을 아들은 전부 파악한다. 다른 아버지와 어린 아들이 모두 없는 시간, 아들은 현관문 도어락에 스프레이를 뿌려 드러난 지문을 통해 비밀번호를 입력하고 안으로 들어간다. 아들은 침대에 누워본다. 일어난다. 아무도 없는 곁을 두드려 아내를 깨운다. 부엌에서 아침을 준비하다 아이 방에 들어가 태어나지 않은 아이를 깨운다. 아이가 묻는다. 왜 엄마 아빠는 모두 일을 안 해? 아들이 대답한다. 우리는 돈이 많거든. 오늘은 학교에 가지 않아도 돼. 셋은 소파에 나란히 앉아 텔레비전을 본다. 서서히 자연스럽게 서로에게 기댄다. 아들이 밖으로 나간다.

아버지가 병원에 실려 간다. 어머니는 이제 아버지를 포기하자고 하고, 아내가 역성을 든다. 이제 아들도 아버지가 되어야 한다는 것이다. 아들은 밤이 되도록 아버지가 누워 있는 병실을 홀로 지킨다. 아들은 유리창을 고정하는 실리콘을 꺼낸다. 실리콘이 아버지의 손에서 적당히 굳기를 기다린다. 담요를 걷는다. 아버지의 성기를 손에 쥔다. 믿을 수 없게 따뜻하고, 연약하고, 부드럽다. 아들은 서서히 힘을 줘가며 흔들기 시작한다. 과연, 아버지는 아직 살아 있다. 준비는 끝이 났다.

아들은 다른 아버지의 아파트로 들어선다. 불이 꺼지기를 기다린 뒤 들이닥쳐서 마치 가축을 잡듯이 푸주 칼로 다른 아버지의 목을 벤다. 준비한 아버지의 지문을 남긴다. 어린 아들의 얼굴에 준비한 아버지의 정액을 바르고, 아들은 떠난다.

아버지가 퇴원해서 다시 집으로 돌아온 뒤다. 아들은 기다린다. 누워 있는 아버지, 아무것도 모르는 어머니와 아내와 함께. 아들은 아버지를 요양 보낼 곳을 알아뒀다고 어머니에게 말한다. 아들은 속으로 숫자를 세어간다. 집 밖에 경찰차들이 멈춰 선다. 경찰관들이 들이닥친다. 어머니가 아들에게 다급한 시선을 보내며 형사를 막아선다. 형사가 어머니의 팔을 뒤로 꺾어 바닥에 자빠뜨린다. 아버지를 호명하며 죄를 열거한다. 아들은 아버지를 껴안아 온몸으로 경찰관들을 막는다. 아들은 제압당해 바닥에 짓눌린다. 아버지와 눈이 마주친다. 아버지 손목에 수갑이 채워진다. 아들이 이를 드러내며 회심의 미소를 짓는다. 아버지는 웃음기 하나 없는 얼굴로 아들을 응시하며 가만히 누워만 있다.

"이건 진실이잖아!"
이사장이 분노에 차 그를 호명했다.
"요제프!"
이사장 곁에 엎드려 앉아 있던 커다란 개 네 마리가 서로 엉켜들더니 점점 커지기 시작했다. 그것들은 짖어대고 울어대면서 합쳐지는 몸을 차지하기 위해 서로의 대가리를 물어뜯다가 마침내 방 안을 가득 채우는 거대한 도사견 한 마리로 변해 요제프에게 달려들었다. 책장에 꽂힌 그의 소설들이 돌풍에 의해 찢어발겨져 낱장들을 흩날리며 허공으로 날아올랐다. 그를 물어뜯는 도사견의 몸이 불타올랐다. 종이 쪼가리에 불이 옮겨붙으면서 그의 소설들이 모두 불타올라 재가 되어버리고 방 안을 분간할 수 없을 정도로 휘황한 불꽃 소용돌이가 몰아쳤다. 요제프는 도사견의 컴컴한 아가리 속에 삼켜졌다.

다음 날 아침 그는 슬픔과 깨달음을 느끼며 자신의 방에서 일어났다. 밖에서 시멘트를 부수는 둔탁한 소음이 그를 깨운 것이었다. 창 너머로 굴착기 한 대가 버려진 아파트 위에 올라 한 층 한 층 철거를 진행하고 있었다.

누군가가 현관문을 거세게 두드리며 그의 이름을 불렀다.

"계십니까? 김정훈 씨 보호자 계세요? 경찰입니다." 그는 문을 열었다. 경찰관 둘이 서 있었다.

"김정훈 씨가 병원에 입원해 계십니다. 조사에 응해주시면 이른 시간 내로 아버님을 뵐 수 있게 해드리겠습니다."

그는 혼이 난 아이처럼 그들을 올려다보았다. 그러고는 한 명의 팔을 붙잡고 그들을 따라갔다.

그는 아버지가 입원한 A시의 오래된 종합병원에 들어섰다. 그는 로비 데스크 직원을 통해 보호자 등록을 마치고 대기실 의자에 앉아 있었다. 얼마 안 지나 흰 가운을 입은 의사가 찾아와 그의 이름을 불렀다.

그는 아버지가 누워 있는 중환자 병동으로 안내되었다. 의사는 그의 아버지가 몇 시간 동안 혼수상태였지만 지금은 괜찮다고, 위급한 상황은 다 넘어갔다고 말했다. 그렇지만 약간의 뇌출혈이 있어서 앞으로 검사를 진행해봐야 한다고 했다.

마침내 그가 아버지 앞에 섰다.

"주무시고 계시는 겁니다."

의사가 말했다.

그의 아버지는 며칠 사이에 안색이 흙빛으로 변하고 눈가가 해골처럼 퀭해졌다. 이마에는 커다란 가제를 대고 붕대를 칭칭 감았다. 붕대 사이로 뻗쳐 나온 머리카락이 하얗게 셌고, 얼굴 군데군데 드러난 찰과상에 연고가 묻어 번들거렸다.

바람 빠진 풍선처럼 주름진 눈가를 바라보던 그는 의사에게 잠시만 둘이 있게 해달라고 부탁했다. 멀찍이 떨어져만 있어도 좋으니 제발 그래달라고.

그는 할 말이 제법 있었다. 그의 아버지가 자고 있어야만 할 수 있는 말들 말이다. 드디어 그는 기다리던 기회를 얻었다. 그러나 그는 말하지 않았다.

그는 떨고 있었다. 그가 간신히 입을 열었다.

"자?"

그는 덜덜 떨리는 턱에 힘을 줘가며, 믿기지 않는다는 듯이 다시 물었다.

"자?"

그는 아버지가 자신보다 먼저 죽을 수도 있다는 걸 깨달았다.

그가 환자실을 나오자 의사 한 명이 따라붙어 그를 위로했다. 그러고는 가운 주머니에서 팸플릿을 한 장 꺼내 쥐여주며, 간병하다 지치면 병원 부속 기념관을 둘러보라고 권했다. 이번에 네덜란드에서 들여온 아주 특별한 전시를 하고 있다고. 적잖은 위로와 환기가 될 거라고.

기념관은 겉보기에는 투박하고 흔한 직육면체 건물이었다. 그러나 안으로 들어서자 마치 돔의 내부와 같이 둥글고 온통 하얀 홀이 그를 맞았다. 홀에는 안내 데스크도 없이, 수

직이다시피 경사가 높은 에스컬레이터 한 대만이 한가운데에 있었다. 그가 올라서자 에스컬레이터가 작동하면서 단조롭지만 사람을 몽롱하게 빠져들도록 하는 피아노 선율 몇 마디가 반복해서 홀에 울려 퍼졌다. 일정한 마디가 반복되는 것뿐인데도 에스컬레이터가 위로 향할수록 고조되는 듯했다. 점차 가까워지는 천장 한가운데에 달린 넓적한 원형 조형물의 둘레에서 하얀빛이 새어 나와 그의 눈을 부시게 했다. 그가 여기에 구체적인 감상을 느끼기 전에 에스컬레이터는 직방형 입구로 들어섰다. 위층에 마련된 전시 공간은 온통 하얬다. 전시실은 단 한 곳만이 운영 중이었고 에스컬레이터 앞에 서서 기다리고 있던 큐레이터가 앞장서 그를 안내했다.

전시실에는 관이 놓여 있었다. 관의 뚜껑은 마치 아르마딜로의 골판처럼 겹쳐진 유선형 마디로 이루어져 있었다. 그의 옆에 선 큐레이터가 관과 연결된 질소 통을 통해 내부에 질소가 주입되어 잠깐의 현기증과 함께 정신을 잃고 안락사를 맞는다고 설명했다.

"걱정하지 마시고 안으로 들어가보세요. 이 VR 글라스를 착용하시고. 이제 문을 닫습니다. 뭐가 보이시나요?"

"아무것도요."

"당연하지요. 관의 뚜껑이 닫히는 순간 모든 빛이 차단됩니다. 오른손을 더듬어 콘솔을 찾아보세요. 손에 잡혔나요? 거기에 버튼이 있을 겁니다. 만약 안락사 체험을 해보시겠다면 누르시고, 아니라면 제게 말씀해주시면 됩니다. 어떻게 하시겠어요?"

그는 버튼을 눌렀다.

차가운 기체가 누워 있는 그의 사방에서 뿜어져 나왔다. 어찌나 거센지 마치 공중 부유를 하는 것만 같았다. 아니다. 정말 그는 하늘에 떠 있었다. 그는 팔과 다리를 쭉 뻗고 평형을 유지하며 날아올랐다. 밤처럼 어둡던 하늘은 아래에서 간헐적으로 창백한 빛이 번쩍이는 찰나마다 새파랗게 개었다가 차차 붉어지는 듯하더니 어둑해졌다. 다시금 번쩍였다가 사그라드는 빛을 따라 하강하던 그의 시선은 재와 연기로 자욱한 지평선을 지나 파괴된 도시에 이르렀다. 시가지가 콘크리트째로 뒤집히고 다리들이 군데군데 꺾여 강물에 잠겨가고 있었다. 불길이 강으로 나뉜 도시를 이어주었다. 불은 잠잠히 기울어가던 잔해들을 휘감아 요란하게 무너뜨려가며 먼지바람에 불씨를 실어 사방으로 날랐다.

폐허 한가운데 남은 것이 없는 자리, 그 위에 반구형의 먼지구름이 피어나 부연 재 속에서 검붉은 불빛을 발했다. 뭉게뭉게 부푸는 구름 표면에서 어떤 거대하고 그늘진 낯이 붉거지고 있었다. 거인이 고개를 들어 그와 눈 마주치고, 낯을 고통스럽게 일그러뜨리더니 그를 집어삼킬 기세로 하늘 높이 솟구쳐 올랐다. 그의 발치까지 불기운이 들이닥친 순간, 응축된 증기가 거인의 낯을 뚫고 터져 나왔다.

이내 대기는 잠잠해지고 먼지구름도 더는 치솟지 않고 타오르기를 멈췄으며, 거인의 낯을 뚫고 터져 나왔던 증기는 둥근 고리 형상으로 퍼져 나가 하늘 저 멀리에서 희끄무레 사라져가고 있었다.

"뭔가 느껴지나요?"

잿빛 하늘 밖에서 큐레이터가 물어왔다.

그는 현기증과 함께 정신을 잃기 전, 폐허에 둘러서서 횃불같이 활활 타오르고 있는, 반 토막 났지만 여전히 드높은 네 개의 탑을 내려다보고 있었다. 잠시 싱긋 웃은 듯했지만 얼굴이 이글거리고 흠뻑 젖어 있어 자신이 웃었던 건지 아니면 내내 울고 있었던 건지, 도무지 알 수 없었다.

그가 대답했다.

"네. 보여요."

서서히 관이 열리면서 잿빛 하늘 사이사이로 은총의 빛이 내려오고 있었다.

---

* 작중 등장한 안락사 체험은 호주의 필립 니슈케 박사와 네덜란드의 알렉산더 바닝크 디자이너가 제작하여 네덜란드 암스테르담의 장례 엑스포에 출품한 안락사 기계 '사코'에 기반했다(이가영 기자, 「버튼 누르면 순식간에…… 네덜란드에 '안락사 캡슐' 등장」, 『중앙일보』, 2018. 4. 17).

진창에 처박히다

하지만 나는 땅에 파묻힌 마음과
진창에 빠진 육체에 대한 이야기들을 알고 있다.
— 프랑수아 모리아크, 『테레즈 데케루』, 조은경 옮김, 펭귄클래식코리아, 2011

꿈에서 깨어나는 과정은 진창에 얼굴이 처박혀 있다가 눈을 뜨는 것과 같았다. 꿈속으로 들어가는 과정이 진창에 얼굴을 처박는 것과 같다는 건 아니었다. 오히려 진창에 얼굴이 처박히는 순간을 망각하는 것과 같았다. 나는 자주 일인용 소파에 몸을 구겨 넣어 잠들었다. 검은 인조가죽이 해져 누런 스펀지가 쿠션 모서리마다 튀어나온 낡은 소파로, 밤새워서 일할 때마다, 그리고 글쓰기를 하려고 안간힘을 쓸 때마다 이용하고는 했다. 생각을 멈추기 위해서, 또는 생각이라는 걸할 수 없는 상태가 되면 각지고 딱딱한 팔걸이에 뺨을 대고 허리를 둥글게 만 채로 발을 접이식 간이 의자에 올려놓고 눈을 감았다. 쪽잠을 바랐건만 아침에 청소부가 문을 여는 소리와 함께 반사적으로 벌떡 일어나기 마련이었다. 사무실로 사람들이 출근하기 전에 창을 열어 환기하고 밤샌 흔적을 감추는 동안 지난밤의 꿈은 흔적도 없이 무너져 내렸다. 나는 고리가 빠진 태엽 인형처럼 허리에 통증을 느끼면서 비척비척 상사들을 맞아야만 했다. 그런데 그날은 누가 문을 열지도 않았는데 새벽에 뺨이 팔걸이에 짓눌린 그대로 눈을 뜨고 만 것이었다. 꿈의 세계는 무너져 내리지 않았다. 눈을 뜨는 동시에 무너져 내리는 것이라고 믿었던 내게 그 경험은 공포심을 자아냈고 어떻게든 현실 감각을 되찾아내고자 하는 본능이 일었다. 나는 누가 불 꺼진 사무실의 문을 열기를 기다렸다. 간혹 경비원이 순찰하다 무심코 문을 열고는 나를 보고 놀라 문을 닫기도 했기 때문이다. 그날 밤은 문이 열리지 않았다.

첫번째 꿈에서 나는 내가 아는 남자와 함께, 어떤 뷔페 레스토랑에서 안면은 텄지만 어울리진 못하겠는 흔한 남자 무리와 식사를 했다. 나는 내가 아는 남자에게 붙잡혀 그 자리에 끌려온 모양이었다. 그들은 훌륭한 파티라고 자화자찬했다. 과연 파티에 어울리는 술과 음식들이 기다란 식탁에 놓여 있었다. 나는 식사를 하지 않았다. 내가 소설에서 식사하는 장면을 쓰기를 두려워하듯이 식사를 한다는 것이 내게 온당치 않게 느껴졌다. 그들은 식사를 하지 않는 나를 소외시켰다. 그런 남자 무리가 흔히 내게 그러듯이, 그들은 먼저 식사를 마치고 자리에서 일어났다. 나는 뒤따라가려다 말고 내가 아는 남자를 불러 화를 낸 뒤 떠나려고 했다. 내가 아는 남자는 곤란한 웃음을 지으며 나를 계속 붙잡으려 했다.

꿈은 뒤바뀌었다. 꿈이 뒤바뀌는 찰나의 이음새를 눈을 뜬 뒤로는 포착해내지를 못하겠다.

여름이었다. 나는 그가 먼저 화장실에서 씻는 사이 그의 방에 들어가 브라운관 텔레비전을 켰다. 이사를 자주 다녔던 내가 알고 있는 정말이지 흔한, 붉은 벽돌집 주택의 부엌이 분리된 원룸이었다. 텔레비전에서는 영화가 방영되고 있었다. 나는 그 영화가 누군가를 잃었던 그의 트라우마를 연상시킨다는 걸 알아챘다. 온통 피범벅인 영화를 보면서 나는 자신의 직접적인 트라우마가 고스란히 재현된 창작품을 본다는 것이 어떤 건지 궁금했고 그에게 소리 내어 물을 생각까지 했다. 기억이 명확하지 않다. 정말 그의 트라우마를 아는 누군가가, 혹은 그 자신이 만든 영화를 본 것이고, 자신의 구체적인 트라우마로 만든 창작품을 본다는 것이 어떤 기분인지 궁금해 그에게 소리 내어 물었을 수도 있다. 씻고 나온 그가 식사를 준비하는 것도 아니면서 부엌에 머무르는 동안이었다. 방으로 돌아온 그는 내게 지나치게 담담한 말투로 그 영화를 보지 말라고 했다. 텔레비전을 끄려고 했지만 버튼을 누를수록 텔레비전 화면이 다른 채널과 뒤섞여 걷잡을 수가 없었다. 당혹감이 기억난다. 어떻게든 텔레비전을 껐다. 그와 내가 왜 그 방에 앉아 있었는지는 기억이 나지 않는다.

그가 먼저 씻었고 그다음에는 내가 씻었다는 기억이 난다. 씻는 순서에 대해 쓸데없이 고민한 것도. 그는 내가 아는 어떤 이와 닮았고 정말 내가 아는 이일지도 몰랐다. 어쩌면 내가 아는 이의 망령이거나 내가 아는 이를 토대로 꿈에서 만들어낸 것일지도 모른다는 생각을 이미 꿈속에서부터 하고 있었다. 사려 깊고, 사려 깊음에도 불구하고 짧은 삶에서 빼앗긴 것이 많아 슬픔이 덧씌워진 얼굴이었다. 현실에서는 있을 수가 없는 그라, 그런 사람을 꿈에서 만들어낸 나의 저의를 의심하게 되는 이였다. 그는 어느새 혼자 방에 남겨졌다.

나는 또다시 꿈의 고리를 잃고 쓸데없이 아버지를 만나고 있었다. 나는 아버지와 함께 트럭에 올랐다. 언덕을 타고 올랐다가 내리막길을 타고 내려가던 중이었는데 아버지가 무엇 때문인지 운전대를 놓고 뒷자리로 향했다. 조수석에 앉아 있던 나는 운전을 몰라 손을 놓고 있었는데도 트럭은 운전자가 없는 것치고는 부드럽게 도로를 이탈하여 어떤 표지판에 걸려 멈춰 섰다. 중요한 것은 여기까지 이르는 동안 어느새 내가 어린아이가 되어 있었다는 것이다. 나는 실체가 없어지고 내가 모르는 삶을 겪은 어린아이의 시선이 되었다. 방에 혼자 남겨진 그가 일기를 쓰는 것을 지켜보고 있었다. 아니면 그의 일기와 융합된 것이었는지도 모른다. 그는 나처럼 어린아이가 되어 있었다.

일기는 내가 잃어버린 것들을 가지고 있었다. 내가 오래전부터 일기를 쓰지 못하게 된 이유는 타인이 읽을 수도 있다는 점을 지나치게 의식하며 쓰고 있다는 사실을 못 견뎌서이기도 했는데 그의 일기는 어떤 의미에서는 타인을 전혀 의식하지 않았다. 어떤 의미에서는 그래서 타인이 훔쳐 읽기 완벽한 일기였고 이는 내가 아는 이의 일기를 닮아 있었다. 그리고 내가 글쓰기에서 하나둘씩 망가트려온 것들을 완벽하게 극복하고 있었다. 나는 지난 한 해 동안 술회하고 있는 현재의 지점을 잃어버린 채 찾지 못하고 있었다. 내가 어느 지점에 있는지 몰라서였다. 그래서 오히려 현재의 지점을 잃어버렸다는 사실을 글 속에서 주지시키려고 애를 썼으나 그럴수록 글은 진창에 처박힌 이가 그러하듯 정신을 못 차릴 따름이었다. 그러나 그 일기는 그렇지 않았다. 내가 글쓰기에서 타인을 지나치게 의식함을 통해, 타인을 속속들이 알고자 한다는 불가능한 핑계를 통해 실은 타인의 영역을 침범하면서까지 자의식을 비정상적으로 팽창시킨 데에 비하여 그는 정확히 자기 자신에 대해서만 썼다. 대개 꿈이 그렇듯이 지금은 그 일기가 어떤 구체적인 문장들로 이루어졌는지 기억하지 못한다. 그는 나와 보냈던 하루를 쓰고 있었다. 아까 그 방에서의 일 말이다. 그런데 이야기는 달랐다.

우리는 아마 초등학생이었던 모양이다. 같은 무리에서 떨어져 나와 둘은 그의 방에 들어갔다. 그 방에는 먹을 것도 무언가를 할 것도 정말이지 아무것도 없었다. 나는 나의 어머니에게 핸드폰으로 전화를 걸어 사정을 지어내어 설명하고 나와 그가 먹을 음식을 어머니 돈으로 주문할 수 있도록 허락을 받았다. 어머니의 신용카드 같은 것을 내가 가지고 있었던 모양이다. 일기 속에서 가난한 그는 그전까지 한 번도 겪어보지 못했던 경험에 충격을 받았다는 듯이 술회했다. 지금에 와서 생각하니, 나 역시 한 번도 가난하지 않았던 적이 없었고 부모의 돈이나 신용카드를 내가 지닌 적도 없었다. 그러나 가난과 그렇지 않음은 부모의 신용카드를 가지고 있느냐로 구분되는 것이 아니었다. 자신의 가난을 깨닫는 시점은 가난하더라도 충분히 구매할 수 있는 것을 엄두도 내지 못하다가 타인이 아무렇지 않게 구매하는 모습에 충격을 받는 순간이기도 했으므로 그런 의미에서 그는 가난했다. 그는 내가 어머니와 거리낌 없이 통화하는 것도 심각하게 받아들였다. 그의 어머니와 아버지는 이혼을 한 듯했고 아마 그는 어머니와 같이 사는 듯했다. 그의 일기에 의하면 어머니는 그의 동생을 임신했을 때 건강과 관련이 없는 수술을 했다는데 그 때문에 부작용으로 동생에게 어떤 기형이 생겼다는 것이었다. 임신 중에 수술했다니, 꿈속에서 나는 그의 서술을 진실로 받아들였던 듯하다. 진실로 받아들일 수밖에 없는 솔직한 서술이라 서술에서 벗어난 뒤에서야 진실로 받아들일 수 없었다.

　나는 다시 지금의 내가 되어 서술 속으로 들어갔다. 일기장에 적혀 있는 내가 되었다. 그와 내가 그의 방에 들어간 참이었다. 그 방에는 먹을 것도 무언가를 할 것도, 아무것도 없었다. 한동안 우리는 앉아만 있었다. 그가 텔레비전을 켰다. 영화가 방영되고 있었다. 나는 영화 속의 내가 되었다. 눈앞에 터널이 보였는데 내가 오래전에 지난 터널이라고 나는 생각했다. 아니었다. 겨울이었다. 터널로 그와 내가 들어갔다. 터널에는 인도가 없었다. 화물차들이 돌진하듯이 달려와 겨울 찬바람으로 우리를 덮치며 지나쳐갔다. 우리는 긴 터널을 걸었고, 걸으면서 그가 나를 보지 않고 말했다. 젊은 비틀스가 사는 페퍼랜드라는 섬이 있다. 이 터널을 지나면 수평선이 나올 것이다. 우리는 노란 잠수함을 타고 수평선을 넘어 페퍼랜드에 도달할 수 있다. 그가 그렇게 말한 것으로 기억한다. 우리는 지나가는 트럭을 세워 짐칸에 올라탔다. 터널 밖을 나오니 눈 내린 시골 마을이었다. 우리는 트럭 짐칸에 앉아 멀어져가는 설경을 바라보았다. 우리가 한 번도 가본 적 없는 마을이었다. 나는 어쩐지 몹시 주눅이 들어 있었다. 그가 나를 바라보고 있었다. 나를 춥게 만들던 그의 텅 빈 눈을 기억한다.

그가 내게, 오늘 밤 파티가 있고 우리는 지금 거기로 가는 중이라고 말했다. 내가 물었다.

무슨 파티?

그는 대꾸하지 않았다.

아무도 운전하지 않는 트럭이 부드럽게 도로를 이탈하여 눈밭에 처박혔다.

꿈에서 깨어나는 순간은 그동안 진창에 얼굴을 처박고 있었다는 사실을 깨닫는 것과 같았다. 현실 감각을 찾아 헤매던 공포심은 이내 스러지고, 꿈의 세계가 기억만 남긴 채 무너져 내렸다는 사실을 깨달았다. 나는 진창에서 고개를 들 수가 없었다. 진창에 처박혀 다시금 진창에 처박혔다는 사실을 잊고 무너져 내린 꿈속의 세계로 입장하여 꿈을 이어가고파 견딜 수가 없을 정도였다. 나는 다시 잠이 들 수 있었지만 아무런 꿈도 없는 선잠이었다.

나는 내가 아는 이를 오래전에 잃어버렸던 것처럼, 그리하여 꿈속에서나마 체험하여 그리워하는 것처럼 타성에 젖어 회한 어린 감정을 가질 뻔했으나 곧 착각에서 벗어나 글을 쓰려고 했다. 이번에는 꿈을 잊지 않고 최대한 온전히 글을 써낼 수 있다는 자신감이 컸다. 꿈을 잊기 전에 최대한 온전히 글을 재현해내야 한다는 조바심도 컸다. 나는 내가 있는 지금을 되찾으려 애를 쓴다고 생각하려 하며 글을 썼다. 실은 글을 쓰는 것은 내가 있는 지금을 상기하는 것과는 전혀 상관이 없었다. 나는 내가 아는 이도, 그도 없는 언젠가의 어딘가에 앉아 무너져 내린 꿈을 쓰고 있었다. 시간이 갈수록 꿈속의 그는 내가 아는 이의 인상과 점차 뒤섞여갔다. 그런 식으로 그는 두려울 정도로 구체적으로 비대해졌다.

누가 문을 열고 내게 파티에 갈 시간이라고 말했다. 무슨 파티? 물으면서 초조히 창밖을 내다보았다. 봄이 오고 있었다.

나는 해가 지나 사무실을 벗어났다. 진창에서도 벗어났다. 어쩌면 진창은 사무실의 검은 인조가죽이 해져 누런 스펀지가 쿠션 모서리마다 튀어나온 낡은 소파에, 그 소파의 팔걸이에 있었던 것인지도 모르겠다. 그 소파에서 내 전임자들이 나와 마찬가지로 쪽잠에 들었을 테고 해가 지날수록 쿠션이 해져갔을 테다. 그들도 나와 같은 진창에 처박혀 있었는지는 알 길이 없다. 모두 연락이 끊겼기 때문이다. 내가 인수인계한 후임자에게 그 소파에 관해 묻자 버리고 새 소파를 들였다는 소식을 들었다.

나는 해마다 간신히 글을 써냈다. 꿈속에서 본 그의 일기는 내게 영향을 주었다. 나는 그렇게 쓸 수 없다는 깨달음을 준 것이었다. 나의 글은 여전했다. 나는 현재의 지점을 잃어버린 채 찾지 못한 글을 썼고, 현재의 지점을 잃어버렸다는 사실을 글 속에서 주지시키려고 애를 쓰다 진창에 처박힌 이가 그러하듯 정신을 차리지 못하였다. 이제는 내가 현재의 지점을 잃어버렸기에 글을 쓰는 것일 수도 있다는 생각마저 하게 되었다. 얼마 전 글쓰기를 마친 뒤 나는 무기력에 빠져 방바닥에 엎어져 고개를 박고 있었다. 고개를 들자 방구석에 놓인 스탠드 거울이 나를 마주 보고 있었다. 거울 속에서 나는 눈시울이 붉어져 있었고 나의 얼굴과 표정이 내가 아는 이와, 그와 닮아 있었다. 나는 그가 나오는 꿈을 다시 꾸지 못하고 있었다.

여기까지로 끝맺고 나서 나는 지난밤 또 꿈을 꾸었다. 꿈에서 깨어나는 과정은 진창에서 고개를 들어 눈을 뜨는 것과 같았다.

꿈에서 나는 헬기를 타고 있었다. 그와 함께. 그는 이제 내가 아는 이와 별로 닮지 않았다. 그와 나는 헬기를 조종하는 데에 능숙했다. 그와 함께 나는 풀숲을 헤쳐 달리는 사람을 쫓았다. 그 사람이 고개를 돌려 우리를 올려다보자 나는 그 사람이 내가 아는 이라는 것을 알아챘다. 꿈은 계속 이어졌다. 그러나 나는 꿈의 대부분을 잃어버렸다. 왜냐면 나는 내 방에서 잠든 것이 아니라 타지의 숙소에서 잠들었고 내게는 어떤 필기도구도 컴퓨터도 없었기 때문이었다. 그 뒤에 내 방으로 돌아와서 파편이나마 기록한다.

그는 나와 동료들이 모여서 지켜보는 가운데 건물 옥상에서 도심을 가로지르는 강으로 뛰어내려 자살했다. 나와 동료들은 일종의 군체, 아니면 내가 분화되어 만들어진 반쪽짜리 인물들인 듯했다. 그는 자살하기 전 우리한테, 아니 이 세상 모두에게 계속해서 말했다. 우리의 선생님이 옥상에 올라가서 그를 설득했지만 소용없었다. 그가 뛰어내리자 자전거를 탄 동료가 강변을 따라 달려갔다. 그는 수면 위로 떠오르지 않았다.

꿈에서 나는 그에 관한 글을 쓰기로 했다. 나는 그가 죽기 전에 말한 내용을 기록한 녹취록이 필요하다고 말했다. 모두가 모인 교실에서였고 선생님은 없었다. 가장 냉소적인 동료가 그럴 필요가 없다고 말했다. 자조적인 비웃음을 띠고서. 냉소적인 동료는 내게 어떤 책을 펼쳐 보였다. 그건 그가, 우리가 쓴 책이 아니었다. 나는 냉소적인 동료의 행동을 이해하지 못했다. 그러자 냉소적인 동료가 책을 **다시 한번** 펼쳤다. 책이 두 면이 아니라 네 면으로, 마치 접혀 있던 지도처럼 새롭게 펼쳐졌다. 두 면으로 봤을 때는 볼 수 없었던 그의 메시지가 네 면이 되자 훤히 드러났다. 나는 그제야 알았다. 그가 말한 것들이 그 책에 그대로 적혀 있다는 것을. 나는 웃었다. 깨달음의 웃음을 멈출 수가 없었다. 냉소적인 동료도 눈물을 흘릴 기세로 폭소를 터뜨리기 시작했다. 교실에 모여 있던 동료들이 수군거렸다. 이걸 이제 알았단 말이야?

봄이 오고 있다.

다음 꿈에서 그는 내가 아는 이와 더욱더 먼 인상으로 존재할 것이다.

한 사람의 모든 것을 쓴다는 것,
그리고 읽는다는 것

전소영(문학평론가 · 홍익대 교수)

1. 독자님께 독자가

이쪽입니다. 여기로 와주세요. 제가 바로 당신이 찾는 자입니다. 반갑습니다. 저는 독자입니다. 혹시 해설자를 찾으셨다면 그래도 맞게 오셨습니다. 해설자라고 불리기도 하거든요. 그리고 오늘만큼은 당신도 그러합니다. 독자이며 해설자입니다. 우리 앞에는 소설가 김갑용의 첫 소설집 『토성의 겨울』이 펼쳐져 있습니다. 표면은 잔잔하나 그 심부는 아득히 깊어 우리는 아무래도 수심을 헤아리며 천천히 이곳을 건너야 할 것 같네요.

저는 우리가 같이 탈 조각배와, 함께 저을 노도 가져왔습니다. 다만 이 지면이 끝나는 순간 적어도 당신은 배도 노도 버려야만 합니다. 다른 배로 갈아타고 새 물길을 찾거나, 온 길을 거슬러 돌아가셔도 좋습니다. 그것으로써 이 해설은 완성됩니다. 말하자면 그전까지는, 이 글이 미완성이라는 뜻도 됩니다.

2. 문학의 진리-없음

바람이 좋으니 배의 속도는 그에 맡겨두고 노를 저어 방향만 정하기로 합시다. 어디를 출발점 삼으면 좋을까요. 글쎄 「최초의 전거」는 어떨까 싶습니다만. 실은 '최초의'라는 수사 때문인지 가장 먼저 눈에 들어왔던 소설이었거든요. 「최초의 전거」에는 도서관에 관한 이야기가 등장하지요. '나'는 도서관의 전거 사업을 담당하는 외주 업체에 소속이 되어 있습니다. 그리 멀지 않은 과거에는, 김동인을 기려 지은 도서관에서 계약직 전거 작업자들의 교육을 맡았고요. 지금은 옛 도서관에서 이관된 책들을 따라와 타 도서관의 취업 면접을 보는 중입니다.

도서관이란 장서들, 즉 이 세계의 수다한 지식과 정보를 체계적으로 정리해놓은 곳이지요. '전거'란 그 체계화를 위한 작업의 일환입니다. 그런데 어느 날 '나'에게 작업자 중 한 명, 문예창작학과 대학원생이 '최초의 전거'를 찾아보자는 홍

미로운 제안을 합니다. 그 제안이 왜 흥미로웠는가. '최초의 전거'가 이런 것이기 때문이었어요.

단지 최초로 생성된 전거라는 데에만 의미가 있는 게 아니에요. 최초의 전거를 가진 작가가 쓴 책은 모든 작가가 탐내는 문학적 진리를 가지고 있으며 찾아내어 읽은 뒤에는 문학의 모든 것에 눈을 뜨게 된다는 거예요.(164쪽)

최초의 전거를 가진 작가의 책은 수많은 장서들의 지식을 압축한 저술로 그것만 찾아내면 문학의 모든 것을 알게 된다는 것이지요. 인간은 지혜의 역사에 비하면 짧은 생애를 보내는 탓인지는 몰라도 답 찾기―하나의 근원적 진리 굴착에 집착하는 경향이 있는 듯합니다. 해서 '나'와 그도 최초의 전거를 찾기 위해 미궁처럼 펼쳐진 도서관을 배회해요. 그런데 최초의 전거를 가진 책은 없었어요. 대학원생은 도리어 그간 작업해놓은 전거들을 모두 삭제해버리기까지 합니다. 의미심장한 사건이라고요? 그 말씀이 맞습니다.

어떤 고정불변의 진리가 존재한다는 맹신에는 종종 폭력이 수반됩니다. 말하자면 중심/보편/상식을 가정하고 그 외의 것들을 인정하지 않는 데서 많은 문제가 비롯되곤 합니다. 인종, 젠더, 환경 등의 문제도 중심과 주변을 구획하고 위계질서를 만들어 중심 밖에 놓인 존재를 간과함으로써 생겨났지요. 이것을 문학 분야에 국한해서 잠시 생각을 해봅시다.

이 세계에는 문학에 관한 수많은 규정이 있습니다. 문학에 무엇이 담겨야 한다, 문학이 무슨 역할을 해야 한다는 정의가 존재하지요. 그런데 그것들이 진리로 군림하는 순간 오히려 문학은 억압될지도 모릅니다. 가령 소설은 어떻게 써야만 한다는 준거가 있고 그에 작가가 속박된다면 그의 소설은 오히려 소설의 본질과 멀어지는 무엇이 될지도 모르지요. 때문에 문예창작학과 대학원생이 전거를 삭제해버렸다는 것이 상징적으로 느껴지기도 해요. 문학에 관한 체계화된 지식이나 정의를 지워버리는 행위로도 보였거든요.

그렇게 간주하면 '나'가 배회하는 미궁이 루이스 캐럴의 『이상한 나라의 앨리스』에 등장하는 미로와 닮아 있는 이유도 이해가 됩니다. 그 소설도 사실 빅토리아 시대 고위층의 엄격한 권위를 풍자하는 소설이었지요. 이상한 나라는 참혹하리만큼 엄격한 규율로 지탱이 되는데 그것은 앨리스의 시선을 통해 우스꽝스러운 것으로 그려져요. '나'와 이 앨리스는 겹쳐지는 부분이 많습니다. 토끼의 우화라든가 물약(비염약)이라든가 미로에서 헤매는 것까지도요.

아, 노인 얘기는 왜 빼냐고요? 예리한 지적입니다. 건물을 빠져나가기 위해 미궁을 배회하던 '나'는 소문 속 노인을 만나는데 그는 김동인으로 짐작되는 인물입니다. 김동인은 잘 알려진 근대 소설가로 문학에 대한 진리의 무상함을 자기 생애로 증명한 인물이기도 합니다. 왜냐. 한때 그의 별칭은 예술 지상주의자였습니다. 김동인은 그것을 강박증적으로 신봉하다시피 했으나 일제 말기에 이르러 철회합니다. 돈벌이를 위해 통속소설 창작 쪽으로 가파르게 기울어졌지요.[1]

이렇듯 체셔 고양이 대신 김동인 노인을 만난 '나'-앨리스는 결국 새 도서관 취업에는 실패합니다만, 면접관들과 나눈 마지막 대화를 통해 '나'가 도서관-미궁의 심부에서 무언가 잊지 못할 것을 목격했다는 사실이 드러나네요.

"최초의 전거요…… 한 사람의…… 모든 것을 담은 소설……
소설이 바로 그 사람 자체인 소설……"(176쪽)

'나'가 지하 서고에서 본 것은 이렇듯 '한 사람의 모든 것을 담은 소설', '소설이 바로 그 사람 자체인 소설'이었습니다. 그 생각의 뒤를 '사람은 당신이다'라는 말—작중 '나'나 독자인 우리, 또는 작가에게 건네지는 이 화자 불명의 목소리가 잇고요. 두 이야기를 염두에 두고 이렇게 결론지어도 되지 않을까요. 문학은 무질서하고 비논리적이며 혼돈 그 자체로

---

1 왜 노인이 하필 '흰 담비 이야기를 아냐'고 물었냐고요? 김동인이 자기를 자조적으로 '흰 담비(白貂)'에 빗댄 글을 써냈거든요. 흰 담비의 습성은 이렇다지요. 흰 털이 오염되는 것을 우려하여 설령 목숨이 걸린 순간에도 더러운 곳은 피한답니다. 그러나 한 번이라도 오물을 제 몸에 묻히게 되면 자포자기하듯이 아예 더러운 곳에 몸을 굴려버린다네요.

서의 사람을 탐구하는 것, 인간학일 따름입니다. 소설의 정수
도, 문학에 관한 체계화된 무수한 진리(를 자임하는 생각들)
가 아니라 '사람—당신 그 자체'를 담아내는 행위에서 길어낼
수 있습니다. 그렇게 생각하면 창작에 어떤 거창한 원리나 공
식이 존재할 필요가 없고 있을 수도 없겠지요.

3. 사람―불확정적이며 비논리적인 존재를―쓰기

잠깐만요. 아직 떠날 타이밍이 아닙니다. 이 소설 옆에 잠
시만 더 배를 정박하고 나눠볼 이야기가 있거든요. 앞서 나눈
우리의 대화를 전제한다면「최초의 전거」는 문학(소설)에 관
한 소설이기도 합니다. 맞아요.『토성의 겨울』에 수록된 많은
이야기가 소설에 대한 소설, 또는 소설가 소설이지요. 소설
(글)을 쓰려는 인물이 등장하고 그 (불)가능성이 타진되는 소
설이 많습니다.

그러면 왜 이러한 유의 소설들로 소설집의 정체성을 구축
했을까. 저는 이것이 작가 김갑용의 치열한 인간학―창작의
결실이라는 생각을 했습니다. '소설이 바로 그 사람 자체인
소설'(「최초의 전거」)을 목표 삼으려 한다면, 모르긴 몰라도 작
가의 머릿속은 복잡해질 수밖에 없겠지요. 사람이란 무엇일
까요, 아니 일단 당신은 어떤 존재입니까. 우리는 매시간 변

화하고 늙고 성장하는, 자기 자신조차도 명확히 알 수 없는 불확실한 존재가 아니던가요.

그러니 사람은 무엇인가라는 질문에 대한 가장 설득력 있는 답은 '모른다'일 것입니다. 기실 이 세계를 구성하는 존재들 중에 둘째가라면 서러울 만큼, 사람처럼 불확정적인 존재도 없습니다. 인간의 삶은 하나로 정형화될 수 없으며 질서 없이 혼란스럽게 흘러갈 때가 많습니다. 저는 이 소설집의 소설들이 바로 그런 '사람', 또 '사람의 삶'을 가급적 그 자체로 구현하기 위해 노력하고 있다는 생각을 했습니다.

가령 이 소설집의 소설들은 천천히 눌러 읽어야 하지요. 문단 나누기도 최소화된 경우가 많고 무엇보다 호흡이 긴 문장과 만연체의 문장이 소설 전반에 진열되어 있으니까요. 저는 그것이 우리의 삶이 결코 간명하지 않다는 것을—복잡한 상황 및 감정 묘사와 장황한 부연 설명을 통해서만 비교적 그대로 그려질 수 있다는 것을 보여주는 매개라 여겼습니다.

물론 이 작가의 인간학이 문단이나 문장의 측면에만 반영되어 있는 것은 아닙니다. 내용 면에서도 '바로 그 사람 자체인 소설'을 구현하기 위해 몇 가지 흥미로운 방식을 구가하고 있네요. 단순 분류를 좋아하지 않지만 우리가 좀 더 편안하게 대화를 나누기 위해, 예의 그 흥미로운 방식이라는 것을 좀 나열해보겠습니다.

1) 일차적으로는 소설의 내용 면에서 사실과 허구, 현실과

꿈, 진실과 거짓, 사람과 유령 사이를 횡단하는 인물들의 모습이 대부분의 소설에 등장한다는 점입니다. 2) 뿐만 아니라 소설 안팎의 현실과 허구의 경계도 흐려져 있지요. 가령 「최초의 전거」를 읽을 때 우리는 몇 가지 레퍼런스가 필요했습니다. 같이 이야기했던 김동인, 앨리스와 미로와 토끼, 또 따로 언급은 안 했지만 겨울 궁전의 이미지나 보르헤스의 소설들도 겹쳐볼 수 있을 것입니다. 3) 마지막으로, 수록된 각 소설들 사이에 모종의 고리가 있어, 그로써도 사실과 허구의 경계가 모호해지고 있지요. 무람없이 나열해버린 이 방식들을 아울러 이야기하려면 이번엔 「토성의 겨울」 쪽으로 배를 밀어가는 것이 좋겠네요.

자 도착. 여기 한 남자가 있습니다. 반지하의 투룸에 동거인과 거주 중인 그는 또한 한 실험의 피험자, B32라고 불리는 인물이기도 합니다. 그럼 그가 참여한 실험이란 무엇인가. 이에 관해서는 다양한 견해가 있겠습니다만—아, 방금 들려주신 그 해석 참 좋군요. 저도 비슷한 생각입니다. 꿈을 현실로 누벼내는, 즉 허구 안에서 살아가는 실험이라고 해도 되겠지요.

사연인즉 이렇습니다. 과거 B32는 현실에 심어진 꿈속에서 연갈색 단발머리의 끝자락만 푸른색으로 물들인 여성을 만났습니다—여성이 파랑새를 환기한다는 점이 인상적이지 않습니까. 파랑새는 잡으려 하나 잡기 어려운 무언가를 상징하니까요. 다만 첫 실험의 꿈은 현실과 완벽하게 동화되지 못하고 어렴풋한 흔적만 남긴 채 기억의 뒤안길로 사라졌습니다.

실험이 거듭되었을 때 남자는 다시금 꿈속에서 같은 여성을 만납니다. 그러나 실험은 완전하지 않았지요. 완전할 수 없다고 할까요. 사람의 삶이라는 것이 애초에 그렇습니다. 꿈이든 현실이든 어느 한쪽에만 발을 담근 채 살아갈 수 없어요. 우리는 대체로 시간이 선형적으로 흐른다는 인식 안에서 살아갑니다만, 우리가 실제로 감각하는 시간은 선조적이지 않지요. 왜 그럴 때 있지 않나요. 지나칠 정도로 선명한 잔상을 지닌 꿈을 꾼다든지, 모골이 송연해질 만큼 서늘한 기시감을 마주한다든지. 꿈, 평행우주, 도플갱어에 대한 상상력은 그런 경험을 바탕에 둔 것이지요. 굳이 거기까지 가지 않더라도, 아마 지금도 우리의 뇌리 안에서는 과거와 현재가 시시각각 교차하며 시간을 흩트리고 있을 겁니다. 그러고 보니 「진창에 처박히다」도 꿈과 현실의 교직에 대해 이야기하는 소설이네요.

영원히 미완성일 실험이 끝난 후 남자는 꿈과 현실이 뒤죽박죽되어버린 틈바구니 어딘가에서 살아가기 시작하지요. 그런데 그런 그의 이야기에 실존하는 텍스트들이 오버랩되면서 남자의 사연은 소설 밖의 세계와 다시금 뒤섞입니다. 기억하시는군요. 토성에서 사명을 다한 무인 탐사선 카시니호

(1997~2017), 다큐멘터리 영화 「코야니스카시」(1982), 영화 「라탈랑트」(1934)와 같이 우리의 현실에 존재하는 것들이 작중에도 등장을 하지요.

이렇듯 하나의 소설 텍스트를 여러 텍스트의 환기나 인용을 통해 기술하는 방식을 상호텍스트성(intertextuality)이라고 부르기도 하는데『토성의 겨울』속 소설들은 대체로 이같은 방식을 취하고 있습니다.「토성의 겨울」외에「최초의 전거」케이스도 있었고,「포 노 원」에는 비틀스의 다큐멘터리가 오버랩되었으며「김정훈의 죽음」을 읽을 때도 오페라「마술피리」나 소설『죽은 아버지』,『모래시계 요양원』을 떠올리게 됩니다. 이로써 작중 인물의 삶과 우리의 삶 사이의 선이 점선도 되었다가 실선도 되었다가 하는 것입니다.

그건 알겠고, 그럼 소설들 사이에 고리가 있다는 건 무슨 얘기냐고요? 그 얘기도 빠뜨릴 수 없지요. 말하자면 이 소설집 안의 소설들끼리도 모종의 상호텍스트성 안에 놓여 있다는 것인데 제가 몇몇 구절을 발췌해 읽을 테니 잠깐 같이 기억을 더듬어보기로 할까요.

슬픈 이야기를 들려드릴게요. 당신을 위한 소설이요. 토성의 겨울을 나는 슬픈 삶을 당신에게 읽어줄게요.(「토성의 겨울」, 108쪽)

다른 벽에 걸린 그림에는 표정 없는 단독자가 창 너머로 달 표면처럼 아무것도 없는 검은 하늘과 회색 대지를 넘어다보고 있었다.(「토성의 겨울」, 114쪽)

토성의 겨울을 아시오?
노인의 그늘진 모습이 창에 비쳤다.(「아무도 모르게」, 149쪽)

표정 없는 단독자가 창 너머로 달 표면처럼 아무것도 없는 검은 하늘과 회색 대지를 넘어다보는 그림을. 그림은 이 집의 주인이 선물한 것이다.(「아무도 모르게」, 127쪽)

"음영."
그녀가 그의 이름을 물었다.(「김정훈의 죽음」, 210쪽)

음영이 내 옷소매를 붙들었다. 나는, 원하는 시간으로 되돌아갈 수 있어.(「음영의 사랑」, 46쪽)

선생님, 비록 출판은 되지 않더라도 브라우티건 도서관에 보관된다는 건 가치가 있는 일이에요. 선생님의 소설을 읽기 위해 사람들이 여기까지 온다고 생각해보세요.(「아무도 모르게」, 128쪽)

하지만 나는 읽었어. 도서관에서였지. 그건, 그저…… 아마추어들의 출판되지 않은 책들을 전시하는 자리였어. 거기서 나는 한 책을 읽었어. 그 책은 누구에게도 손을 내밀지 않았고 무엇도 내걸지 않았지. 오직 한 사람만이 읽혔지. 한 사람에 대한 모든 것. 그건 소설이지만 동시에 그 사람 자체이기도 했어.(「김정훈의 죽음」, 205~206쪽)

　　소설이 바로 그 사람 자체인 소설……(「최초의 전거」, 176쪽)

　　읽어드린 구절들끼리 모종의 연쇄를 형성하고 있다는 사실, 느껴지시나요. 「토성의 겨울」과 「아무도 모르게」는 '토성의 겨울'이라는 제목과 인물이 거주하는 건물, 걸려 있는 그림 등을 공유하고 있지요. 「김정훈의 죽음」과 「음영의 사랑」에 등장하는 '음영'도, 「아무도 모르게」와 「김정훈의 죽음」과 「최초의 전거」의 교집합 부분도 서로 겹쳐지고요.

　　이렇게 보면 사실 『토성의 겨울』 안에 수록된 많은 소설이 서로의 존재를 담보하고 증명하는 관계 안에 놓여 있다고 볼 수 있습니다.[2] 즉 사실상 허구인 각 소설의 이야기가, 그것을

2　용어를 앞세우는 것을 선호하지 않지만 여기서 노스롭 프라이라는 비평가의 프레임을 빌렸다는 말씀은 드려야겠네요. 프라이는 인류학자의 레비-스트로스의 '브리콜라주'(수중에 들어오는 모든 것을 가지고 조각과 단편을 짜맞추는 일)를 빌려서 텍스트의 구성 원리를 분석하는 데 활용했습니다. 예컨대 『성경』 중 신약성서는 구약성서의 예언적 진술이 사실임을 증명하기 위해, 그 내용을 지시하려는 목적하에서 의도적으로 상호텍스트성을 가지게끔 기술되었다는 것이지요.(노스롭 프라이, 『성서와 문학』, 김

지시하는 또 다른 이야기들로 뒷받침되면서 묘한 개연성과 신빙성을 지니게 되는 것이지요. 파편적인 개인의 서사가 모두 연결되면서 소설집이 총체적인 삶의 모습을 구현해내는 효과도 뒤따를 수 있겠고요.

4. 당신에게 가까워지기 위한 작가의 죽음

여기까지 이야기한 우리는 이제 어디로 가면 좋을까요. 좀 뜬금없지만 목차 쪽으로 배를 돌려볼까 합니다. 마지막으로 이 소설집에 담긴 작가의 마음도 좀 짐작해 말해보고 싶어졌거든요. 물론 어디까지나 짐작입니다. 작가도 아니면서 그래도 되냐고요. 괜찮겠지요. 독자의 권리란 그런 것이니까. 아무튼 이 추측은, 소설집을 통과한 후 경유한 소설들을 멀리 세워두고 다시 바라보다 문득 떠올렸다는 것을 말씀드립니다.

작가의 데뷔작 「슬픈 온대」는 학습지 물류센터에서 만난 '나'와 남자의 서사를 담고 있습니다. 이 '나'라는 일인칭 주어에는 "타인이 되기 위해 노력하는"(「김정훈의 죽음」, 202쪽) 작가의 마음이 자리하고 있었겠지요. 그런데 어쩌면 그것은 잘되지 않았는지도 모릅니다. 2인칭의 '너'의 이야기를 하는

영철 옮김, 숭실대학교 출판부, 1993, 7쪽)

'나'가 그려진 「포 노 원」을 보면 '너'가 아무리 '나'를 불러대고 '나'를 '너'에게 겹쳐놓으려고 해도 그것이 불가능하며 둘이 닿지 않는 사실만 부각이 되거든요.

그런 상황과 마주하면 우리라도, 그동안 쌓아올린 문학에 대한 지식이나 규준들이 무쓸모라는 생각을 조금은 하게 되지 않을까요. 진리라 여겼던 모든 체계가 무너져버리는 느낌, 또는 스스로 무너뜨리는 경험. 그 끝에 남은 것이 '소설은 사람 그 자체'라는 믿음이었을지 모르지요. 그러면, 그런 소설은 어떤 것인가. "누구에게도 손을 내밀지 않았고 무엇도 내걸지 않"으며 "오직 한 사람만이 읽"히는, "한 사람에 대한 모든 것"이 되는 소설. 그러기 위해 "소설가는 완벽하게 지워"(「김정훈의 죽음」, 206쪽)지는 소설이 아니었을까요.

그 마음의 도정을 이렇게 헤아려볼 수도 있겠네요. 사실 여러 소설에서 활용된 상호텍스트성이라는 방식은 작가의 그림자를 최대한 지우기 위한 노력이기도 합니다. 소설이 작가의 창작물이자 소유물이라는 인식에서 벗어나게 하는 장치가 그것이니까요. 그런 소설에서 작가는 문화와 담론의 편집자일 뿐이니 대신 작중인물, 또 그와 소통하는 독자가 부각될 수 있겠지요. 요컨대 이 소설집은 그 자체로, 구성이나 내용 면에서 작가가 자신의 문학론을 실천하기 위해 자기를 부단히 지워낸 결과물이기도 하다는 겁니다―「김정훈의 죽음」은 그래서 종착점처럼 보였고 「진창에 처박히다」는 작가의 말 같더군요.

　고백하자면 저는 누군가의 '첫' 책을 펼칠 때면 두 가지 방향 다른 마음 안에 놓이곤 합니다. 이 책을 묶기까지 수다한 배회의 시간을 거쳤을 작가의 '첫' 소설집이 독자들에게 좀 더 수월하게 닿기를 바라는 마음, 독자가 다소 무겁게 받아들이게 되더라도 문학의 행로에 관한 작가의 깊은 고민의 흔적이 담기길 바라는 마음. 무례한 얘기일 수도 있습니다. 저는 작가가 아니지만 둘 중 어느 한쪽을 담보하는 것도 쉽지 않다는 것을 아니까요. 『토성의 겨울』을 완독하고 나서 좀 더 크게 남은 것은 뒤의 마음이었습니다. 하지만 앞의 마음 때문에 염려를 하지는 않기로 했습니다.

　왜냐하면. 감히 단언하건대 우리도 사실은, 어딘가의 브라우티건 도서관에나 진열될 수 있는 자기 글을 지닌 존재들이니까요. 어떤 혹독한 낮이라 해도 결국 밤에게 자리를 내어주고 오늘의 뒤편으로 사라지기 마련입니다. 그러면 하루라는 이야기에 어떻게든 마침표가 찍히지요. 물론 그 마침표란 쉼표 같은 것이긴 합니다. 하나의 에피소드가 끝난 것일 뿐, 우리의 이야기는 삶의 끝날에 이르러서야 최종장에 도착할 테니까요. 세상에 태어나 가느다란 울음을 남기는 그 순간부터 우리의 삶은 이 세계라는 지면 한 귀퉁이에 쓰이기 시작했고, 우리는 매일 긴 호흡의 이야기를 허정허정 써내는 중입니다.

해서 낭독할 곳도 없고 낭독할 마음이 없어도, 살아가는 내내 우리라는 글은 차곡차곡 쌓일 겁니다. 하다못해 각자의 기억의 서고에라도요. 그러다 가슴이 서늘해지는 어느 날, 도무지 풀릴 길이 없어 보이는 상념을 등불 삼아 우리는 각자의 서고에 불을 밝히겠지요. 아마도 가장 어두운 서가 앞에 멈춰서 먼지 쌓인 지난 이야기를 펼쳐들 것입니다. 그럴 때 우리는 독자이자 작가이며, 혼돈 그 자체인 그냥 사람이기도 하겠습니다.

마침내 이쪽입니다. 이제 저기로 가주세요. 아까보다 바람이 좋아졌으니, 이번에는 당신의 조각배와 노로 이 소설집에 물길을 내주길 바랍니다. 그 길은 새것이어도 좋고 우리가 지나온 길이어도 괜찮습니다. 이 글은, 바로 그때 완성될 겁니다.

수록 작품 발표 지면

슬픈 온대 _『세계일보』 2016년 신춘문예 당선작

음영의 사랑 _『현대문학』 2016년 4월호

포 노 원(For No One) _『한국소설』 2016년 7월호

토성의 겨울 _『작가세계』 2017년 봄호

아무도 모르게 _『문학의오늘』 2018년 가을호

최초의 전거 _『문학의오늘』 2019년 겨울호

김정훈의 죽음 _『실천문학』 2021년 봄호

진창에 처박히다 _『웹진 문화다』 2020년 1월호

토성의 겨울

ⓒ 김갑용

1판 1쇄 발행 | 2022년 5월 27일

지은이 | 김갑용
펴낸이 | 정홍수
편집 | 김현숙 이명주
펴낸곳 | (주)도서출판 강
출판등록 | 2000년 8월 9일(제2000-185호)

주소 | 서울시 마포구 동교로17안길 21 (우 04002)
전화 | 02-325-9566
팩시밀리 | 02-325-8486
전자우편 | gangpub@hanmail.net

값 14,000원
ISBN 978-89-8218-301-0   03810